혈
비
도
무
랑

혈비도 무랑 1

김종휘 新무협 판타지 소설

초판 1쇄 찍은 날 § 2003년 8월 11일
초판 1쇄 펴낸 날 § 2003년 8월 20일

지은이 § 김종휘
펴낸이 § 서경석

편집장 § 문혜영
편집책임 § 유경화
편집 § 장상수 · 박영주 · 권민정
마케팅 § 정필 · 강양원 · 이선구 · 김규진 · 홍현경

펴낸곳 § 도서출판 청어람
등록번호 § 제1081-1-89호
등록일자 § 1999. 5. 31
어람번호 § 제2-0241호

주소 § 경기도 부천시 원미구 심곡1동 350-1 남성B/D 3F (우) 420-011
전화 § 032-656-4452 팩스 § 032-656-4453
http://www.chungeoram.com
E-mail § eoram99@chollian.net

ⓒ 김종휘, 2003

값 7,500원

ISBN 89-5505-775-X 04810
ISBN 89-5505-774-1 (SET)

혈비로무랑

김종휘 新 무협 판타지 소설

1

소 년 장천

도서출판
청어람

목

차

서장

눈을 떴다.

사방을 둘러보니 꽉 막혀 있다.

답답하다…….

웃차!

드디어 밖으로 나왔다.

그런데 어쩌 분위기가 심상치 않은데… 사방에서 나를 보고 있는 수많은 눈동자, 이들은 각기 하나나 두 개씩의 병장기를 들고 죽일 듯한 눈으로 나를 노려보고 있었다.

"혈비도(血飛刀) 무랑(武郎)이다!!"

그들은 나를 보며 놀라서 소리치고 있었다. 혈비도 무랑? 처음 듣는 이름인데, 그들은 나를 혈비도 무랑으로 완전히 믿고 있는 듯했다.

당황감에 주위를 훑어보았는데, 이런 일이… 난 죽은 놈이나 들어가는 관에 들어가 있었던 것이다.

'어쩐지 답답하더라.'

관 안에 있기가 조금 찜찜했던 난 관 밖으로 걸어나가려고 했는데 실수로 모서리에 발이 걸려 땅바닥으로 넘어지고 말았다.

"꾸악!!"

앞으로 넘어지면서 손이 많이 까져 피가 나고 있었다. 그런데 사람들은 내가 넘어지니까 모두 놀라 뒤로 물러서고 있었다.

많이 아팠다.

"으아아앙!!"

울었다. 넘어지면서 까진 손이 너무 아팠기 때문이다. 그런 나를 보던 한 무인이 천천히 다가오더니 내 앞에 쭈그려 앉고는 말했다.

"너, 혈비도 무랑 맞니?"

눈물이 막 나왔지만 그래도 어른이 물어보는 거라 대답을 해야겠다고 생각한 난 고개를 저었다.

"아니요, 혈비도 무랑이 누군데요?"

"……."

내 말에 잠시간 침묵에 잠겨 있던 그는 품에서 호리병을 꺼내더니 피가 나는 내 손을 잡고 흰 가루를 뿌렸다.

"아구!!"

흰 가루가 상처에 닿자 많이 아파 비명을 지를 뻔했지만 꾹 참았다.

"잘 참았구나."

그는 꾹 참은 나를 보며 미소 짓고는 손을 들어 머리를 쓰다듬어 주었다. 난 기분이 좋아서 마주 미소를 지었다.

나를 노려보고 있던 많은 무인들이 각각 옆에 있는 사람을 보며 떠

들어대고 있었기에 이곳은 시끄럽기 그지없었다.

그러자 내 앞에 있던 무인은 자리에서 일어나더니 병장기를 들고 있는 사람들을 보며 소리쳤다.

"아무래도 혈비도 무랑이 우리를 속인 것 같구려."

그 말에 사람들은 잠시 조용해졌다가 또다시 우왕좌왕하며 시끄러워졌고, 그중 머리를 박박 밀고 정수리에 몇 개의 점을 찍은 이상한 취향의 대머리 아저씨가 나오더니 말했다.

"그 아이가 혈비도 무랑이 아닌 것은 확실합니까?"

그 말에 나를 치료해 준 사람은 손가락으로 나를 가리키면서 말했다.

"무오(無吾) 스님이 보시기에는 어떻습니까? 관에서 나오다 넘어져 손바닥이 까지자 우는 아이를 무림의 혈성인 혈비도 무랑이라고 보시지는 않겠지요?"

"아미타불."

아저씨의 말에 무오 스님이란 네 글자의 이름을 가진 대머리 아저씨는 이상한 주문을 외고는 고개를 숙이고 뒤로 물러섰다.

"젠장, 혈비도 무랑이란 녀석! 철부지 아이를 미끼로 도망을 치다니!!"

칠 척은 됨 직한 큰 키에 옆으로도 많이 퍼진 몸매를 가진 아저씨가 큼지막한 도를 휘두르며 신경질이 나는지 애꿎은 바닥을 발로 짓밟으며 투덜거렸다.

혈비도 무랑?

어디서 들어보긴 한 것 같다. 사람들의 이야기를 들어보니 도망가기 위해서 나를 미끼로 아저씨들을 이곳으로 끌어들인 것 같았다. 난 혈비도 무랑이란 사람이 나쁜 사람이란 생각이 들었다.

"으아아앙! 아저씨!!"

내가 울자 내 상처를 치료해 주시던 아저씨는 천천히 머리를 쓰다듬어 주시며 말했다.

"그래, 뭐가 그렇게 무서워서 우니?"

"흑흑, 혈비도 무랑이란 아저씨가 저를 관에 가둔 건가요?"

"그래… 많이 무서웠겠구나……."

"예."

난 눈물을 흘리며 아저씨의 품에 안겼다. 아저씬 조용히 나를 안아주었는데 참 따뜻했다. 영원히 이렇게 있으면 좋을 것 같았다.

하지만 자꾸 잠이 온다.

제1장
양자로 들어가다

소년이 있던 곳은 산속에 있는 낡은 장원이었다.

무림의 수많은 군웅들은 이곳에 혈비도 무랑이 있다는 개방의 소문을 듣고 모였지만 이 중 어느 한 사람도 무림의 혈성 혈비도 무랑을 본 사람이 없었기에 지금 같은 소란이 있었던 것이고, 많은 사람들이 산 아래로 내려가며 소년을 미끼로 쓴 혈비도 무랑을 욕하고 있었다.

물론 당사자인 소년 역시 혈비도 무랑이란 사람을 생각하며 미워 죽겠다는 표정을 짓고 있었다.

어떻게 자신과 같이 쪼맨한 꼬마를 이런 귀신 나올 것 같은 곳에, 그것도 관 속에 넣어두었는지 모르겠단 이유로 말이다.

소년은 손을 치료해 준 아저씨를 따라 산을 내려갔다.

소년을 치료한 아저씨는 친절한 사람이었다. 물론 소년은 그가 허리에 차고 있는 검이 조금 무섭긴 했지만 그래도 좋았다.

소년을 데리고 가는 사람의 이름은 장춘삼(張春三)이라고 했다. 그의 위로 두 분의 형님이 더 있다고 했으니 쉽게 춘일과 춘이란 이름을 가졌을 거라 짐작할 수 있었다.

산에서 내려가는 소년은 이상하게 과거의 일이 생각나지 않는다.

자신이 무슨 이름을 가졌는지도 모르고, 어디 사는지도 몰랐다. 다만 소년을 데리고 가는 장춘삼이 그저 혈비도 무량이 약인 것이 잘못돼서 그러는가 보다 했기에 소년은 그렇게 믿을 수밖에 없었다.

춘삼이 아저씨를 따라 산을 내려가긴 했지만 소년은 무서웠다. 집으로 돌아가야 하는데 집이 어딘지 모르기 때문이다.

소년이 잠들어 있던 관 주위에는 소년에 관한 단서가 될 만한 것이 아무것도 없었기 때문에 장춘삼은 많이 고민하는 듯했고, 소년 역시 고민했다.

하지만 소년의 불안은 그렇게 오래가지 않았다.

장춘삼의 친구들이 소년을 무척이나 이뻐해 주었기 때문이다.

귀신 나올 것 같은 장원에서 화를 내던 덩치 큰 중년인이 장춘삼의 친구라는 것을 소년은 나중에야 알 수 있었다.

패도(覇刀) 유웅(劉熊)이란 이름을 가진 거한, 그는 패도 하나로 무림의 명성을 얻은 인물로 뛰어난 도술을 지니고 있었다. 소년은 유웅이 커다란 칼을 아주 잘 쓴다는 말을 듣고는 덩치에 걸맞다 생각하며 고개를 끄덕였다.

소년의 눈 높이에서 본다면 하늘에 닿을 것 같은 덩치를 가지고 있는 유웅이었기 때문이다.

또 다른 친구는 거지였다. 허리에 매듭을 일곱 개나 매고 있는 인물, 그는 바로 개방에 소속된 무인이었다. 칠결제자의 직위가 있는 만큼 거지 사는 동네에선 한끗발 날리는 인물이란 웅의 말에 소년은 거지 중에도 서열이 있었구나 하고 생각했다.

거지 아저씨는 청개(清丐) 곽무성(郭戊星)이라고 했다. 거지치고 무성이란 이름이 어울리지 않아 소년은 한참을 웃었는데, 무성은 그런 소년을 보고도 화내지 않고 머리를 쓰다듬어 주었다.

그 때문에 소년은 미안해서 아저씨한테 사과했다.

또 다른 친구는 도사 옷을 입고 있었다. 소년은 도사 아저씨한테 도술 하나만 보여달라고 했는데 무림의 도사가 도술을 부린다는 것은 어불성설, 도사의 얼굴은 시뻘게졌다.

소년은 도사 아저씨가 아직 도력이 모자른가 보다 생각할 수밖에 없었다. 하지만 도력은 잘 못하지만 하늘은 잘 난다면서 경공술을 보여주었다.

정말 도사답게 선학과 같이 우아하게 날아다니는지라 소년은 박수를 쳤고, 그의 얼굴은 그제야 조금 풀리는 듯했다.

그의 이름은 비학선인(飛鶴仙人) 정우(正羽), 학같이 고고한 호를 지니고 있는 그는 무당파의 고수로 현재 장로급의 신분을 가진 고수였다.

이렇게 세 친구와 함께 장춘삼이 무림에서 강북사우(江北四友)라 불린다는 것을 소년은 알게 되었다.

소년이 보기에도 정말 우애가 돈독해 보였기에 소년은 나중에 아저씨같이 절친한 친구를 사귀기로 결심했다.

산을 내려와 열흘 정도를 길을 갔을 때, 장춘삼의 친구들은 모두 다른 길로 떠났고 소년은 아저씨와 둘이서 길을 떠났다.

그 후로 며칠이 더 지났지만 소년은 그렇게 지루하지는 않았다. 다니는 곳곳마다 장춘삼의 친구들이 많아서 재밌는 것을 많이 보여주었기 때문이다.

소년은 그렇게 즐거운 여행을 하며 십몇 일을 걸은 후에야 장춘삼이 사는 거처에 도착할 수 있었다.

"와아! 춘삼이 아저씨네 집 진짜 크다!!"

소년이 보는 아저씨의 집은 정말 컸다. 소년이 아저씨만큼 커도 열 명은 한 번에 지나갈 수 있을 정도로 큰 대문 위에는 쌍도문(雙刀門)이란 글자가 쓰여진 큼직한 편액이 걸려 있었다.

쌍도문은 강북에서 백 년의 전통을 가진 문파로, 과거에는 약소문파 중 하나였지만 장춘삼과 그의 사형인 현 문주의 힘으로 지금의 성세를 이루어내 현재는 구파일방에 버금갈 정도의 명성을 지니게 되었다.

소년이 대문으로 들어서자 험상궂게 생긴 두 사람이 장춘삼에게 공손히 고개 숙여 인사하는 것을 볼 수 있었다.

"사숙조께 인사드립니다."

"그래, 문 내에 별일은 없었느냐?"

"예."

장춘삼은 그들의 말에 고개를 끄덕이고는 소년의 손을 잡고 안으로 들어갔는데, 아이는 들어서자마자 크게 놀라고 말았다.

대문을 지나자마자 보이는 큰 연무장에서 백여 명의 제자들이 기합을 지르며 도를 휘두르고 있는 것을 볼 수 있었기 때문이다.

무문의 제자들이 단체 연공 하는 것을 보는 것은 이번이 처음인지라 그 웅장함에 놀라는 것은 당연한 일이었다.

장춘삼은 그런 아이를 보며 사람들을 가리키고는 말했다.

"이제부터 너와 같이 지낼 사람들이란다."

"와! 이 사람들이 다 식구들이 되는 거예요?"

"그렇다고 할 수 있지."

소년은 생각지도 못한 대가족과 함께 살게 됐다 생각하며 크게 기뻐했다.

장춘삼은 소년의 손을 잡고 연무장을 지나 한눈에 봐도 거대하다 할 정도의 큰 전각으로 들어섰다.

전각 주위에는 몇 명의 무사들이 경비를 서고 있다가 춘삼이 오는 것을 보며 절도 있는 자세로 포권하며 인사했다.

그들을 지나 대청으로 들어가자 다시 청의를 입고 있는 무사들이 무표정한 모습으로 서 있었는데, 그들 역시 장춘삼에게 포권하며 인사를 올렸다.

"어서 오십시오, 사숙."

"사형에게 내가 왔다 전하게."

"예."

장춘삼이 말하자 그곳을 지키던 두 제자 중 한 사람이 공손히 대답한 후 안으로 들어갔다.

아이는 대청의 주위를 돌아보았다.

그중 아이의 시선을 끈 것은 벽 한쪽에 걸려 있는 청룡이 양각된 한 자루의 도였다.

소년은 그 대도가 마음에 들어 만져 보려 했지만 춘삼이 아저씨가 고개를 저으며 안 된다고 하는지라 아쉽지만 호기심을 참기로 했다.

얼마 지나지 않아 대청으로 들어갔던 제자가 나와서 춘삼에게 공손히 말했다.

"안으로 드십시오."

그 말에 춘삼은 가볍게 고개를 끄덕이고는 소년의 손을 잡고 함께 안으로 들어갔다.

방 안에선 험상궂은 표정의 중년 남자가 책을 읽고 있었다. 장춘삼은 그에게 다가가 포권하며 인사를 올렸다.

"대사형, 평안하셨는지요."

"얘기는 들었다. 혈비도 무랑은 군웅을 유인한 채 사라졌다고?"

"예."

장춘삼의 대사형. 그는 등평(鄧平)이란 이름을 가진 자로 현재 쌍도문 문주의 좌에 있는 사람이었다. 강북십웅(江北十雄) 중 세 번째 서열에 있고, 뛰어난 지도력과 수완으로 쌍도문을 감숙성 이대문파로 끌어올린 주인공이기도 했다.

등평은 장춘삼의 대답을 듣고는 그제야 고개를 돌려 소년을 보고는 말했다.

"그 아이가 혈비도 무랑이 군웅을 유인할 때 이용된 아이인가?"

"예."

등평은 그의 대답에 자리에서 일어나 소년에게 다가왔고, 아이는 두려움을 느끼며 장춘삼의 옷을 작은 손으로 꼭 잡았다. 그런 아이의 모습에 등평은 미소 지으며 머리를 쓰다듬어 주고는 말했다.

"무서워할 것 없다."

소년은 잠시 후 등평의 행동에 이상하다고 생각했다. 자신의 몸을 여기저기 훑어보더니 여기저기를 만져 보고는 만족한 듯 웃었기 때문이다.

그 탓에 혹시 변태가 아닐까 하는 두려움이 밀려왔지만 자신을 구해 준 장춘삼의 사형인지라 도망갈 수도 없어 겁에 질려 눈물이 나올 지경이었다.

등평은 소년을 만지던 걸 멈춘 후 자리에 앉더니 사제를 보며 말했다.

"뛰어난 무골을 지닌 아이로구나. 제자로 삼을 생각이냐?"

대사형의 말에 장춘삼은 고개를 저으며 말했다.

"저에겐 제자 기를 능력도, 자격도 없습니다. 이 아이를 데리고 온 것은 혈비도 무랑에 의해 기억을 상실한지라 양자로 키워볼까 해서입니다."

그 말에 등평은 무엇인가를 생각하다 고개를 끄덕이며 말했다.

"그것도 나쁘지는 않겠지. 제수씨도 아이가 없어 조금 적적한 모양 같으니 말이야. 지시해 놓을 테니 넌 오늘부터 금오각(金烏閣)으로 거처를 옮기도록 해라."

"사형!"

"아무 말 말아라. 아이를 키우기에 지금 거처하는 곳은 너무 좁다. 적어도 저 아이가 뛰어놀 공간 정도는 있어야 하지 않겠느냐?"

대사형인 등평의 결정이 단호하다는 것을 안 그는 더 이상 사양하지 않고 포권하며 감사의 인사를 올렸다.

"사형의 배려에 감사할 뿐입니다."

"갈! 네 녀석은 그게 문제야! 도대체 형제 간에 감사가 뭐냐, 감사가!"

"사형."

"기분 잡쳤다. 돌아가거라."

"예, 사형."

등평의 말에 장춘삼은 죄송스러움에 고개 숙여 인사하고는 방을 나섰다.

아이는 그가 험상궂게 생기고 변태 같은 행동을 하기는 했지만 그리 나쁜 사람이라곤 생각되지 않았다. 방을 나오자 아이는 장춘삼을 조금 떨리는 목소리로 물었다.

"저… 아저씨……."

"그래, 뭐가 궁금하니?"

"저… 아저씨 양자가 되는 거예요?"

그 말에 춘삼은 무릎을 꿇어 소년과 눈 높이를 맞추고는 미소 지으며 말했다.

"넌 이 아저씨의 아들이 되는 게 싫으니?"

물론 아니었다. 소년은 춘삼이 아저씨가 정말 좋았기에 고개를 저으며 말했다.

"아니요."

"그럼 이제부터 이 아저씨가 네 아빠란다."

소년은 아저씨, 아니, 아버지의 말에 눈물이 났다. 사실 기억 상실증으로 자신에 관해 어떠한 것도 기억이 나지 않는지라 장춘삼을 따라 돌아다님에도 보이는 것 하나하나에 두려움을 느끼고 있었기 때문이다.

또, 아저씨가 혹시 모르는 사람에게 자신을 맡기지 않을까 걱정했는데 다행히도 그와 같이 지낼 수 있게 되어 너무 좋아서 눈물이 나고 있었다.

"녀석, 울기는……."

그는 소년의 눈에 흐르는 눈물을 닦아주고는 들어 올려 무등을 태워 주었다.

"자! 이제 너의 새로운 집으로 가자꾸나."

소년은 이곳이 전부 아저씨의 집이라고 알았는데 아닌 것에 조금 실망하기는 했지만, 잠시 후 도착한 집도 멋지다고 생각했다.

집 앞에는 형형색색의 꽃들이 가득하고, 작은 연못에는 고기들이 유유히 헤엄쳐 다니는 것이 마치 도원(桃源)에 온 것 같은지라 도무지 벌린 입을 다물 수가 없었다.

춘삼이 들어서자 마당에서 비질을 하고 있던 열다섯 정도의 소년이 공손하게 인사하며 말했다.

"사숙조님께 숙질이 인사 올립니다."

"수고하는구나."

"수고라니요, 당연히 해야 할 일을 하고 있을 뿐입니다."

춘삼이 소년을 지나 저택 안으로 들어서자 마당을 쓸고 있던 소년은 사숙조가 무등 태운 아이를 보며 고개를 갸우뚱거렸다. 처음 보는 아이였기 때문이다.

잠시 후 소년은 젊은 미부와 소녀 한 명이 방에서 나오는 것을 볼 수 있었다.

"어서 오세요, 여보."

"날씨도 찬데. 자, 안으로 들어갑시다."

"예. 그런데 이 아이는?"

그녀의 물음에 장춘삼은 아이를 내려놓고 미소 지으며 말했다.

"인사드려라. 이제부터 너의 어머니가 될 분이시다."

춘삼이 아저씨의 말에 소년은 조금 얼떨떨하긴 했지만 고개 숙여 인사를 했다.

"안녕하세요."

소년의 인사에 그녀는 잠시 당황한 표정을 지었지만, 이내 소년에게 다가와서는 미소를 지으며 말했다.

"참 귀엽게 생겼구나. 그래, 이름이 뭐니?"

그녀의 말에 소년은 당황할 수밖에 없었다. 이름이 생각나지 않았기 때문이다. 예쁜 아줌마의 말에 대답은 해야 하는데 이름이 생각 안 나자 아이는 울고 싶은 심정이었다.

소년이 울먹거리자 그녀는 당황하여 자신이 무슨 실수를 저질렀나 생각했는데, 그것을 보던 장춘삼은 급히 그녀를 보며 말했다.

"아란, 이 아이는 기억을 잃어버렸다오."

"기억을요?"

"그렇소. 자신의 이름도 모르고 있지."

그제야 소년이 울먹거린 이유를 안 아줌마는 미소를 지으며 말했다.

"아줌마가 잘못했구나."

"아니에요."

그녀의 자상한 말에 소년은 고개를 저으며 말했고, 옆에 있던 춘삼은 한참을 생각하다 그녀를 보며 말했다.

"천(天)이라 하는 건 어떻소?"

"천이요?"

"그렇소. 이 아이의 눈을 보고 있으면 하늘을 보고 있는 것 같거든."

춘삼의 말에 그녀가 소년의 눈을 보니 과연 맑고 커다란 눈망울이 작은 하늘과 같은지라 아이의 볼을 쓰다듬어 주며 말했다.

"천이란 이름이 잘 어울리는구나. 천아, 엄마라고 불러보렴."

"예?"

"이제부터 내가 너의 엄마가 되는 거란다."

소년은 갑작스런 말에 조금 당황하긴 했지만 떨리는 가슴을 진정시키고 볼을 쓰다듬어 주는 미부를 보며 천천히 말했다.

"어, 엄마……."

갑자기 감정이 복받친 소년의 눈에서 닭똥 같은 눈물이 흘러내렸다.

"그래, 예쁜 내 아들……."

아줌마는 따뜻한 가슴에 소년을 안아주었고, 천은 복받쳐 오르는 감정을 참지 못하고 울음을 터뜨렸다.

"으아앙… 엄마… 흑흑……."

천에겐 이제 이름과 함께 자신을 사랑해 주는 부모가 생긴 것이다.

쌍도문의 소주(小註)가 되다

혈비도 무랑에 의해 군웅들을 유인하는 데 쓰여졌던 유인물 장천은 마음씨 좋은 장춘삼과 그의 부인 임아란(林娥蘭)의 양자로 들어가 쌍도문에서의 생활이 시작되었다.

천이 생활하게 된 쌍도문은 근래 들어 강북무림계에 두각을 나타내고 있는 문파로 무림에서는 두 명의 고수가 문파를 이끌고 있다 알려져 있었다.

이 두 사람이란 바로 쌍도문의 문주인 패쌍도(霸雙刀) 등평과 그의 사제 쾌쌍도(快雙刀) 장춘삼인데, 그들은 모두 강북십웅에 속해 있는 인물로 등평은 삼웅(三雄), 장춘삼은 구웅(九雄)의 서열을 가지고 있었다.

이 두 사람의 명성은 어찌 보면 조금 의외일 수도 있는 것이었다. 바로 그들의 사부이자 전대 문주인 군자쌍도(君子雙刀) 오립산(吳立山)이 이름없는 삼류무인이었기 때문이다.

삼류문파였던 쌍도문, 그리고 삼류의 스승 밑에서 강북십웅에 해당하는 사람이 두 사람이나 나올 줄 누가 예상이나 했겠는가.

이런 탓에 쌍도문에 관해선 많은 소문이 돌고 있었고, 검증되지 않은 소문 중 오립산이 우연히 무학서를 주웠다는 이야기 등도 있는데 그중 대다수의 강호인들이 믿고 있는 소문으로는 이런 것도 있었다.

바로 삼류문파의 고질적 문제점인 심법을 과거 전문 도박사였던 오립산이 근처에 있던 공동파의 문도에게 사기 도박으로 얻어내었고, 그것을 변형시켜 지금의 성세를 이루었다는 것이다. 실제 오립산이 한때 강북 일대 도박장의 큰손이었고, 그에게 많은 무림인들이 당한 사례가 있기에 신빙성 높은 소문이라 할 수 있었다.

또, 등평이나 장춘삼 역시 그 소문에 대해선 애써 부인하고 있지 않았기에 대부분의 무림인들이 그 소문을 믿고 있었다.

이런 탓에 쌍도문은 도박으로 일어난 문파라는 이름도 가지고 있었다.

하지만 도박으로 얻었든, 우연히 옛 고수의 무학서를 얻었든 현재 구파일방에 버금갈 정도로 잘 나가고 있는 것은 사실이기에 쌍도문을 무시할 무림인은 없었다.

쌍도문은 삼류문파에서 일류문파로 급속히 발돋움한 문파였기에 문파 내의 장로급 인물들은 그리 인망을 얻지 못하고 있었다.

그 때문에 이들은 쌍도문이 아닌 다른 곳에 머물고 있었고, 현재 문내 최고 배분은 문주인 등평을 비롯한 오립산의 사제들인 구양생(九陽生), 양우생(梁雨生), 장춘삼들이었다.

이들 네 사람 중 등평과 장춘삼을 제외한 나머지 두 명은 장로급 인물들과 마찬가지로 삼류급 무인이다. 하지만 그렇다고 해서 이들이 쌍도문에서 중요하지 않은 인물은 아니었다.

오립산의 두 번째 제자 구양생은 무공보다 학문이 뛰어난 사람이었다.

그 때문에 문 내 모든 대소사를 처리하는 총관의 일을 맡고 있었는데, 들리는 이야기로는 대과에도 급제한 인물이라고 한다.

그것을 증명하듯 가끔씩 쌍도문으로 찾아오는 그의 친구들 대부분이 유림에 이름난 선비들이었고, 쌍도문이 위치한 감숙성의 성주까지 그에게 안부를 묻는 서한을 보내는 걸 보면 틀린 소문은 아닌 듯하다.

오립산의 세 번째 제자인 양우생은 가장 스승을 많이 닮은 인물이라 할 수 있었다. 그 역시 항주에서 전문 도박사로 일하고 있다가 전설적인 도박꾼 오립산을 흠모하여 감숙성까지의 머나먼 길을 무일푼으로 걸어와 제자가 되었다. 다른 명문의 제자와 어울리기보단 하오문과 어울리는 것을 즐겨, 무로써는 삼류에 지나지 않았지만 워낙 발이 넓었기에 쌍도문의 외부 대소사에 필요한 정보 수집을 담당하고 있다.

이렇게 본다면 삼류무인인 오립산의 제자들은 한 명 한 명 모두 쓸모없는 존재가 없으니, 도박사 출신인 오립산으로선 제자 하나는 잘 두었다 하겠다.

일대제자가 이렇게 네 명인 것은 강북의 대문파로선 적다 할 수 있지만, 그들의 식솔들과 제자들로 이루어진 이대제자들부터는 하나의 문파로 손색이 없었다.

등평은 모두 다섯 명의 제자를 두었는데, 그중 사제자인 무쌍도(無雙刀) 요운(廖澐)은 강호오룡(江湖五龍)의 한 명일 정도로 후기지수 중 두각을 나타내고 있는 뛰어난 인재였다. 또, 그의 외동딸인 등소소(鄧小

小)는 강북오미의 한 사람으로 미모와 무공이 뛰어나니 쌍도문의 자랑이라 할 수 있었다.

　구양생은 모두 열두 명의 제자를 두었는데, 막내제자인 이준(李俊)을 제외하곤 모두 무공에 관심없는 유림의 선비들로 자신의 제자들과 함께 쌍도문의 모든 재정을 후려잡고 있었다. 물론 이런 학구파만 있다는 것은 조금 문제가 있기에 막내제자에게는 학문보다 도를 잡게 하고 있었지만 역시 그 스승의 그 제자일까, 천부적인 재능이 있음에도 불구하고 이준은 무공보단 그의 사형제들과 마찬가지로 학문에 더 관심을 두고 있다.

　또한 구양생은 모두 삼남을 두고 있는데, 그들 모두 대과에 급제하여 현재는 관리로서 각지에 배치되어 있었다. 정계와도 끈이 닿아 있는 셈이다.

　양우생의 경우에는 세 명의 제자들을 두고 있는데, 그들 모두가 도박에 한수 재간이 있냐고 한다면 그것은 오산이다. 양우생의 수제자 유운(劉雲)은 소문난 무공광이다.

　일 년의 삼백 일을 연공관에서 지내고 있다 해도 과언이 아니었는데, 어이없는 것은 그가 현재 나이 쉰여섯 세로 양우생보다 열두 살이 많다는 것이다.

　본래는 항주에서 양우생의 경호 무사 일을 하던 인물인데, 후에 그가 쌍도문 문주의 제자가 되었다는 말을 듣고 그의 제자가 된 인물이다.

　대외에 알려져 있진 않지만 무공 수준이 상당하여 등평의 제자인 무쌍도 요운보다 한수 위의 실력이란 말도 있다.

　그의 이제자 신궁(神弓) 구궁(九弓)은 사냥꾼 출신으로 백 보 밖의 버

드나무 잎을 맞춘다 해서 수호지 화영의 후예가 아니냐는 소문이 있을 정도였다. 삼제자인 신필(神筆) 김춘수(金春洙)는 문장과 서필에 일가견이 있어 쌍도문의 현판 글씨를 구양생을 밀어내고 썼다는 이야기가 있을 정도이다.

무공은 안중에도 없고 도박과 하오문의 무리들과 어울리는 양우생에겐 분에 넘치는 제자들이라 할 수 있었다.

장춘삼의 경우에는 제자가 한 명도 없었지만 그의 처인 임아란은 검에 조예가 있어 한때 강남에서 이름을 날리던 여장부였다.

하지만 몸이 안 좋았기 때문에 요즘은 무공보다 가정 일에 충실한 전업 주부로 변신해 있었다. 그러나 임아란의 제자인 남궁소화(南宮小花)가 검에 능해 이름을 날리고 있으며, 두 사람의 곁에서 잡일을 하고 있는 소년 곽무진(郭武進)은 그의 제자는 아니지만 가끔씩 장춘삼에게 한두 가지 재간을 배워 상당한 실력이라 알려져 있었다.

장춘삼을 제외한 나머지 세 사람의 제자들 외에도 정식 제자는 아니지만 이대에 속하는 외가제자가 백여 명 정도 있고, 사백오십 명의 삼대제자들이 있었다.

장천이 양자로 들어간 후 장춘삼 가족은 등평의 배려로 현재 머물고 있는 곳보다 더 넓은 금오각으로 거처를 옮기게 되었다.

금오각은 전에 살던 화련각(華蓮閣)에 비해 세 배나 됨 직한 곳이었기에 마당쓸이 아이의 고생이 한층 더 커질 것은 분명했지만, 역시 놀고먹는 장천에겐 문제가 되지 않는 것은 물론이요 더 즐거워졌을 뿐이다.

"우와!!"

금오각에 도착한 장천이 입을 벌리며 놀라워하자 아들의 이런 모습을 보는 장춘삼 부부의 얼굴에 작은 미소가 어렸다.

"아빠! 엄마! 정말 멋있어요!"

"그렇구나."

장천의 말에 임아란은 미소를 지으며 대꾸해 주었고, 장천은 금오각의 정원을 뛰어다니기 시작했다.

정원의 한 켠에선 마당쓸이 소년 곽무진이 조용히 비를 들고 정원을 쓸고 있었다. 어느 정도 정리를 해둔 곳이기는 하지만 사람이 거처하지 않고 있던 곳이기에 마당에 낙엽이 많이 쌓여 있었기 때문이다.

넓어진 정원 때문에 몇 시진이 돼도 낙엽이 또다시 사방으로 떨어졌기에 한숨밖에 나오지 않았는데, 불난 집에 부채질하듯 장천이 멋도 모르고 그가 쓸어놓은 낙엽 더미에 몸을 날리자 곽무진의 이마에는 핏대가 섰으나 자신의 지위에서 장천은 한껏발 높은 인물이니 울분만 커질 수밖에 없었다.

다행히 그 모습을 본 장춘삼이 곽무진에게 한마디 했다.

"무진아."

"예, 사숙조."

"마당은 천천히 쓸도록 하거라."

"하지만……."

"허허허! 어찌 시간이 오늘뿐이겠느냐? 거기다가 천이가 저렇듯 하고 있으니 오늘은 그냥 내버려 두는 것이 좋을 듯하구나."

장춘삼의 말에 곽무진은 고개를 숙이며 공손히 말했다.

"예, 그럼 사숙조님의 말씀대로 하겠습니다."

공손히 대답을 한 곽무진이었지만 낙엽을 흩날리며 놀고 있는 장천에 대한 응징을 잊지 않고 있었으니, 장춘삼 부부가 저택 안으로 들어서자 그는 장천에게 낙엽을 한 아름 집어 던지면서 소리쳤다.

"너를 만난 후 되는 일이 하나도 없어!"

"……."

갑작스런 곽무진의 말에 장천은 잠시 얼이 빠져 멍하니 서 있을 수밖에 없었다. 무진은 그런 장천을 보더니 입가에 미소 지으면서 말했다.

"하하하! 한번 해보고 싶은 말이었다."

"응……."

무진은 멍한 표정으로 간신히 대답한 장천의 손을 잡더니 잽싸게 뛰어가며 말했다.

"오늘은 이 형이 여기저기 구경시켜 줄 테니 따라오기나 하라구."

"정말?"

"그래."

역시 몇 살 더 먹은 그는 장천이 더 이상 정원을 어지럽히기 전에 쌍도문 구경을 시켜준다는 명목으로 끌고 나가는 고난도의 술수를 부린 것이다.

오립산이 죽고 등평이 문주를 맡은 후부터 쌍도문은 매년 대대적인 증축 공사를 단행하고 있었기에 지금의 쌍도문은 과거 열 배 이상의 크기로 커진 상태였다.

장춘삼이 살게 된 금오각의 경우에도 이번 해에 증축이 완공된 곳이었으니, 다르게 말하면 신규 입주자라 할 수 있었다.

금오각이 있는 거주 지역에는 모두 열두 개의 전각이 있는데, 모두 문파 내에서 한끗발 하는 인물들이 거처하고 있는 곳이었다.

사실 남의 가정집 구경하는 것도 색다른 재미라 할 수 있었지만, 곽무진이나 장천 모두 아직 어린 관계로 그런 곳에서 나오는 쏠쏠한 재미를 알 나이가 아니었기에 제일 처음 향한 곳은 연무장이었다.

쌍도문에는 연무장이 모두 다섯 개가 있는데 그중 장천이 제일 처음 쌍도문에 들어서며 본 연무장은 삼대제자들 중 입문한 지 얼마 되지 않는 제자들이 연무를 하는 곳이고, 지금 도착한 곳은 삼대제자들 중 숙련이 된 사람들이 연무하는 곳이었다.

삼십 명 정도의 무인이 동시에 쌍도를 휘두르며 검술을 연마하고 있는 모습은 어린 장천에겐 신기에 가깝게 보였다.

"어때, 멋지지?"

"응."

곽무진은 장천이 감탄에 입을 다물지 못하는 것을 보며 연무장 한켠에 세워놓은 병기대에서 쌍도를 들고 장천의 앞에 서서는 한껏 자세를 잡았다.

"이 형아가 너를 위해 쌍도문의 무공을 보여줄 테니까 끝나면 박수 쳐라."

장천이 고개를 끄덕이자 곽무진은 쌍도문의 무공을 시전하기 시작했다.

"쌍룡승천도법(雙龍昇天刀法) 기수식(起手式) 쌍룡입수(雙龍入水)!!"

기수식의 이름을 외치며 곽무진은 두 손에 잡은 쌍도를 아래로 향하며 멋진 자세를 잡았고, 이어 계속 쌍룡승천도법을 시전해 갔다.

"일식 호변풍랑(湖邊風浪)!!"

일식 호변풍랑은 마치 용이 되기 위하여 두 마리의 이무기가 호수의 주변을 휘저으며 큰 바람과 파도를 만들어내는 듯한 모습으로 곽무진은 두 개의 도를 휘두르며 빠른 속도로 회전하기 시작했고, 그의 주위에는 연무장의 흙먼지가 회오리바람 일으키듯 감싸 돌아 사방을 진동시키기 시작했다.

"이식 쌍룡탈피(雙龍脫皮)!!"

이식 쌍룡탈피는 두 마리의 대망이 용이 되기 위하여 탈피하는 모습으로 두 개의 도를 빠르게 자신의 주위로 감싸듯 휘두르며 몸을 날려 갔다.

"삼식 진천대지(振天大地)!"

삼식 진천대지는 껍질을 벗은 두 마리 용이 하늘로 승천하기 전 대지에 자신을 보이며 날아오르는 듯한 모습으로 두 개의 도를 빠르게 회전시키며 몸을 날려 진각을 통하여 강한 힘을 나타냈다.

"사식 쌍룡비무(雙龍飛舞)!"

사식 쌍룡비무는 두 마리의 용이 하늘을 날며 서로 감싸듯이 춤추고 있는 모습으로, 쌍룡비무를 시전하자 두 개의 도가 눈이 어지러울 정도로 위치를 바꾸어가며 사방에 수십 개의 도영을 난무하게 만들었다.

"오식 출운승천(出雲昇天)!!"

두 마리의 용이 드디어 구름을 뚫고 하늘로 승천하는 모습의 도법으로 곽무진이 몸을 낮추어 회전하다 두 개의 도를 연환하여 하늘을 향해 내찌르며 몸을 날리니, 그 모습은 장천이 볼 때 영락없는 두 마리의 용과 같았다.

총 오식의 쌍룡승천도법을 마무리한 곽무진은 두 개의 도를 다시 처음의 기수식으로 바꾸며 기식을 진정시키고는 장천을 보았다.

"와아⋯ 응?"

"오오!! 무진 사제, 무공이 더 늘었군!!"

장천이 멋진 곽무진의 쌍도술에 감탄하며 박수를 치려 했는데 갑자기 연무장에서 큰 박수 소리가 터져 나오고, 무공을 연마하던 다른 사람들이 무진을 향해 걸어오며 칭찬하기 시작했다.

"헤헤, 별말씀을요."

그들의 칭찬에 곽무진은 조금 쑥스러운 듯 뒤통수를 만지작거리다가 무슨 생각이 났는지 뒤에 있던 장천에게 달려가 그를 앞으로 밀어내며 말했다.

"아! 사형들에게 소개할 분이 있어요."

곽무진이 갑자기 어린아이를 앞으로 내세우고는 경어를 쓰자 다른 사람들이 의아한 얼굴로 장천의 얼굴을 쳐다보았다. 그는 장천을 가리키며 말했다.

"이번에 장 사숙조님께서 양자로 들여오신 장천 도련님이에요."

"아! 장 사숙조님의 양자 분이 이분이었군."

"잘생겼는데!"

그제야 장천이 장춘삼의 양자라는 것을 알게 된 제자들은 크게 반가워하며 상천에게 다가가서는 자신들의 소개를 했다.

워낙 많은 사람들인지라 한 사람 한 사람 기억하는 것이 힘들 정도였지만, 장천은 그래도 이렇게 많은 사람을 친구로 사귈 수 있게 되었단 생각에 크게 기분이 좋았다.

삼십여 명의 사람을 사귄 장천은 곽무진의 손을 잡고 다른 곳으로 향하다 궁금한 듯 그를 보며 물었다.

"그런데 형아! 나, 쌍룡승천도법을 배우려면 얼마나 있어야 할까?"

"응? 쌍룡승천도법? 음… 잠깐만……."

장천의 물음에 한참을 생각에 잠겨 있던 곽무진이 장천을 보며 그 물음에 답해주었다.

"쌍룡승천도법은 입문 도법(入門刀法)이기는 하지만 우리 쌍도문의 대표 도법이기도 하거든. 그래서 도법을 익히기 전에 심법을 먼저 익혀야 하는데 문주님처럼 패도 위주의 쌍도법을 익히려면 파운심공(破雲心功)을, 장 사숙조님처럼 쾌도 위주의 쌍도법을 익히려면 청풍심공(清風心功)을 익혀야 해."

"음… 난 아빠처럼 되고 싶으니 청풍심공을 익혀야겠네?"

"청풍심공의 경우에 제대로 심공을 발휘하려면 적어도 오 년 이상의 시간이 필요하지. 물론 장 사숙조님이 도와주시고 쌍도문의 비전 환단을 복용하면 삼 년 정도로 단축될 수 있을 거야. 아무튼 이렇게 심공을 익히는 것과 함께 다섯 개의 보법과 세 개의 신법, 두 개의 경공법을 익혀야 해."

"엥? 뭐가 그렇게 많아?"

익혀야 될 것이 너무 많다고 반문하는 장천을 보며 곽무진은 설명해주기 시작했다.

"입문 도법인 쌍룡승천도법은 여러 개의 신법과 보법, 경공법이 섞여 있기 때문에 제대로 익히기 위해선 많은 시간이 필요하지만 어느 정도 숙달되면 모든 보법에 능숙해지기 때문에 쌍룡승천도법이 아닌 다른 도법을 쉽게 배울 수 있게 되는 거야. 그래서 쌍룡승천도법을 입문 도법으로 문주님께서 지정을 하신 것이지."

"응, 그렇구나."

"우리 쌍도문은 처음 오륙 년은 진전이 상당히 느리지만 그 시간이 지나면 다른 문파의 제자들보다 발전 속도가 빠르지."

곽무진의 말에 장천은 그제야 알겠다는 표정을 지으며 고개를 끄덕였다.

"신법, 보법, 경공법을 어느 정도 익히면 그제야 雙龍昇天刀法의 구결과 도식을 배우게 되는데, 도법에서 나오는 심법, 신법, 보법, 경공법을 모두 능숙하게 사용하려면 적어도 삼, 사십 년은 되어야 가능해."

"응? 그건 무슨 소리야?"

삼, 사십 년은 걸린단 말에 장천이 이상하단 얼굴로 되묻자, 곽무진이 그런 그에게 미소를 지어주며 말했다.

"너의 눈에는 어떻게 보일지 모르지만 아직 내 雙龍昇天刀法은 여기저기 허점투성이야. 옛날에 문주님께서 雙龍昇天刀法을 잠시 우리 삼 대제자들 앞에서 보여주신 적이 있는데, 수백 명이 연습할 수 있는 크기의 제1연무장에 광풍이 날려서 눈도 뜰 수 없을 정도였다고. 그런데도 문주님은 아직 자신의 雙龍昇天刀法은 완성되지 않았다고 말씀하셨지. 그만큼 雙龍昇天刀法을 완벽하게 익히는 건 어렵다고 할 수 있어."

"그렇구나."

"그래도 넌 복받은 거야."

"무슨 소리야?"

곽무진의 말에 장천이 이해하지 못하고 묻자, 그는 머리를 쓰다듬어 주면서 말했다.

"쌍도문 내에서 雙龍昇天刀法을 완전하게 익히고 있는 분이 한 분 계시는데, 그분이 바로 장 시숙조님이라고."

"아!"

그제야 장천은 곽무진의 복받았다는 말을 이해할 수 있었다. 아버지가 제자를 두지 않는다는 걸 알고 있었기에 완전한 雙龍昇天刀法을 전수받을 수 있는 사람은 자신밖에 없는 것이다.

곽무진의 이런저런 이야기를 들으며 장천은 더욱 기분이 좋아졌다.

두 아이가 손을 잡고 다음에 도착한 곳은 바로 쌍도문의 연공관이었다.

"쌍도문의 연공관은 문주님께서 태사조님이 모아놓은 각종 무공 서적과 영약들을 모아 보관해 놓은 곳이야. 이곳에 들어올 수 있는 사람은 적어도 이대제자 이상의 신분이나 그 사람과 동행해야만 출입할 수 있어."

그 말과 함께 곽무진이 연공관으로 들어가자 장천은 이상한 생각이 들어 물었다.

"그런데 무진 형."

"왜?"

"방금 이대제자 이상만 들어갈 수 있다고 했잖아."

"응?"

"형은 삼대제자 아니야?"

그 순간 곽무진은 예상보다 장천이 똑똑하다는 것에 잠시 충격을 받았지만 이내 안색을 정리하고는 손가락을 내저으며 말했다.

"아니야, 방금 말했잖아. 이대제자 이상이거나 그런 사람과 동행을 해야만 들어갈 수 있다고."

"응? 그럼 이대제자가 있는 거야?"

장천은 무진의 말에 사방을 두리번거렸지만 역시 연공관의 앞에는 곽무진과 자신밖에 없었다.

그런 장천을 보며 곽무진은 한숨을 내쉬며 말했다.

"바보. 니가 바로 이대제자 이상의 신분이잖아."

"응? 내가?"

자신의 말에 장천이 이해를 못하자 곽무진은 자세하게 설명을 해주기 시작했다.

"아직 잘 모르나 본데, 넌 사숙조님의 아들이지?"

"응."

"그렇다는 것은 서열상으로 넌 다른 사숙님이나 사백님들의 제자들과 동격의 서열이라 할 수 있다고. 바로 이대제자의 신분이란 거지."

그제야 장천은 이해할 수 있었는지 고개를 끄덕였다.

"그렇구나."

"자, 그럼 들어가자."

"응."

장천은 무진의 말에 고개를 끄덕이며 연공관 안으로 들어갔다. 연공관의 대문으로 들어서자 이십 대 후반의 제자 두 사람이 문 옆을 지키고 있다가 무진과 천의 앞을 막아섰다. 그리곤 들어선 사람이 무진이라는 걸 알고 황당하단 얼굴로 말했다.

"무진 아니냐? 연공관은 이대제자 이상의 신분만이 들어갈 수 있단걸 알면서 들어오는 것이냐?"

그 사람의 말에 무진은 고개를 끄덕이며 말했다.

"설마 내가 그것도 모를 것 같아?"

"휴… 깡이 좋은 것은 알겠지만 여기 이상은 안 된다. 돌아가라고."

"무슨 소리야? 난 분명 이대제자 분과 동행하고 있다고."

"응?"

연공관의 문을 지키는 제자가 알아듣지 못하고 있자 무진은 자신의 손을 잡고 있는 장천을 앞으로 내세우면서 말했다.

"이분이 누군지 알아?"

"누군데?"

"바로 이번에 장 사숙조님께서 양자로 들여오신 장천 도련님이라고."

그 말에 문을 지키는 제자들은 놀란 표정을 짓더니, 천의 얼굴을 쳐다본 후 그제야 무슨 일인지 알겠단 얼굴로 고개를 끄덕이고는 무진의 머리에 꿀밤을 먹인 후 말했다.

"이 자식! 아무리 나이가 어리다고는 하지만 그래도 사숙 분들과 같은 서열이신데 도련님을 이용해서 연공관에 들어갈 생각을 해! 귀엽다고 봐줬더니 혼 좀 나봐라!!"

이렇게 무진의 검은 속은 어른들의 눈을 속이지 못하고 걸리고 말았으니, 무진은 그들의 손에 잡혀서 꿀밤 세례를 받으며 눈물을 흘릴 수밖에 없었다.

그 모습을 보고 있던 장천이 무진에게 꿀밤을 먹이던 두 제자의 옷을 잡고는 소리쳤다.

"무진 형아 때리지 마!! 형아가 연공관 구경시켜 준다고 했단 말이야!! 으아아앙!!"

갑자기 무진이 두 명의 청년에게 당하자 장천은 어쩔 줄 모르다 어린아이의 절대무공인 울음을 터뜨렸다. 장천이 울자 무진을 괴롭히던 두 청년은 당황하지 않을 수 없었다.

일단 무진의 흑심을 알아채고 혼을 내주고는 있지만 그렇게 심하게 대할 생각은 없었는데 장천이 울음을 터뜨렸기 때문이다.

보통 아이라면 모를까, 쌍도문의 이인자라고 할 수 있는 장춘삼 대사숙의 도련님을 울렸으니 삼대제자인 그들이 어찌 당황되지 않을 수 있겠는가?

두 사람은 무진을 괴롭히던 걸 멈추고 울음을 터뜨린 장천에게 다가가 당황해하는 표정으로 달래기 시작했다.

"도련님, 저희는 무진을 괴롭히던 것이 아니었습니다."

"그냥 도련님 잘 모시라고 충고를 해준 거라니까요. 충고요."

두 사람이 안절부절못하며 자신에게 달려들어서 부정하자 장천은 눈물을 닦고 두 사람을 보며 말했다.

"정말?"

"그럼요! 헤헤헤."

정말 권력에 굴복하는 모습이 추해 보이는 두 사람이었다. 하지만 그들도 먹고살아야 하니 어쩌겠는가?

"그럼 나, 무진이 형이랑 연공관 구경해도 돼?"

"당연하구말굽쇼. 자, 안으로 드시지요."

"응."

이렇게 해서 두 사람은 연공관으로 들어서는 관문을 무사히 통과할 수 있었다.

곽무진은 언제나 들어가고 싶어했던 연공관을 장천 덕에 들어갈 수 있게 되자 기분이 좋을 수밖에 없었다.

"잘했어."

"정말?"

"그럼."

어쨌든 무진이 자신을 칭찬해 주자 기분이 좋아지는 장천이었다.

연공관은 앞에서 말한 바와 같이 군자쌍도 오립산이 모아놓은 무공서적과 영약들을 보관해 놓은 곳이다.

강북 일대 도박장의 큰손으로 군림하고 있던 오립산은 그 덕분에 상당한 재산을 가지고 있었고, 그것을 잠시 열거해 보면 전장은 세 개, 주점은 네 개, 음식점은 다섯 개, 기원은 세 개 등으로 그 재산만으로도 감숙성에서 손꼽히는 부호라 할 수 있었다.

이러한 감숙성의 대부호 오립산이 삼류문파인 쌍도문의 문주가 된 것은 정말 신기에 가까운 일이라 할 수 있었다.

왜 오립산은 그 많은 재산을 가지고 있으면서도 이름없는 삼류문파의 문주가 된 것일까? 그것에는 사연이 있었다.

쌍도문을 역사를 천천히 살펴서 올라가면 맨 위에는 쌍도문의 시조라 할 수 있는 인물 청풍도(淸風刀) 사운(沙澐)이 있다.

사운은 강호에서 이름난 일류급 고수로, 무문에서 무공을 배우지는 않았지만 여기저기 굴러다니던 하급 무공을 모아 자신만의 독특한 도법을 만들어냈다. 그것이 바로 쌍도문 무공 중 하나인 청풍도법이다.

강호 일류급 무인인 사운은 그 당시 하북의 가장 큰 표국인 비룡표국에서 표사로 약 이십 년 동안 일하면서 대표두의 자리까지 올라 많은 돈을 벌었다. 그러나 영원히 표두로 살 순 없단 생각에 그동안 모은 돈으로 자신만의 작은 도장을 만들었는데, 그것이 바로 쌍도문의 전신인 청풍도장이었다.

하지만 평생 배운 글자라곤 자신의 이름 두 글자밖에 없는 사운이 어찌 도장의 운영을 제대로 할 수 있을까? 얼마 지나지 않아 재산을 모두 탕진하고 죽고 말았다.

그러나 다행히 청풍도법을 전수받은 제자가 한 명 있었으니, 그는 주도(酒刀) 맹통(孟洞)이란 자였다.

그의 명호인 주도는 말 그대로 주도(酒刀)였으니, 그가 얼마나 술을 좋아했는지 잘 알 수 있을 것이다. 실력은 사운의 진전을 그대로 이어받아 강호 일류급에 달했으나 술 때문에 이상한 명호까지 붙여진 맹통은 사십 년을 그렇게 술에 취해 돌아다니다가 문득 자신의 행동에 후회를 하게 되었다.

그래서 가난한 농부의 막내아들을 꼬셔 자신의 제자로 삼아 무공을 가르치기 시작했는데, 애석하게도 평생 술을 너무 많이 먹은 관계로 노인성 치매와 간경화까지 걸려 제자를 받은 지 일 년 만에 죽고 말았다.

그의 뒤를 이어 농부의 막내아들이자 맹통의 제자인 걸도(乞刀) 구승(仇昇)이 다음의 대를 잇게 되었다. 그러나 걸도 구승은 맹통의 노인성 치매와 지나친 음주로 인한 간경화로 군데군데 빠져 있는 구결과 심법을 익힐 수밖에 없었다. 그러니 대성은 불가능하다고 할 수 있었다.

통한의 눈물을 흘리며 괴로워하던 그는 사방의 문파를 돌아다니며 구걸하듯이 무공을 배우며 익혀 나갔다. 그의 명호가 걸도가 된 것은 모두 이런한 이유에서였다.

하지만 이십 년을 강호의 대소문파를 돌아다니며 그가 얻은 것은 별로 없었다. 이에 실망하여 어느 이름 모를 계곡에 올라 투신자살을 하려고 했는데, 그때 한 기인에게 구출을 받게 되었다.

자신을 구해준 기인의 놀라운 무공을 본 걸도는 사정을 이야기하며 스승이 말해 준 청풍도법의 심법과 구결을 완성하게 도와달라는 부탁을 했다. 하지만 이미 세상을 등진 은거 기인은 그의 부탁을 들어주지 않으려 했기에 그는 그로부터 삼십 년간을 은거 기인의 거처에서 수발 들며 마음을 바꾸어주기를 기다렸다.

이런 걸도 구승의 노력은 드디어 결실을 이루게 됐다. 은거 기인이 자신의 죽을 날이 다가왔음을 알고 구승이 가져온 청풍도법의 완전한 심법과 구결을 건네주며 몇 가지 무공도 건네주니, 그것이 바로 현재 쌍도문의 입문 무공인 쌍룡승천도법 등의 무공과 신법, 보법, 경공법들인 것이다.

구승은 드디어 명호에 힘입어 완전한 문파로서의 무공을 손에 얻게 된 것이다. 하지만 그도 이미 예순이 넘은 늙은이였으니, 아무리 뛰어난 무공이 있다 해도 그것을 익힐 수가 없었다.

다행히 은거 기인에게서 몇 가지 잡다한 기술을 익혀 무림의 이류무사가 될 수 있었던 구승은 기인에게서 받은 두 개의 금원보로 그 당시 가장 땅값이 싼 감숙성에 자그마한 도장을 세우고 이름도 쌍도문으로 바꾸었다.

구승은 모두 세 명의 제자를 두었지만 삼류문파에 들어오는 재능없는 제자들이었기에 뛰어난 무공의 소유자였던 은거 기인의 무공을 제대로 익힐 수가 없었다.

그리하여 구승은 스승을 원망하며 숨을 거두었고, 그를 이어 새로이 쌍도문의 문주가 된 이는 바로 문천식이란 사람이었다.

문천식은 물론 그의 사제인 두 사람 역시 능력이 없었기 때문에 삼류문파의 문주인 그에게는 제대로 된 명호조차 없었다.

하지만 스승인 구승이 전해준 무공들이 결코 삼류의 무공이 아니라는 것을 알고 있었던 문천식은 강호를 돌아다니며 뛰어난 자질을 가졌으면서도 가난한 집안에서 태어나 농부가 될 수밖에 없는 아이들을 데리고 와서 자신의 제자로 삼아 무공을 가르쳤다.

하지만 아무리 자질이 뛰어나도 사부의 가르치는 솜씨가 영 엉망이었으니 그가 데리고 온 아이들은 구승과 같이 이류무사로 머물 수밖에 없었다.

문천식은 자신의 어리석음을 원망하며 화병으로 죽고 말았고, 그의 뒤를 이은 제자는 쾌도(快刀) 갈천성(葛天星)이었다.

갈천성은 이류무사에 지나지 않았지만 뛰어난 머리를 가지고 있었기에 세 명의 사제들과 함께 돈을 벌어들이는 데 집중했고, 마침내 쌍도문은 무공 면에서 떨어지긴 했지만 감숙에선 유명한 돈 많은 삼류문파가 되었다.

그는 돈의 위력에 힘입어 자질이 뛰어난 아이들을 모을 수 있었고, 그중 두 제자는 뛰어난 재능을 가지고 있었다.

이로 인해 구승이 삼십 년에 걸쳐 거지 짓 해서 얻은 무공을 제대로 익힐 수 있는 제자가 생긴 것이다.

그러나 이 대에 와서야 드디어 일류무사를 배출한 쌍도문은 애석하게도 대제자가 강호 유랑 중 머리를 다쳐 바보가 되면서 다시 일이 꼬이기 시작했다.

바보 제자를 보면서 평생을 근심하던 갈천성은 죽기 하루 전에 자신의 침상으로 찾아온 제자가 너무나 엉뚱한 짓을 하고 있는 것에 열이 받아 고래고래 소리치다가 바보의 동문서답에 걸려들어 그를 문주로 임명하고 죽고 말았다.

이 일로 바보 대제자가 아닌 자신이 문주가 될 것이라 믿었던 두 번째 제자는 열이 뻗쳐 문파의 돈을 들고 도망치고 말았으니, 돈 많은 삼류문파는 순식간에 돈없는 삼류문파가 되고 만 것이다.

갈천성의 뒤를 이어 문주가 된 바보 대제자 우인(愚人) 도문성(陶問省)은 순식간에 가솔들은 물론 윗대의 사숙마저 대부분 도망쳐 버린 쌍도문에 홀로 남아 외롭게 문을 지키고 있었다.

하지만 바보라도 제자를 받아들여 문파를 이어야 된단 생각은 했는지 감숙성 일대를 돌아다니며 제자가 될 만한 사람을 찾아보았다. 그러나 바보의 제자가 될 아이들은 없었다.

그러던 중 발견한 사람이 바로 감숙성 일대의 큰손이던 오립산이었다.

오립산은 우연히 도박장에 찾아온 도문성에게 신기에 가까운 사기 도박술을 선보였으니 그것이 화근이었다.

놀랍게도 바보였던 우인 도문성의 무공은 무림최고수의 수준이었던 것이다. 기인에게 구승이 받았던 모든 무공을 극성까지 익히고 있던 도문성은 오립산의 신기에 가까운 기술을 단번에 파악하였다.

하지만 그는 오립산의 사기 도박술을 알릴 생각이 없었다. 오히려 그의 뛰어난 손 기술이 자신의 문파에 어울릴 것이라 생각하며 그를 제자로 삼으려 매달렸다. 오립산은 찰거머리 같은 바보 무사를 쫓아내기 위해 수십 명의 무사들을 동원하고, 심지어는 안면이 있던 무당의 장로에게까지 도움을 요청했지만 어느 누구도 우인 도문성을 오립산에게서 떼어내지 못했다. 물론 도문성과의 싸움은 각 문파의 체면이 있고 해서 모두 비밀에 부쳐졌다.

오립산은 십 년 동안 자신을 제자로 삼기 위해 밥 먹을 때는 물론, 심지어는 화장실까지 따라붙는 도문성에게 항복을 하게 되었고, 드디어 그의 제자가 된 것이다.

이것이 감숙성의 거부였던 오립산이 쌍도문의 제자가 된 사연이다.

오립산은 이렇게 된 것 무공이나 제대로 익혀보자고 도문성에게 무공을 사사받으려 했는데, 그때 자신이 바보의 제자가 된 것보다 더 큰 충격을 받게 되었다.

바로 도문성이 가장 중요한 심법 적힌 책을 밥 짓는 땔감으로 사용했던 것이다.

그가 배울 수 있는 것은 서적이 온전히 남아 있는 각종 도법과 보법, 신법, 경공법뿐 책이 사라진 심법은 바보 도문성이 제대로 가르쳐 줄 수 없어 포기할 수밖에 없었다.

이렇게 해서 가장 중요한 심법을 알 수 없었던 그는 뛰어난 무공을 살리지 못해 삼류무사에 머물 수밖에 없었다.

그 후 도문성은 제자를 받은 지 오 년 만에 죽어 오립산이 그의 뒤를 이어 쌍도문의 문주가 되었다.

오립산 외에 제자라고 생각할 수 있는 사람이 여러 명 있었지만, 그들은 제자로 삼기 위해 데리고 왔다기보다 착한 심성의 도문성이 측은지심으로 데리고 온 거나 병자들이 대부분인지라 모두 삼류에도 미치지 못한 자들이었다. 그 때문에 문파를 떠날까도 생각했지만, 오 년 동안이지만 자신을 제자이기보다 상전 모시듯 따뜻하게 대해준 스승이 고아였던 오립산의 여린 가슴을 자극한 덕에 유언을 저버릴 수 없었다.

이렇게 해서 큰마음 먹고 쌍도문을 감숙성 최고의 문파로 만들 계획을 짜게 된 오립산은 그 원대한 계획이 성공하여 지금의 쌍도문을 만들어낸 것이다.

그는 감숙성의 큰손임을 이용하여 각종 도박과 고리대금업을 통하여 삼류문파의 무공 서적과 각종 영약들을 입수하는 한편, 땔감으로 사용된 쌍도문의 심법서를 대신하여 다른 심법서를 도박계에서 날리던 비전의 수법으로 입수했다.

물론 이 비전의 수법은 오립산이 죽을 때까지 함구한 관계로 어느 누구도 모르며, 누구에게 얻었는지도 모른다.

들려오는 이야기에 의하면 이 도박의 기술은 천기를 거스르는지라 자신의 도박 기술 제자라 할 수 있는 양우생에게도 전수하지 않았다고 한다.

어쨌든 그렇게 해서 무공 서적과 영약들을 모으게 됐고, 그것을 다시 오립산의 뒤를 이어 문주가 된 등평이 재정리한 것이다.

이러한 역사를 가진 쌍도문의 연공관에 들어선 곽무진과 장천은 제일 처음 연공관의 건물 안에 들어서면 드러나는 쌍도문립 무학 도서관의 거대한 서고를 보곤 탄성을 자아낼 수밖에 없었다.

거대한 방 안에 족히 수십만 권은 될 듯한 책이 가득 꽂혀 있었다.

물론 이것들 전부가 무학 서적은 아니지만 무학에 관한 서적도 방한쪽을 가득히 메우고 있었으며, 그 종류엔 구파일방과 오대세가는 물론 장강수로십팔채 같은 수적 무리에서 제일 밑바닥인 하오문의 무공 서적까지 없는 것이 없었다.

하지만 역시 구파일방의 무공들은 한두 권을 빼곤 모두 흔히 알려져 있는 무공인지라 곽무진은 실망하지 않을 수 없었다.

"역시 상승무공이 없구나······."

무공 서적을 뒤지던 곽무진은 책 찾는 것을 포기하고 투덜거리면서 서고를 지나 다음 방으로 들어가려 했는데, 그때 누군가의 손이 자신의 뒷덜미를 잡고 들어 올리는 것을 느낄 수 있었다.

"누구··· 헉!!"

곽무진은 자신의 뒷덜미를 잡고 들어 올리는 사람을 보며 소리치려다가 그의 정체를 알고는 헛바람 소리와 함께 입을 다물고 말았다.

"무진아, 네 녀석이 어떻게 연공관에 들어와 있는 게냐?"

"사, 사부님······."

무진의 뒷덜미를 잡고 들어 올린 사람, 그는 바로 곽무진의 스승으로 양우생의 수제자이기도 한 광무자 유운이었던 것이다.

이대제자 중 가장 연장자이며 비공식 쌍도문 무공 서열 3위의 인물인 광무자 유운은 겁도 없이 삼대제자의 신분으로 연공관에 들어온 무진을 들어 올려서는 돌리기 시작했다.

"끄아악!! 사부님, 제발 회선풍의 벌만은… 끄아악!!"

회선풍은 광무자 유운이 자신의 어린 제자들이 게으름을 피우거나 말썽을 저지를 때 주는 벌 중 하나로 손 위에 올려서는 내공을 사용하여 돌리는 것이었다.

일단은 맞는 것보다 나을 것이 아니냐는 사람들도 있을 수 있겠지만, 회선풍의 벌을 받았던 이들은 거의 모두가 차라리 맞는 것이 낫다고 이야기할 정도로 회선풍의 벌은 고통스러운 것이었다.

일각만 벌을 받아도 삼 일은 어지러움중에 시달리며 밥 한술 못 뜬다고 알려진 무시무시한 형벌인 것이다.

광무자 유운에겐 무진의 작은 덩치야 작은 자갈이나 마찬가지였기에 그는 한 손으로 회선풍의 벌을 주면서 옆에 있는 꼬마 아이를 쳐다보았다.

장천은 곽무진이 소리를 지르면서 뺑글뺑글 도는 걸 보며 부러운 듯 입맛을 다시며 중얼거렸다.

"무진이 형, 재밌겠다……."

지금 곽무진으로선 죽을 맛이란 것을 어린 장천이 알 리 없었다. 무진이 피가 머리와 다리로 몰려가는 듯해 정신을 못 차리고 있을 때 유운은 장천의 뒷덜미를 잡아 자신의 얼굴 앞으로 들어 올리더니 물었다.

"네 녀석은 누구냐? 새로 들어온 제자인가?"

유운의 물음에 장천은 고개를 저으며 말했다.

"아니요."

"그럼 어디 사는 꼬만데 연공관까지 들어온 것이냐?"

유운의 말에 장천은 돌고 있는 곽무진을 가리키며 말했다.

"무진이 형이 전 이곳으로 들어올 수 있다고 했어요."

"응?"

장천의 말에 영문을 알 수 없었던 유운은 조그마한 꼬마인 장천을 내려놓고 회선풍의 벌을 받고 있던 무진을 던지듯이 떨구었다.

"우와… 돈다, 돌아……."

회선풍의 벌에서 간신히 **벗**어나긴 했지만 사방이 돌고 있는 무진은 휘청휘청 술이라도 취한 것처럼 연공관을 돌아다니다가 그대로 자빠져 속이 뒤집히는지 연공관 바닥에 구토를 하려 했다. 그것을 보며 유운이 다시 녀석의 뒷덜미를 잡아 들어 올리고는 가볍게 손가락으로 튕기듯 무진의 몸에 있는 혈도를 짚자 넘어오던 구토는 다시 속으로 들어가고, 곽무진은 간신히 어지러움증에서 벗어날 수 있었다.

"아… 사부님? 언제 오셨나요? 오늘은 연공관에 안 가시는가 보죠?"

하지만 아직 제정신을 차리지 못했는지 사부를 보며 히죽거리더니 흔들거리면서 횡설수설하기 시작했다.

유운이 무표정한 얼굴로 가볍게 손가락을 튕기자 지풍이 일어나며 무진의 이마를 강타했고, 지풍을 맞은 무진은 비명 소리와 함께 이마를 부여잡고는 그 자리에서 주저앉고 말았다.

"끄아악!! 아이고, 머리야!!"

"이제 정신이 좀 드느냐?"

"으악!! 사부님……."

그제야 완전히 정신을 차린 곽무진은 사부의 얼굴을 보자 이마의 통증이 사라졌는지 벌떡 일어나서는 양발은 붙여 45도 각도로 벌리고, 눈은 15도 각도로 위를 쳐다보며 턱은 당기고, 양손은 주먹을 쥔 채 다리에 일자로 갖다 붙여 가슴을 내미는 부동 자세를 취했다.

"분명 연공관에 삼대제자는 못 들어온다는 것을 알 텐데 어떻게 들어왔지? 또, 이 아이는 누구냐? 아이의 말대로라면 네가 이 아이에게 연공관에 들어올 수 있다 했다는데 난 이대제자나 사숙, 사백님의 가족분 중에서 이런 아이를 본 적이 없다."

"그게… 도련님은 이번에 장 사숙조님께서 양자로 들여오신 분입니다."

"장 사숙님의 양자?"

유운이 들어본 적 없다는 얼굴로 되묻자 곽무진은 자세하게 설명하기 시작했다.

"그게, 장 사숙조께서 저번에 강북사우의 다른 분들과 함께 혈비도 무랑을 잡기 위해 강호에 나선 적이 있지 않습니까?"

"그런 일이 있었지."

"거기서 혈비도 무랑이 한 아이를 미끼로 군웅들을 유인하여 사라졌는데, 그때 미끼가 된 아이를 장 사숙조님께서 양자로 들여 문으로 돌아오셨습니다."

"응? 그런 일이 있었는가?"

곽무진의 말에 한참을 생각에 잠겨 있던 유운은 뒤에서 멍하니 서 있는 장천을 보며 물었다.

"네 이름이 무엇이냐?"

"아빠가 천이라고 그랬어요."

"천이라… 어울리는 이름이로구나."

천의 맑은 눈을 보며 고개를 끄덕인 유운은 그에게 가까이 가서는 손을 움직여 몸 이곳저곳을 주물러 보고는 말했다.

"근골은 무공을 익히기에 아주 적합하구나."

그 말과 함께 그는 장천과 곽무진의 뒷덜미를 잡아 들어 올려서는 서고를 지나 한참을 걸어가더니 약재실이라 쓰여 있는 방으로 들어갔다.

약재실에는 각종 약초와 환약들의 냄새가 가득 흐르고 있었기에 장천은 뒷덜미를 잡혀 매달려 가는 채로 코를 막으며 얼굴을 찡그렸다.

유운은 두 아이를 바닥에 내려놓고는 근처에 있던 서랍을 열어 환단 두 개를 꺼내왔다.

곽무진은 그가 꺼내 든 환단의 정체를 짐작하곤 떨리는 목소리로 물었다.

"사, 사부, 그 환단은 혹시?"

"그래, 청심단이다."

"아!!"

청심단은 쌍도문의 비전 환단으로 청심단을 먹으면 한 알당 약 십 년 이상의 내공 증진을 볼 수 있다는 엄청난 환단이었다.

이 환단은 군자쌍도 오립산이 무림삼광(武林三光)의 일 인인 견즉사의(見則死醫) 호청명(壺淸鳴)과 약 일 년에 걸친 내기를 해서 얻어낸 것으로, 이 내기에서 호청명은 청심단 백 알을 오립산에게 빼기고 나서 쌍도문의 쌍 자만 들어도 피를 토하며 경기 일으키는 화병에 걸렸다고 한다.

무공으론 결코 견즉사의 호청명의 발끝에도 닿지 못하는 군자쌍도 오립산이 무슨 수로 내기에서 승리하여 청심단을 빼앗았는가는 모든 사람이 궁금해하는 일 중 하나였지만, 오립산은 그 내기의 내용을 죽을 때까지 밝히지 않았기에 비밀을 알고 있는 사람은 백 살이 넘은 나이에도 삼광의 명성으로 강호를 누비고 있는 호청명 한 사람뿐이었다.

아무튼 오립산이 얻어낸 백 알의 청심단은 이대제자 이상의 신분이 아니라면 손도 못 대는 쌍도문의 보물이라 할 수 있었다.

이 청심단을 처음 내공을 익히는 이가 먹어 내공으로 화하게 된다면 십 년이 아닌, 그 두 배의 효능을 볼 수 있기에 아직 내공을 익히지 않은 장천을 보며 유운은 청심단을 먹이려 한 것이다.

옆에서 장천이 먹게 될 청심단을 보며 입맛 다시던 곽무진은 무엇인가 이상한지 스승을 보며 물었다.

"그런데 스승님, 어떻게 청심단이 약재실에 있는 거죠? 제가 알기로 청심단은 문주님께서 비밀 금고에 보관하신다고 들었는데?"

"물론이다. 이 두 알의 청심단은 내 몫으로 받은 것과 무공에 관심이 없는 구문필(九文筆) 사진(司振) 사제가 나에게 넘겨준 것이지."

구문필 사진은 구양생의 삼제자로 현재 나이 사십오 세의 중년인이었다. 그의 명호는 아홉 가지의 서체에 능하다 하여 붙여진 것으로 문필로 감숙성에서 양우생의 삼제자인 신필(神筆) 김춘수(金春愁)와 함께 감숙성을 대표하는 명필가로 알려져 있었다.

이대제자로는 조금 나이가 많은 편에 속하기 때문에 이대 중 가장 연장자인 유운과 친한 인물이었다.

"사부님……."

"왜?"

"저도… 어떻게 한 알 안 될까요?"

청심단의 효능을 너무나 잘 알고 있는 곽무진으로선 장천의 입으로 들어갈 청심단이 엄청 부러울 수밖에 없었는데, 유운은 그런 무진의 말에 특유의 무표정을 지으며 왼손으로 그의 이마에 또다시 지풍을 날렸다.

"끄아악!!"

또다시 지풍에 맞은 곽무진이 이마를 부여잡고 주저앉자 그런 무진에게 유운이 혼잣말하듯 말했다.

"그러잖아도 네 녀석이 나의 정제자가 되면 내 몫의 청심단을 하나 주려고 했다."

"예? 정말이요?"

"청심단은 정제자가 아닌 제자에게 먹일 수 없으니 네 녀석에게 먹이지 못하고 있을 뿐이었다."

그의 말에 곽무진은 입은 찢어질 듯 벌어질 수밖에 없었는데, 유운의 다음 행동에 그 입은 큰 충격을 받은 듯 오므라들고 말았다.

유운이 두 알의 청심단을 모두 장천의 입에 넣었기 때문이다.

"끄아악!! 싸부!!"

"왜?"

"청심단 한 알은 제가 정제자가 되면 주시기로 했잖아요!!"

"그런데?"

"그런데 왜 도련님에게 두 알 모두를……."

하지만 또다시 유운의 손가락이 튕겨지면서 지풍이 곽무진의 이마에 작렬했고, 무진의 몸은 반동에 뒤로 자빠지고 말았다.

"끄아악!!"

머리를 부여잡으며 곽무진은 약재실 바닥을 뒹굴며 고통스러워하고 있었는데, 유운이 그 모습을 보곤 오른발로 진각을 시전하자 약재실 바닥이 크게 진동했고, 그 여세에 무진은 방문 밖으로 튕겨져 버렸다.

"싸부, 너무해요!!"

문밖으로 튕긴 곽무진이 억울하단 얼굴로 소리치자 유운은 손을 내저으며 말했다.

"지금부터 단 한 사람도 약재실로 출입하게 하지 말아라."

"흑흑흑… 지가 무슨 힘이 있겠어요……. 싸부 시키는 대로 해야지요……."

청심단의 꿈이 사라진 것에 눈물을 흘리며 곽무진은 사부의 명령에 따라 약재실의 문을 닫고 경비를 서는 수밖에 없었다.

한편 유운이 입속에 넣은 청심단을 자신도 모르게 꿀꺽 삼켜 버린 장천은 뱃속에서 뜨거운 기운이 솟아오르는 느낌을 받을 수 있었다.

"저… 싸부……."

"난 니 싸부가 아니다. 사형이라 불러라."

"그렇군요. 전 무진 형이 싸부라 부르기에 싸부가 이름인 줄 알았어요."

"무진 형이 아니라 지금부턴 무진 사질이라 부르며 하대하도록 해라."

"예?"

아직 촌수에 대한 관념이 없는 장천으로선 유운의 말을 알아들을 수 없었지만 가끔씩 무진이 다른 사람 앞에서는 자신에게 존댓말 쓰는 것을 이상하게 여긴 적이 있던지라 그것과 많은 관련있을 것 같다는 막연한 추측만을 할 뿐이었다.

유운은 그 특유의 무표정으로 가볍게 발을 놀려 장천을 자리에 앉히고 다리를 고정시켜 가부좌를 틀어준 뒤 그의 두 손을 단전 밑으로 내려놓게 하고는 그의 등 뒤에서 자신 역시 가부좌를 하고 앉아 조용히 장천에게 말하기 시작했다.

"이제부터 이 사형이 하는 말을 잘 듣고 따라하도록 해라. 그렇지 않으면 네 녀석은 오늘부로 평생 방 안에 누워서 지내야 할 것이다."

"헉!"

장천은 유운의 협박 같은 말에 허파에 바람 빠지는 소리를 내곤 긴장으로 어깨에 힘이 들어갔는데, 유운은 굳어진 천의 어깨를 손가락으로 가볍게 두드려 긴장을 풀어주고는 계속 말을 이어갔다.

"긴장을 풀고 천천히 심호흡하도록 해라."

평생 누워서 지내긴 싫었던 천은 어쩔 수 없이 그의 말대로 천천히 심호흡을 할 수밖에 없었다.

몇 번 심호흡을 하자 어느 정도 긴장감이 풀려 온몸이 편해지기 시작했다.

"이제부터 나의 질문에 말하지 말고 고개를 끄덕이거나 젓는 식으로 대답해라, 알겠느냐?"

"예. 윽!!"

"말하지 말라고 그랬지?"

유운의 질문에 대답했다가 뒤통수에 미약한 지풍을 얻어맞은 장천은 다시 이어진 질문에 고개를 끄덕이는 식으로 대답했다.

"좋다. 먼저 배꼽 부분에서 뜨거운 기운이 느껴지느냐?"

장천은 아까부터 그것이 이상했던지라 고개를 끄덕였고, 유운은 계속 말을 이었다.

"그럼 이제부터 내가 말하는 구결을 속으로 외우며 지시하는 대로 호흡을 하도록 해라."

끄덕끄덕.

"자, 그럼 이제부터는 내가 말하는 대로 몸속에서 느껴지는 기운을 움직이기만 하고 몸을 움직여서는 안 된다. 알겠느냐?"

끄덕끄덕…….

'끅!!'

"움직이지 말라 했다. 알겠느냐?"

이젠 말도 못하고 고개를 끄덕이지도 못하자 장천으로선 정말 답답하기 그지없었다.

드디어 유운의 작업이 시작되었다.

천은 유운이 말하는 대로 단전으로 이어지는 호흡을 하며 천천히 자신의 몸 안에 느껴지는 뜨거운 기운을 움직이기 시작했다.

물론 등 뒤에서 유운이 운기 도인을 해주고 있기 때문에 초보자인 천으로서도 기를 각 혈도를 따라 움직이는 것에 별문제는 없었다.

구결을 속으로 중얼거리며 가끔씩 이어지는 지시대로 몸의 기를 움직이기 시작하자 따뜻한 기운이 사지백해로 퍼져 나가며 지금까지 단 한 번도 느껴본 적 없는 느낌이 장천의 몸을 자극하기 시작했다.

조금 간지럽기도 하고, 이상하기도 해서 몸을 움직이고 싶었지만 무진의 이마를 강타하던 지풍의 맛을 약간 보았던 천이었기에 어쩔 수 없이 몸을 고정시킨 채 기를 움직여 갈 수밖에 없었다.

그런 식으로 어느 정도의 시간이 지나자 장천은 무아에 빠지게 되어 무의식적으로 들려오는 목소리에 기를 움직여 가기 시작했다.

그러기를 한 시진의 시간이 지났을 때, 일주천이 거의 끝나가고 있다 생각한 유운은 기를 도인하여 단전으로 돌리려 했는데 그 순간 이상한 기분이 들었다.

'이건?'

생각지도 못한 일이었다. 보통 처음 심법을 익히는 이가 사부의 도움으로 기를 운용하게 되면 혈도 중 몇 개의 부분에서 막히게 되는데, 이것들은 바로 살아오면서 인간의 탁기가 혈도에 뭉쳐 생기는 현상이다.

물론 타고난 근골을 가진 이들은 이런 뭉치는 현상이 보통 사람들보다 적기 마련이지만 장천의 경우에는 너무나 부드럽게 기가 운기되고 있었던 것이다.

거기다가 당연히 막혀 있어야 하는 부분마저 뚫려 있으니 유운으로선 황당하지 않을 수 없었다.

사람은 태내에서 그 몸이 형성되어 가며 어머니의 양분을 먹고 커가는데, 그 와중에 어머니의 몸에 있던 탁기가 몇 개 혈도를 막게 된다.

이런 이유로 처음 태어난 아이에게도 막혀 있는 혈도가 몇 개 있는데, 그중 가장 대표적인 부분이 임독양맥이다.

그렇기 때문에 임독양맥을 뚫기 위해선 몇 가지 방법이 있는데, 첫째, 갓 태어난 아이에게 영약을 먹인 후 몇 명의 고수들이 내공을 운기하여 아이의 임독양맥을 뚫어주는 방법으로, 이것은 무림 명가의 자제들에게 쓰여지는 방법이지만 영약을 구하기도 그리 쉽지 않고, 자칫 실수하면 태어나자마자 불구가 될 수 있기 때문에 현재에 와서는 이름난 명가가 아니라면 거의 쓰지 않는 방법이다.

둘째는 어느 정도 나이를 먹은 후 영약과 삼 갑자 이상의 내공을 지닌 고수 몇 명이 자신의 내공을 이용하여 뚫어주는 방법으로, 이 경우는 시전자의 내공이 어느 정도 깎이기 때문에 많이 쓰이지는 않는다.

셋째, 내공을 어느 정도 모은 후 스스로 임독양맥을 뚫거나 스승의 도움으로 뚫는 방법인데, 이 마지막 방법이 제일 많이 쓰이는 방법이다.

물론 이런 방법으로 임독양맥을 뚫기 위해선 상당한 육체적 고통이 따르기 때문에 어느 정도 정신 수양이 되어 있지 않으면 시도할 수 없는 방법이다.

임독양맥을 뚫는 것은 더 높은 무공을 익히기 위해선 반드시 필요한 단계이지만 이 방법은 쉽지 않았는데 유운은 장천의 기를 도인해 주던 중 양맥이 뚫려 있는 것을 발견한 것이다.

이것은 극히 이례적인 일로 천이 무림의 명가에 태어나지 않고서는 불가능한 일이었다. 하지만 처음 그의 몸을 만졌을 때 그런 느낌은 없었다.

영약의 기운으로 고수들이 임독양맥을 뚫어주었다면 몸 안에 내공이 남아 있기 마련인데 내공의 흔적은 찾아볼 수 없었기 때문이다.

그렇다면 태어나면서부터 임독양맥이 막혀 있지 않았다는 이야기인데, 이런 이야기를 들어본 적 없던 유운으로선 당황하지 않을 수 없었다.

하지만 그런 생각은 나중의 일, 임독양맥이 뚫려 있는데도 그 길로 기를 운기하지 않는 것은 어리석은 일이기에 기를 도인하여 장천의 임독양맥으로 기를 지나가게 도와주었다.

유운은 마치 다른 혈도와 마찬가지로 부드럽게 지나가는 그의 임독양맥에 황당하기는 했지만, 자신이 흐트러지면 천이 다칠 수도 있단 생각에 정신을 집중시켰고, 얼마 지나지 않아 진기도인을 끝낼 수 있었다.

진기도인이 끝나자 유운은 천천히 심호흡하며 자신의 기식을 안정시키곤 장천을 보며 말했다.

"이제 천천히 기운을 단전에 밀어 넣고, 모든 것이 끝나면 호흡을 마무리하도록 해라."

유운의 말에 장천은 그동안 그가 가르쳐 주었던 대로 호흡하며 기운을 단전에 집어넣고는 천천히 호흡을 정리해 갔다.

"이제 말을 해도 좋다."

"후아……!!"

유운의 말이 있었기에 호흡을 마무리한 후에도 몸도 움직이지 못한 장천은 그제야 시원하게 숨을 내뱉을 수 있었다.

그런 장천을 보며 유운은 조용히 손목의 맥을 잡고 단전에 저장된 장천의 내공의 양을 살펴보았는데, 그 순간 뻥 뚫려 있는 임독양맥에 이어 두 번째 충격을 받을 수밖에 없었다.

장천의 단전에 거의 일 갑자에 가까운 내력이 모여 있었기 때문이다.

분명 시작하기 전 천의 단전에 단 한 점의 내력도 없었다면 이것은 엄청나게 놀라운 일이었다.

'설마… 청심단의 효능을 모두 받아들인 것인가?'

청심단은 실제로는 한 알당 거의 삼십 년의 내력을 증진시킬 수 있는 효능이 있었다. 하지만 인간의 몸이란 것이 좋은 약효를 모두 받아들일 수 있는 것이 아니다. 어느 정도 몸에 탁기가 있기 때문에 개정대법으로 몸의 탁기를 완전히 제거하지 않는 이상 약효의 삼 분의 일 정도밖에 받아들일 수 없는 것이다.

그렇기 때문에 청심단을 먹었을 때 십 년의 내력을 얻게 되는 것인데, 무공을 익히지 않은 인물의 경우에는 내공심법이 상승 작용을 하며 삼 분의 일의 효력을 더 얻게 할 수 있는 것이다.

이런 식으로 보면 두 알의 청심단을 먹은 장천의 몸속에는 사십 년의 내력이 있어야 함에도 지금 그의 몸에는 이십 년의 내력이 더 존재하고 있는 것이다.

쌍도문에 들어와 본격적인 무공을 익힌 이후로 유운은 평정심을 잃은 적이 별로 없었는데, 지금 이 알 수 없는 사태에 대해선 정신을 차릴 수가 없었다.

'도대체 이 아이의 정체는 무엇이란 말인가?'

보통의 아이가 아니었다. 무엇인가 신체에 엄청난 비밀이 있는 것 같았기에 유운으로선 참을 수가 없었다.

"무진아!"

하지만 대답이 없었다. 유운은 무슨 일인지 어느 정도 예상을 하고는 약재실의 문 옆 벽으로 가서는 손바닥으로 가볍게 벽을 쳤고, 그 순간 비명 소리가 약재실 밖에서 터져 나왔다.

"끄악!!"

유운은 곽무진이 그 한 시진을 참지 못하고 약재실 밖에서 졸고 있는 것을 알고 녀석이 기대어 있는 벽에 통배권을 사용하여 곽무진의 뒤통수를 가격한 것이다.

이런 이유로 무진은 잠결에 뒤통수를 맞고는 앞으로 자빠지며 비명을 지른 것이다.

한참 후 약재실의 문이 열리고 뒤통수를 어루만지며 눈물을 펑펑 쏟고 있는 무진이 들어와 원망 어린 목소리로 말했다.

"싸부… 너무해요."

"천이를 데리고 돌아가도록 해라."

"끝났어요?"

무진의 질문에 유운은 대답할 필요 없다는 듯이 천천히 약재실을 걸어나갔고, 무진은 무뚝뚝한 사부를 원망하며 천의 손목을 잡곤 말했다.

"아무래도 더 이상 연공관 구경은 못하겠다. 오늘은 그냥 돌아가고 내일 다시 구경 나오자."

"응, 형아."

이렇게 해서 오늘 장천의 쌍도문 관광은 끝나게 되었다. 한편 무진을 시켜 장천을 돌려보낸 유운은 서고실에서 책을 한 권 찾아내 읽고 있었다.

책 제목은 '인체지비(人體之秘)'로 인간의 내부 모습과 함께 각 혈도의 쓰임과 중요점, 그리고 수십 가지 인간의 골형을 서술해 놓은 권당 천 냥짜리 한정 판매용 책이었다.

이 책이 없는 무림 명가는 명가가 아니라는 말이 있을 만큼 꽤 유용한 내용으로 가득 차 있는데, 유운은 거기에서 특이골형의 항목을 뒤적거리고 있었다.

이 특이골형 페이지는 적게는 백 명당 한 명에서 길게는 천 년에 한 명씩 나오는 특이한 골형만을 모아서 서술한 페이지였다.

어느 한 부분을 읽던 유운은 깜짝 놀라지 않을 수 없었다.

"처, 천무성골!!"

천무성골, 백 년에 한 번씩 나오는 특이골형으로 이 골형을 가진 이는 태어나면서부터 임독양맥 및 세맥마저 뚫려 있는 무골이며, 이 골형을 지닌 자가 무공을 익힐 경우에는 삼류의 무공으로도 일류의 수준에 이를 수 있고, 일류의 무공을 익힐 경우에는 능히 천하제일을 바라볼 수 있다고 적혀 있었다.

대표적인 인물로는 소림의 달마 대사와 무당의 장삼봉 진인을 들 수 있으며, 근래의 인물에는 천하제일인이라 불리던 신검 무진장을 예로 들고 있었다.

이 놀라운 발견에 들고 있던 비싼 책인 인체지비를 떨어뜨려 버린 유운은 한참 동안 제정신을 차리지 못하고 있다가 퍼뜩 정신을 차리고는 책을 수습해 연공관을 빠져나와 뛰기 시작했다.

한편 무진의 손을 잡고 금오각에 돌아와 엄마가 해준 저녁밥을 간단히 뚝딱한 장천은 마당에서 놀고 있었는데, 이상하게도 사형이란 사람과 운기조식이란 것을 한 이후로 몸이 가벼워 주체할 수가 없을 지경이었다.

"으앙, 내 몸이 막 난다."

깡충깡충 뛰며 사방을 돌아다니던 장천은 두 손을 들어 하늘 위로 껑충 뛰어올랐는데, 어이없게도 장천의 신형은 일이 장 높이를 뛰어오르는지라 신기하지 않을 수 없었다.

"엄마야!! 엄마야!!"

장천은 신기해서 껑충껑충 뛰어오르며 엄마를 부르기 시작했는데, 장천의 목소리를 들은 아란은 미소 지으며 천천히 장천이 놀고 있는 마당으로 나오면서 말했다.

"뭐가 그리 재밌는데 엄마를 그렇게 찾… 끼야악!!"

장천이 자신을 찾자 미소 지으며 말하던 아란은 자신의 아들이 사방을 껑충껑충 뛰어다니자 놀라서 비명을 지르고 말았다. 그 비명에 방에서 책을 읽고 있던 장춘삼이 놀라 자신의 쌍도를 들고는 방문을 박차고 뛰어나오며 소리쳤다.

"아란!! 무슨 일이오!!"

춘삼이 나타나자 아란은 어지러운 듯 이마에 손을 대며 그 자리에서 쓰러졌고, 춘삼은 급히 뛰어가 쓰러지는 부인을 부축했다.

"아란, 갑자기 왜 그러시오!!"

"여보… 처… 천이가……."

임아란의 떨리는 목소리에 장천을 찾으며 마당을 본 순간 장춘삼 역시 충격받을 수밖에 없었는데, 장천이 두 손을 하늘로 올리면서 이상한 자세로 껑충껑충 뛰어다니는 괴행을 저지르고 있었던 것이다.

"여보… 어떡해요… 우리 천이가 귀신에라도 홀린 걸까요?"

"무슨 소리를 하는 게요?"

"그렇지 않다면 어떻게 무공도 익히지 않은 아이가 저렇게 뛰어다닐 수 있는 것이죠? 그것도 저 충격적이게 추한 자세로 말이에요."

과연 아란은 장천이 일이 장은 족히 되는 높이를 장난처럼 뛰어다녀서 놀란 것일까? 아니면 너무 추한 자세로 뛰어다녀서 충격을 받은 것일까? 춘삼으로선 알 수 없는 노릇이었지만 어쨌든 장천의 저 괴행은 막아야겠다 생각했다.

어렸을 때 너무 높은 곳에서 뛰어내리는 일을 반복하면 자라고 있는 관절과 뼈에 무리를 주어 나이 먹어서 고생할 수도 있기 때문이다.

비명을 듣고 뒤늦게 달려온 남궁소화에게 아란을 잠시 맡기고 장춘삼은 몸을 날려 경공을 펼쳤고, 깡충깡충 뛰어다니며 놀고 있는 천의 허리를 잡곤 부드럽게 땅으로 착지했다.

"앙! 아빠, 재밌었는데……."

"천아, 그렇게 뛰어다니는 것은 천이 몸에도 안 좋고, 보기도 안 좋단다."

"응? 정말?"

"그래, 우리 천이는 아빠가 싫어하는데 그런 놀이는 안 하겠지?"

"응, 알았어."

자신의 말에 아들이 고개를 끄덕이자 아래로 내려놓고 조용히 맥문을 잡아 몸을 살펴보았는데, 그 순간 천의 몸에 일 갑자의 내공이 모여 있는 걸 알곤 놀라지 않을 수 없었다.

"천아……."

"왜, 아빠?"

"오늘 무진이하고 어디를 갔다 왔느냐?"

"오늘?"

"그래."

춘삼의 말에 천은 연무장과 함께 연공관에 갔다가 거기서 사형이란 사람을 만나 운기조식이란 것을 했다는 이야기를 하였고, 그제야 춘삼은 전후사정을 어느 정도 알 수 있었다. 하지만 아무리 그래도 일 갑자의 내공은 너무 과했다.

어린아이에게 나무 막대기를 주어야지 진검을 주어서는 안 되는 것처럼, 무가의 아이가 내공을 어렸을 때부터 익히는 것은 좋으나 이렇듯 너무 많은 내력을 가지게 되면 방금과 같은 일상적인 놀이에서 터무니없는 사태가 일어나니 적당한 선을 지켜야 하는 것이다.

만약 이런 천이가 보통의 아이들하고 놀다가 싸움이라도 하여 주먹을 휘두르면 족히 아가리를 뭉개 버릴 수 있을 것이다.

사실 이러한 성취는 유운으로서도 예상하지 못한 것이었다.

보통 청심단을 먹고 운기조식하게 되면 약 삼 일 정도는 해 뜨는 시간과 해 지는 시간에 약 한 시진씩 운기조식을 해줘야 내공을 모두 얻게 되는데, 장천의 경우에는 임독양맥을 지나쳤기에 그 한 번의 운기조식으로 완벽하게 청심단의 약효가 흡수가 된 것이다.

물론 이것을 생각해 어느 정도 제약을 가하려 했는데 일 갑자의 내공을 단 한 번의 운기조식으로 얻은 녀석을 보며 순간 그것을 잊고 만 것이다.

그런 이유로 유운이 예상한 내공의 양은 약 사십 년이었던 것이 일 갑자에 가까운 결과가 나오고 만 것이다.

거기에 장천이 방방 뛰게 된 이유는 춘삼의 양자라는 것을 알게 된 그가 천에게 장춘삼이 익힌 청풍심공의 심법으로 운기조식을 시켰기 때문이다.

청풍심공을 익히면 몸이 가벼워지는 현상이 일어나기 때문에 몸이 가벼운 장천이 추한 모습으로 방방 뛰어다녔던 것이다.

장천의 소동이 있은 다음날 쌍도문에선 유례없이 수뇌부 긴급 회의가 소집되었다. 이 수뇌부 긴급 회의는 문 내에 큰일이 있을 때 오립산의 네 제자들이 모여 대책을 논의하는 회의이다. 오늘 이 회의에는 의외의 인물이 자리하고 있었는데, 바로 양우생의 수제자인 광무자 유운이었다.

솔직히 광무자 유운이 문파 내에서 배분이 낮은 인물이기는 하지만 나이로 본다면 문주인 등평보다 세 살이 더 많아 허울뿐인 장로들을 제외하곤 가장 연장자로 어느 누구도 유운을 등한시하지 않았다.

또, 그가 양우생에 밑으로 들어와 배분이 낮아졌을 뿐이지, 실제로 강호에 이름을 드러낸 것은 오래전이었기에 실제 배분은 그들의 스승인 군자쌍도 오립산과 같다고 할 수 있었다.

그가 왜 군자쌍도 오림산이 아닌 양우생의 제자로 들어왔는지는 그의 스승이 된 양우생을 제외하곤 어느 누구도 알지 못하는 쌍도문의 수수께끼라 할 수 있었다.

들리는 소문에는 군자쌍도 오림산이 죽기 전 광무자의 배분이 낮음을 안타까워하며 자신의 제자로 받아들이려 했지만 광무자가 거절을 했다는 이야기도 있다.

이런 인물이다 보니 수뇌부 회의에 모인 문주 등평의 사제들은 그가 이곳에 나타난 이유에 대해 아무런 설명도 듣지 못했지만 단 한 사람도 그에게 이유를 물어보거나 하지 않았다.

유운은 그가 나설 곳이 아니면 나서지 않는 성품일 뿐 아니라, 설사 그가 그런 것을 모른다 해도 이곳에 있는 일대제자들은 광무자 유운이 어느 누구보다 수뇌부 회의에 참석할 수 있는 자격이 있다는 걸 알고 있기에 쫓아낼 생각이 없는 것이다.

네 명의 쌍도문 일대제자들이 모두 자리에 앉자 유운은 정중하게 포권하며 인사를 했다.

"이대제자 유운, 사백, 사숙님께 인사드립니다."

유운의 포권에 그의 배분을 상관하지 않는 구양생과 장춘삼은 가볍게 포권하며 답례를 해주었고, 문주인 등평과 그의 사부인 양우생은 고개를 끄덕이는 것으로 인사를 받아주었다. 유운의 인사가 끝나자 문주인 등평은 헛기침을 몇 번 하여 시선을 모은 후 사제들을 보며 말했다.

"오늘 사제들을 이렇게 모이게 한 것은 문 내에 한 가지 일이 생겼기 때문이네."

"일이라 하심은?"

"그것이 어찌 보면 쌍도문의 경사일 수도 있지만 자칫 잘못하면 큰

골칫거리일 수도 있는 일이기에 나로서는 그 판단을 여러 사제들과 협의 하에 내려야 한다 생각해서 이렇게 자네들을 불렀네. 그 일에 대해선 사질이 이야기를 할 것이네."

그 말과 함께 등평은 고개를 돌려 광무자 유운을 쳐다보았고, 유운은 정중한 자세를 취하며 그들을 향해 이야기하기 시작했다.

"여러 사백, 사숙님께 말씀드리겠습니다. 어제 전 문 내의 연공실에서 무공을 연마하고 있었는데……."

그렇게 유운이 이야기한 것은 어제 있었던 장천에 관한 일이었다. 장천에게 두 알의 청심단을 먹여 운기조식을 도와준 것부터 천의 신체의 비밀까지 모두 이야기하자 이미 그 사실을 알고 있던 등평과 양우생을 제외한 두 사람은 크게 놀라는 표정을 지을 수밖에 없었다.

"천무성골이라 했나?"

"예, 분명 사제의 골격은 인체지비란 책에서 나온 바에 의하면 천무성골임이 확실합니다."

"음……."

인체지비는 각 정도문파에서 그 신빙성이 입증된 서적이었고, 유운이 그것을 보고 판단했다면 결코 틀리지 않다고 생각한 일대제자들은 잠시 생각에 잠길 수밖에 없었다.

"그런데 사질에게 물어볼 것이 있네."

"예."

구양생은 무슨 생각이 들었는지 유운을 보며 한 가지 질문을 던졌다.

"분명 사제의 양자인 장천이 신분 면에선 이대제자임이 틀림없지만 두 알의 청심단을 내어 운기조식을 도와준 것은 조금 과했단 생각이 드는군."

"예, 사백님의 말씀대로 저의 행동이 성급했다는 것은 알고 있지만 거기에는 두 가지 이유가 있습니다."

"두 가지 이유?"

유운이 두 가지 이유를 대며 장천의 운기조식을 도왔다는 말에 의아한 얼굴을 하며 구양생이 묻자 그는 설명을 하기 시작했다.

"제가 어제 청심단으로 운기조식을 도운 것은 첫째, 그 아이의 무골이 범상치 않았기 때문입니다. 나이가 일곱 살 정도는 되어 보였는데 내공심법은 그 시기를 놓치면 대성이 어려운 것이었고, 마침 저에게 두 알의 청심단이 있어 그것으로 운기조식을 도운 것입니다. 그리고 둘째는 그 아이가 너무 산만하다는 데 있었습니다."

"음… 그렇군……."

구양생은 산만하다는 말에 어느 정도 그 이유를 짐작할 수 있었다. 쌍도문 내에는 두 가지 심법이 있었는데, 바로 파운심공과 청풍심공이 그것이다.

하지만 이 두 가지 심공은 극성에 이르면 구대문파의 심공과 비교해도 손색이 없지만 문제는 그 시작에 있었다.

두 개의 심공은 처음 시작할 때 정신이 산만하면 그 기맥이 흐트러져 주화입마하기 쉬운 심공이라 그런 어린아이들이 익히기에는 조금 위험한 심법이었던 것이다.

"내 자네에게 언젠가는 천이의 심법 수련을 맡기려 했었으니 그것에 대해서는 개의치 말게."

"사숙의 배려에 감사드립니다."

쌍도문은 일대제자들의 힘으로 번성하기 시작한 문파였기에 삼대제자들의 반 정도는 아직 열여섯 이하의 소년들이 많은 수를 차지하고 있었다.

그런 쌍도문인만큼 처음의 심법 수련에서 산만한 어린 제자들을 가르치는 것은 상당히 어려운 일이라 할 수 있었는데, 그 심법 수련을 책임지고 있는 사람이 바로 광무자 유운이었다.

워낙 무표정의 인물인데다가, 그 손속이 어린아이들에게는 쥐약과도 같았기에 그의 손에 들어간 아이는 어느 한 사람도 심법 수련 시간에 장난을 치거나 정신을 딴 곳에 파는 아이가 없었었으니, 성격이 유약하고 인자한 장춘삼은 장천의 심법을 유운에게 맡기리라 생각하고 있었던 것이다.

"천무성골이라… 문제는 바로 혈비도 무랑이로군요."

구양생의 말에 다른 일대제자들은 모두 고개를 끄덕였다. 장천은 혈비도 무랑이 군웅을 유인하기 위해 쓰여진 아이라 알고 있었지만, 천무성골이라고 밝혀진 이상 결코 단순한 유인물이라 볼 수 없게 된 것이다.

혈비도 무랑은 남자인지, 여자인지조차 밝혀지지 않은 괴인물로 무림삼악에 그 수좌를 차지하고 있는 인물이다.

무림의 절정고수들만을 노려 아무 이유 없이 사냥하듯 몰아붙이다가 마지막에는 언제나 정면에 모습을 드러내어 섬광비도라는 무공으로 목을 꿰뚫는 살행을 했다.

그의 무공 수준은 만박광인 오경이 지은 무림기인열전에 의하면 은거 기인을 합하여도 전 무림에서 당할 자가 없는 천하제일이라 하고 있었다.

쌍도문의 등평과 장춘삼의 무공이 강북십웅에 속할 정도로 뛰어나기는 하지만 혈비도 무랑에 비하면 크게 손색이 있을 수밖에 없었다.

"아무 문제만 없다면 역대 사조님들의 한결같은 유명(遺命)인 쌍도문의 구대문파 입성에 큰 도움이 될 것이지만, 자칫 잘못하면 아이를 노리는 자에 의해 큰일을 당할 수도 있는 일이군요."

양우생은 그런 말을 하면서 흥미가 크게 도는 듯한 표정을 짓고 있었는데, 천생이 도박사인 그로선 천하제일고수를 상대로 하는 도박에 흥미가 생김이 당연했다.

이에 반해 구양생의 경우에는 크게 고심하는 듯한 표정을 지었고, 장춘삼의 경우에는 장천을 양자로 삼은 것이 문파에까지 영향이 미칠 것 같자 당황하는 표정이 역력했다.

"설마 그 아이를 내치시려는 것은 아니겠지요?"

"글쎄, 솔직히 현재의 본 문으로선 감당하기 어려운 아이인 것은 사실이니 그런 방법도 나쁘진 않겠지."

"말도 안 됩니다. 천이가 설령 진짜 혈비도 무랑이라 할지라도 지금은 저의 아들, 무슨 일이 있어도 그 아이를 내칠 수는 없습니다."

장춘삼은 혹시나 아이를 내칠 수도 있단 생각에 얼굴이 붉어진 채 소리쳤고, 다른 사형제들은 조금 놀라는 표정을 지었다.

장춘삼은 화를 내본 적이 거의 없는 사람이었으니, 그저 양자에 지나지 않는 아이 때문에 자신들에게 화를 낼 것이라곤 생각지도 못했기 때문이다. 거기에다 너무나 오랜만에 화를 내는 것인지 얼굴의 일그러짐이 마치 당장이라도 울 것만 같은 표정인지라 보는 이로 하여금 웃음을 참지 못하게 하고 있었다.

그런 춘삼의 모습에 문주이자 대사형인 등평은 정말 오랜만에 사제의 화난 얼굴을 본 것에 감격했는지 손수건으로 흐르는 눈물 닦는 시능을 하고 있었고, 구양생의 경우 기념일이라도 되는 듯 지필묵을 꺼내서는 날짜와 오늘의 일을 세세히 적는 괴행을 하고 있었다.

광무자의 표정은 오랜만의 무표정에서 벗어나 입가가 조금 일그러져 있었는데, 쌍도문에선 그의 표정 바꾸는 것이 무림을 통일하는 것보다 더 어렵다는 이야기가 전해지고 있었으니 장춘삼의 행동은 정말 모든 이에게 의외였던 것이다.

"……."

이 어이없는 사태에 장춘삼은 고개를 숙이며 자리에 앉았는데, 그 모습을 보며 옆에 앉아 있던 양우생이 미소 지으며 그의 어깨를 치곤 말했다.

"뭐, 걱정 말라고. 네 녀석이 그렇게까지 말하고 있는데 그 아이를 내칠 사람은 아무도 없으니까."

"사형……."

춘삼은 양우생의 말에 감동할 수밖에 없었다.

구양생은 오늘의 일을 다 적곤 고개를 들며 말했다.

"그나저나 조카가 천무성골이란 것이 알려지고, 혈비도 무랑이 조카를 원한다면 구대문파에선 무랑을 유인하기 위해 분명 조카를 요구할 텐데 어떻게 할 생각입니까?"

그 말에 등평은 생각해 놓은 것이 있다는 듯 고개를 끄덕거리며 말했다.

"물론 어느 정도 방법은 세워놓았지."

"방법이라면?"

"조카를 우리 쌍도문의 소주로 만드는 것이다."

"예?"

소주, 그것은 바로 쌍도문의 다음 대를 이을 문주 후계자를 가리키는 단어였기에 모두들 놀라지 않을 수 없었다.

지금까지는 암묵적으로 등평의 제자인 무쌍도 요운을 거의 모두가 소문주로 생각하고 있었다. 그것은 요운이 뛰어난 후기지수임과 동시에 등평의 딸인 등소소와 연인 사이였기 때문이다.

그런 등평이 사위가 될 요운을 제치고 장춘삼의 양자인 장천을 소주로 세운다는 것은 모든 사람들을 놀라게 하기 충분했다.

"우리가 조카를 정식 쌍도문의 후계자로 삼는다면 구파일방에서는 무랑을 유인하기 위해 요구하지 못할 것은 물론이요, 혈비도 무랑이 조카를 요구한다 해도 후계자를 지키기 위함이니 무림맹과 맺은 상호 보호 조약에 의거하여 도움을 받을 수 있게 된다."

"오호!"

구양생은 갑자기 똑똑해진 대사형을 보며 탄성을 내질렀고, 자신의 생각이 괜찮지 않느냔 표정을 지으며 등평은 당당하게 가슴을 내밀었으니 이 일은 결성이 되었다고 볼 수 있었다.

"뭐, 막내가 오랜만에 사형들을 즐겁게 해준 것도 있으니 전 찬성합니다."

양우생이 등평의 말에 찬성을 했고, 구양생마저 찬성의 손을 들었는데 의외로 장춘삼만은 마음에 들지 않는단 표정을 지으며 말했다.

"대사형……."

"짜식, 감격했냐?"

"전 반대합니다."

"엥?"

춘삼의 말에 다른 이들은 모두 놀라지 않을 수 없었다. 설마 장춘삼이 자신의 아들이 소주가 되는 것을 반대하리라곤 생각지 못했기 때문이다.

"뭐야? 기껏 네 녀석 좋은 쪽으로 밀어줬더니?"

"만약 그렇게 한다면 출신도 알 수 없는 아이가 들어와서 쌍도문의 소주 자리를 뺏은 것이 되니 이대나 삼대제자들이 수긍 못할 것은 분명하고, 또 천이가 뛰어나다 할지라도 그만큼 위험성이 많은 아이로 쌍도문의 미래에 누가 될 수도 있는 일입니다."

"……."

"차라리 제가 식솔을 데리고 문을 떠나겠습니다. 아이를 버릴 수 없다면 그것이 쌍도문을 위해선 가장 좋은 방법이라 생각됩니다."

그 말에 춘삼의 사형들은 멍한 표정이 되었다.

확실히 그가 말한 대로 한다면 문파는 안전할 것이 분명하지만, 그것은 다른 사형제들이 위험 때문에 그를 내치는 꼴이지 않은가?

그 탓에 가장 당황한 사람은 바로 등평이었다. 그는 오립산의 네 제자들 중 가장 제자다운 인물은 솔직히 막내사제밖에 없다 생각하고 있었다.

온유한 성품을 지니고 있는 관계로 세 명의 사형들에게 가장 많은 골탕을 먹은 인물이 장춘삼이지만 가장 많은 사랑을 받은 것 또한 장춘삼이었다.

만약 등평은 자신이 일찍 죽게 되면 문주의 자리를 사위가 아닌 장춘삼에게 넘겨주리라 생각하고 있을 정도였는데, 그런 그가 문을 위해 떠난다고 하자 크게 당황했고, 그것이 시간이 지나서는 분노로 바뀌고 말았다.

"이사제……."

"예……."

"벼루……."

"헉! 사형!! 그것만은……."

"벼루……."

무엇을 말하고 있는지 잘 알고 있는 구양생으로선 도저히 들어줄 수 없는 부탁이었다.

하지만 등평은 그의 만류를 들을 생각도 하지 않고 그의 앞에 놓여진 벼루를 잡아챘고, 다른 이들은 크게 놀라 소리쳤다.

"대사형!!"

"대사형!! 제발 진정하세요!!"

"시꺼, 이 자식들아! 지금 진정하게 됐냐!!"

벼루를 든 등평은 그대로 자신의 머리에 벼루를 가격해 버렸고, 큰 소리와 함께 그의 머리에선 시뻘건 피가 숫구치기 시작했다.

내력을 사용하지 않은 상태였기에 벼루는 그의 연약한 머리 가죽을 사정없이 찢어버린 것이다. 그리고 그 모습에 장춘삼은 놀라서 울먹이는 목소리로 소리쳤다.

"으아앙!! 대사형, 제가 잘못했어요!!"

"잘못? 무슨 잘못!! 나, 콱 죽어버릴란다!!"

"대사형!!"

애석하게도 등평이 그의 사부인 오립산에게 제자 시절부터 들어야 했던 별명 중 하나는 흥분왕이었다.

한 번 흥분을 시작하면 그를 막을 수 있는 사람은 단 한 명도 없었다. 하지만 그가 자신의 이기심 때문에 흥분하고 난리 친다면 많은 이들이 실망하고 그의 행실을 욕하겠지만 그가 흥분하는 일은 오직 자신의 사제가 남들에게 해코지당하거나 잘못됐을 때뿐이었다.

그런 성격은 문주가 된 후에도 바뀌지 않았고, 장춘삼이 문을 위해 자신이 떠난다고 하자 드디어 터져 버리고 만 것이다.

그가 벼루를 찾을 때는 콱 죽어버리겠단 말과 함께 벼루로 머리를 가격하는데, 과거에 너무 무식하게 자해하는 바람에 출혈과다로 죽을 뻔한 적이 있었던지라 사제들로서는 온몸을 잡으며 달려든 것이다.

"알았어요!! 장천이 소주 시키고, 저 안 나갈 테니 제발 좀 그만 해줘요!!"

"정말?"

"예, 대사형!!"

장춘삼이 나간다는 말을 포기하자 그제야 등평은 피투성이가 된 벼루를 구양생에게 넘겨주며 말했다.

"잘 썼다."

"……."

이렇게 해서 장천은 쌍도문의 소주가 되었다. 그에게 잘된 것인지 그렇지 않은 것인지는 시간이 지나봐야 알 것이다.

제3장
장천, 무공을 익히기 시작하다

갑자기 열린 수뇌부 회의에 쌍도문의 문도들은 술렁거리지 않을 수 없었고, 회의에서 나온 발표를 듣고는 경악을 금치 못했다.

수뇌부에서 나온 결과는 다음과 같았기 때문이다.

공고

이번 수뇌부 긴급 회의에서 결정된 내용은 다음과 같다.

첫째, 이대제자 유운의 정식 사범 자격 수여.

둘째, 이대제자 유운의 제5연무장 사용 허가.

셋째, 이대제자 장천, 쌍도문 정식 소주 임명.

모두 세 가지의 결정 사항 중 유운의 정식 사범 자격이야 그의 무공을 잘 알고 있던 문도들로서는 그리 놀랄 만한 것이 아니었다. 하지만 그와 함께 제5연무장의 사용 허가를 받은 것은 예상 밖의 일이었다.

쌍도문은 모두 다섯 개의 연무장이 있는데, 제1연무장은 삼제자 중 입문 일 년 이하의 문도들이 수련하는 곳이며, 제2연무장은 입문 오 년 이하의 제자들이 연무하는 곳, 제3연무장은 십 년 이하의 삼대제자들이 연무를 하는 곳, 제4연무장은 이대제자 이상과 일대제자의 가족만이 연무할 수 있는 곳이지만 제5연무장은 나머지 네 곳의 연무장과는 사정이 달랐다.

쌍도문의 총각 지하에 위치한 제5연무장에서 수련할 수 있는 자격을 가진 이들은 일대제자 이상 급, 즉 쌍도문 내 장로 신분의 인물들과 문 내의 등평을 비롯한 핵심 인물들만이 수련이 가능한 것이다.

이 제5연무장에는 아직 외부에 알려지지 않은 무서는 물론 구하기 힘든 영약들이 있었고, 연무장을 사용할 수 있는 자는 이 무서와 영약들을 취할 수 있는 자격이 생기는 것이다.

그 때문에 문의 핵심 인물들을 제외하고 출입을 금한 것인데, 유운에게 제5연무장의 출입 허가가 내려짐은 명실 공히 그가 쌍도문의 핵심이 되었음을 뜻하는 것이다.

어느 정도 문주를 포함한 일대제자들이 유운에게 이대제자 이상 급의 대우를 해준다는 것은 알고 있었지만, 제5연무장의 일은 배분을 무너뜨린 놀라운 일이었다.

하지만 이것도 그간 문주를 비롯한 일대제자들, 아니, 전대 문주인 오립산까지 광무자 유운을 대하던 행동을 생각한다면 이해할 수 있었지만, 세 번째 항목인 이대제자 장천의 쌍도문 소주 정식 임명은 문도들로 하여금 수뇌부의 결정을 이해하지 못하게 만들기 충분했다.

문 내로 들어온 지 아직 한 달도 되지 않은 장춘삼의 양자 장천이 소주로 임명된다는 것은 말도 안 되는 일이었기 때문이다.

규율이 엄격한 쌍도문에서 문주의 결정이 내려진 것을 번복한다는 건 있을 수 없는 일이었지만, 일부 이대제자급의 인물들이 반발하는 것 역시 어쩔 수 없는 일이었다.

특히 가장 크게 반발한 인물은 바로 문주의 외동딸인 등소소였다.

현재 열다섯 살로 감숙성 최고의 미인이라 불리는 등소소는 무쌍도 요운과 혼인을 약속한 처지로 그가 소주로 임명되는 것을 의심해 본 적이 없었다. 하지만 난데없이 출신도 모르는 꼬마가 장춘삼의 양자로 입양된 후 다음 대 문주로 내정되자 그녀로선 황당하지 않을 수 없었다.

"아빠!! 도대체 이게 무슨 소리죠? 출신도 알 수 없는 꼬마를 소주에 임명한다니요?"

문주가 근무하고 있는 총각의 정무실 문을 박차고 들어온 소녀가 얼굴을 일그러뜨리며 소리 지르자 정무실 안에 있던 등평과 이번 회의에서 나온 결정을 처리하기 위해 있던 구양생은 깜짝 놀라지 않을 수 없었다.

하지만 등평은 들어온 사람이 자신의 딸 등소소란 것을 알곤 차가운 목소리로 말했다.

"네가 본 그대로다. 장 사제의 아들인 장천은 오늘부로 쌍도문의 소주로 임명되었다."

"말도 안 돼요!! 전 절대 승복할 수가 없어요!!"

"승복? 까불지 마라. 넌 그냥 이 아비의 말을 따르기만 하면 된다."

자신의 말에 절대 승복할 수 없다고 소리 지르는 딸을 보며 등평은 귀찮다는 듯 손을 내젓고는 구양생이 가져온 서류를 검토하기 시작했다.

아버지의 결정이 단호하단 걸 알게 된 등소소는 그 성질을 참지 못하고 고려에서 가져온 도자기를 뒤돌려차기로 단번에 깨버린 후 그곳을 빠져나갔다.

"성질하고는. 버릇없는 것."

등평은 딸이 화를 참지 못해 기물을 파손하고 사라지자 혀를 차며 중얼거리더니 다시 일을 시작하는데 옆에 있던 사제 구양생이 무엇인가를 곰곰이 생각하다가 말했다.

"그나저나 소소가 가만히 있을까요?"

"가만히 있지 않으면?"

"소소의 성격으로 미루어보면 금오각으로 천이를 해코지하러 갈 테니 조금 걱정되는군요."

하지만 구양생의 말에 등평은 손가락을 들어 흔들어 보이며 말했다.

"어림없는 소리. 금오각에 누가 있는지 생각을 해보게."

"금오각… 아! 그렇군요!"

"그나저나 요운 놈이 불쌍하군. 오늘 그 아이에게 깨지고 온 소소에게 무슨 꼴을 당할지 눈에 선하니 말이야."

"그렇군요."

구양생은 등평의 말에 수긍하면서도 부전여전이란 생각을 하고 있었다.

한편 등평의 정무실에서 비싼 도자기를 깨버리고 나왔음에도 아직 화가 가라앉지 않은 등소소는 이를 갈며 금오각으로 향하고 있었다.

금오각에 있는 장천이란 꼬마 녀석에게 단단히 쓴맛을 보여주어 알아서 소주 자리를 내어놓게 만들기 위함이었다.

그녀가 금오각의 대문을 박차고 들어가자 삼대제자이자 장 사숙의 자질구레한 심부름을 담당하고 있는 소년 곽무진이 마당을 쓸고 있었고, 그녀는 무진을 보며 버럭 소리를 질렀다.

"야! 곽무진!!"

"헉!!"

무진은 어제 못한 청소를 하며 조용히 시간을 보내고 있었는데, 갑자기 쌍도문 내에서 성질 더럽기로 첫손가락에 꼽히는 등소소가 나타나 얼굴을 일그러뜨리며 소리 지르자 깜짝 놀란 표정을 지었다.

"소소 아가씨께 인사드립니다."

"닥치고! 장천이란 후레자식 어디 있어!! 빨리 데리고 오라고!!"

"예?"

"못 들었어? 장천이란 놈을 데리고 오란 말이야!!"

말귀를 못 알아듣는 무진에게 성질이 난 그녀는 그의 볼을 꼬집어 비틀고는 소리쳤고, 무진은 고통스러운 비명과 함께 소리칠 수밖에 없었다.

"끄아악!! 알았어요!! 알았다고요!!"

빨리 등소소의 손에서 벗어나고 싶은 무진이 비명을 지르며 소리치자, 그때 금오각의 정원 한 켠에서 한 소녀가 나와 무진을 향해 말했다.

"무슨 일이냐?"

"으앙!! 소화 누님!!"

정원에서 나온 소녀는 다름 아닌 장천의 어머니 임아란의 제자 남궁소화였다. 소화는 갑자기 여인의 날카로운 소리와 함께 무진의 비명이 터져 나오자 정원의 꽃가지를 치던 중 이곳으로 온 것이다.

소화가 나타나자 곽무진은 등소소의 손에서 재빨리 벗어난 후 울음을 터뜨리며 소화의 가슴에 안겼다.

"너는 소소가 아니냐? 무슨 이유로 금오각에서 소란을 피우는 거지?"

"흥! 당신은 알 것 없고. 무진!! 당장 장천을 데리고 오란 말이야!"

그때 갑자기 그녀의 머리 위에서 무엇인가가 떨어지더니 얼굴 정면에 나타나서는 물었다.

"나?"

"꺄아악!!"

갑자기 눈앞에 무엇이 나타나자 놀란 등소소는 비명을 지르며 뒤로 넘어질 수밖에 없었는데, 정신을 차리고 그 정체를 살피자 한 꼬마가 밧줄에 거꾸로 대롱대롱 매달려 있었다.

"너, 넌 누구야!!"

아직 놀란 가슴이 진정이 되지 않은 소소는 떨리는 목소리로 물었는데, 그 말에 소년은 미소를 지으며 말했다.

"내가 누나가 찾던 장천인데?"

"니, 니가 장천이라고?"

"응."

소소는 놀란 가슴을 진정시키며 자리에 일어서서는 흙이 묻은 엉덩이를 천천히 털곤 갑자기 몸을 날려 뛰어가 장천의 두 볼을 잡고 늘이며 소리쳤다.

"이 자식! 너 오늘 잘 만났다! 당장 소주 자리를 운랑에게 되돌려 주란 말이야!!"

"끄아악!!"

장천은 그때 금오각에 있던 은행나무 위의 가지에 자신의 다리를 밧줄로 묶고 역혈대법(逆血大法) 놀이를 하고 있던 관계로 등소소가 볼을 잡아당기며 괴롭히자 반항도 하지 못하고 당할 수밖에 없었다.

"당장 도련님에게서 손을 떼시지!!"

등소소의 모습에 남궁소화는 참지 못하고 달려와 등소소의 손목을 잡고는 금나수를 사용하여 내던졌고, 그녀는 비명과 함께 나가떨어졌다.

"까아악!!"

등소소는 남궁소화가 자신을 금나수를 사용하여 내던지자 자리에 일어나서는 이를 갈며 그녀를 향해 공격해 들어갔다.

"백영각(百影脚)!!"

백영각은 등소소가 자랑하는 무공 중 하나로 빠른 각공으로 극성에 이르면 백 개의 발이 사방에서 난무하듯 보인다는 무공이었다.

아직 등소소는 내공이 높지 않은 관계로 이십여 개의 그림자밖에 만들어낼 수 없었지만 그것만으로도 화려하기 그지없어 장천은 입을 벌리며 감탄하고 있었다.

"우와!!"

거꾸로 매달려 등소소의 백영각을 구경하고 있던 장천이 탄성을 내지르며 박수를 치고 있을 때 우리의 특공대원 곽무진이 재빨리 몸을 날려 장천의 발목에 묶여 있던 줄을 풀어주어 구출해 주었다.

"으랏차!!"

밧줄에서 풀려난 장천이 땅으로 떨어지면서 와형착지세(蛙形着地勢)를 취하자 무진은 장천을 잡고는 나무 뒤로 몸을 피할 수 있었다.

이렇게 안전하게 포로가 탈출하고 있을 때 등소소의 백영각을 상대로 남궁소화는 장법을 사용하여 발길질을 막고 있었다.

"천수관음장(千手觀音掌)!!"

무림 태산북두의 하나인 소림에서 나온 장법으로 극성으로 시전하면 천수관음과 같이 천 개의 손이 달려 있는 것처럼 보인다는 무공이었다.

남궁소화의 장법은 소소의 백영각을 쉽게 막아내 그녀의 중심을 무너뜨리며 승세를 잡고 있었다.

장법에 밀려 자세가 무너지자 소소는 뒤로 몸을 날리더니 오른손을 앞으로 내밀어 자세를 낮추고 새로운 공격으로 소화를 밀어붙였다.

"회선각(回旋脚)!!"

회선각은 축이 되는 손을 중심으로 양발을 회전시켜 적을 공격하는 수법이었다. 그녀가 회선각을 시전하자 하체의 공격에 약한 소화의 천수관음장은 밀릴 수밖에 없었다.

하지만 이대로 물러설 그녀가 아니었으니, 내력을 끌어올려서는 등 소소를 향해 일장을 날렸다.

"강룡십팔장(降龍十八掌)!!"

"끼야악!!"

회선각을 시전하던 소소는 갑자기 소화가 강룡십팔장의 이름을 외치자 비명을 지르며 몸을 피할 수밖에 없었다.

강룡십팔장은 개방에 비전절기 중 하나로 강맹한 위력의 장법으로 유명했기 때문이다. 만약 강룡십팔장이 회선각을 시전하는 그녀의 다리에 적중이라도 한다면 다리몽둥이 부러지는 것은 시간문제인 것이다.

하지만 막상 피하고 나니 어떻게 개방의 비전절기를 소화가 알 수 있을까란 의문이 들었으나 이내 개방의 장로급 인물이 장 사숙과 함께 강북사우의 한 사람이니만큼 소화가 강룡십팔장을 알지도 모른단 생각에 긴장을 늦출 수 없었다.

"흥! 얼굴만 가꾸지 말고 무공이나 더 공부하렴. 강룡십팔장은 여인이 시전하기에 적합하지 않다는 걸 모르니?"

그렇다. 강룡십팔장은 강맹한 기운을 가지고 있는 양강무공이기 때문에 여인이 익히기엔 적합치 않은 무공인 것이다.

"끼야악!!"

자신이 속았다고 생각한 등소소는 얼굴이 시뻘게지며 남궁소화를 향해 공격해 들어갔는데, 그때 남궁소화는 입에 미소가 드러나면서 두 손을 모아 자세를 잡더니 손바닥을 앞으로 내지르며 소리쳤다.

"항룡유회(亢龍有悔)!!"

그 순간 남궁소화의 두 손에서 강맹한 기운의 장력이 쏟아졌고, 펑 소리와 함께 등소소의 몸에 장력이 적중했다.

"끼야악!!"

항룡유회의 일장에 당한 등소소는 바닥에 나둥그러져 혼절해 버려 이번 싸움은 남궁소화의 승리였다.

"와아!!"

"소화 누나! 굉장해요!!"

남궁소화에게 무진과 장천은 소리 지르며 뛰어와 승리를 축하해 주었다. 하지만 이내 곽무진은 조금 이상한 점을 느끼고 소화를 향해 물었다.

"그런데 소화 누나, 아까 누나가 쓴 장법은 강룡십팔장의 일초식인 항룡유회 아니에요?"

"응, 항룡유회 맞아. 왜?"

"누나가 분명 강룡십팔장은 여인이 쓰기에 적합하지 않다고 했잖아요."

"그렇지."

"그런데 어떻게 항룡유회를?"

그 말에 남궁소화는 곽무진을 볼을 쓰다듬어 주며 말했다.

"아까 누나가 말했잖니, 여인이 쓰기에 적합하지 않다고 말이야."

"예?"

"호호호호, 적합하지 않다 뿐이지 언제 쓸 수 없다고 말했었니?"

"아! 그렇구나!"

그렇다. 분명 강룡십팔장은 여인이 쓰기에 적합치 않을 뿐이지 쓰지 못할 기술은 아니었던 것이다.

등평의 명령으로 미리 준비하고 있던 쌍도문 시체 처리반에 의해 등소소가 들것에 실려 나간 후 광무자 유운이 몇 개의 목도를 가지고 금오각으로 왔다.

"사부!!"

곽무진이 금오각으로 난데없이 사부가 들어오자 놀라며 인사를 했고, 장천과 남궁소화 역시 그를 향해 인사를 올렸다.

"아저씨, 어서 오세요."

"오랜만이구나, 소화야."

"예."

남궁소화는 임아란의 제자이지 쌍도문의 제자가 아니었기에 유운을 아저씨라 부르고 있었다.

"그런데 무슨 일로 사부님이 금오각엘 다 오셨어요?"

곽무진은 자신의 사부가 일 년 내내 연공관과 어린 제자들을 가르치는 제1, 2연무장에서 살다시피 하는 것으로 알고 있기에 금오각까지온 이유가 궁금하지 않을 수 없었다. 그런 곽무진을 보며 유운은 목도로 그의 머리를 가볍게 치고는 말했다.

딱!

"장 사숙님의 말씀도 있고 해서 네 녀석과 사제를 교육시키기 위해서다."

"끄으윽… 그냥 말로 하시지……."

곽무진은 머리를 움켜잡으며 주저앉고는 투덜거렸고, 장천은 그를 보며 다시 물어보았다.

"교육이요?"

"그렇다. 오늘부터 사제는 나에게서 무공의 기초를 배울 것이다."

"무공? 와아!!"

장천은 무공을 배운다는 말에 기쁘지 않을 수 없었다. 곽무진의 쌍룡승천도법과 남궁소화의 강룡십팔장을 구경하고 나니 정말 무공이란 것을 배우고 싶었기 때문이다.

남궁소화는 유운이 무진과 천에게 무공을 가르친단 말을 듣자 공손히 고개를 숙이며 말했다.

"유 아저씨, 그럼 전 이만 가볼게요."

남궁소화의 말에 유운은 조용히 고개를 끄덕였다.

그녀가 임아란의 제자이기는 하지만 쌍도문의 제자라곤 볼 수 없기에 무공 수련을 보는 것은 예에 어긋나는 행동이었기 때문이다.

남궁소화가 사라지자 곽무진은 갑자기 부동 자세를 취했다. 유운의 제자인 무진은 그가 무공을 가르치기 전에 하는 것이 무엇인지 잘 알고 있었기 때문이다.

그러나 장천은 갑작스러운 무진의 행동에 어리둥절할 수밖에 없었다.

그런 모습을 보며 유운이 목도를 하나 잡아서는 멍하니 서 있는 장천의 곁으로 걸어갔고, 무슨 일이 일어날지 알고 있는 곽무진으로선 웃음을 참을 수가 없어 킥킥거리기 시작했다.

딱!!

"끄윽!"

하지만 광무자가 들고 있던 목도는 곽무진에게 향했고, 그는 머리를 맞고 비명을 지르며 주저앉았다. 먼저 제자에게 사랑의 매를 보인 유운은 장천에게로 다가가서는 가볍게 목도로 무릎 옆을 쳤다.

"꺽!!"

목도에 맞은 천은 무릎을 쓰다듬으며 아파할 수밖에 없었는데, 그런 천의 머리로 여지없이 목도가 불꽃을 일으켰다. 드디어 유운의 악명이 자자한 폭력 교육이 시작된 것이다.

"몸을 일직선으로 세우고 무릎을 붙인다."

목도로 맞으면 꽤 아프기 때문에 장천은 재빨리 그가 말하는 대로 자세를 잡았다.

유운이 목도로 발목을 치며 다시 말을 이었다.

"발뒤꿈치는 붙이고 45도 각도로 벌린다. 손은 일직선, 허벅지에 일자로 붙이고 주먹은 가볍게 쥔다. 턱은 붙이고 시선은 15도 각도……."

하나하나 지적할 때마다 여지없이 목도가 날아왔기에 장천은 구타교육에 굴복하고 한 대라도 안 맞기 위해 급히 자세를 취했다. 유운이 왜 어린 삼대제자들을 전담으로 가르치는지 알 수 있는 장면이었다.

이렇게 십여 대를 목도로 맞은 후에야 장천은 간신히 곽무진과 같은 부동 자세를 취할 수 있었고, 그 모습에 만족한 듯 유운은 뒤로 다섯 발자국 정도 물러선 후 말했다.

"앞으로 그 자세가 나에게 교육받기 시작할 때 취하는 자세다. 잘 알겠나, 사제?"

"예."

"좋다, 그럼 이제부터 교육에 들어가겠다. 곽무진."

"예."

유운의 말에 곽무진은 한 발자국 앞으로 걸어나와 큰 소리로 대답했다.

"좋다. 사제, 너도 내가 부르면 무진과 같이 대답하는 것을 잊지 말도록. 알았나?"

똑똑한 장천이었다. 이미 훈련 자세로 들어간 그는 광무자의 말을 듣자 사태를 파악하고 큰 소리로 대답을 했다.

"예."

"좋다. 대답이 끝났으면 뒤로 돌아가도록."

"예."

하지만 그 순간 한 발자국을 또 앞으로 나오고 말았으니, 여지없이 유운의 지풍이 천의 이마를 강타하고 말았다.

"대답한 후 들어가는 것을 잊지 말아라."

"예."

이번엔 틀리지 않았기에 유운은 곽무진을 보며 말했다.

"먼저 보법 기초부터 들어가겠다."

"예? 천이는 아직 심법도 모를… 큭!!"

괜히 한마디 더했다가 지풍에 이마를 맞은 곽무진이었다.

"앞으로 천이를 부를 때 사숙이라 부르는 것을 잊지 말아라."

"예……."

"좋다. 사제의 심법은 내가 아닌 장 사숙님께서 직접 가르치기로 하셨으니 난 기초 보법, 경신법, 경공법과 함께 쌍룡승천도법만을 가르칠 생각이다. 알겠나?"

"예."

"좋다. 먼저 쌍도문의 가장 기본 보법인 육십사방풍운보(六十四方風雲步) 중 사방풍운보부터 시작하겠다. 곽무진."

"예."

"사방풍운보를 너의 사숙에게 보여주어라."

"예."

유운의 명령을 받은 곽무진은 급히 앞으로 뛰어가더니 보법의 기본 자세를 잡고는 사방풍운보를 시작했다.

사방풍운보는 동서남북의 사방으로만 움직이는 보법이었다. 네 방위로만 움직이는 보법을 끝낸 무진은 다시 기본 자세로 돌아간 후에 뒤로 뛰어가 부동 자세를 취했다.

"사제."

"예."

"왜 보법을 수련한다고 생각하는가?"

"예?"

갑작스러운 물음에 장천으로선 암담하지 않을 수 없었다. 무공의 초짜가 보법이 필요한 이유를 어떻게 알겠는가? 다행히 모르는 것이 당연한지 유운의 지풍은 날아오지 않았다.

"자세 해제."

"휴우……."

자세 해제란 말에 곽무진이 안도의 한숨을 쉬며 부동 자세를 풀자 천이도 숨을 내쉬며 힘든 부동 자세를 풀었다.

"사제, 내가 너에게 이 목도를 위에서 아래로 휘두르겠다. 한번 피해 보거라."

"예."

그 순간 갑자기 유운이 목도를 위에서 아래로 내려치자 놀란 장천은 뒷걸음질치며 피해 간신히 목도의 공격에서 벗어날 수 있었다.

장천이 피하자 이번에는 유운이 무진에게 가서 목도를 위에서 아래로 휘둘렀고, 장천과 달리 무진은 왼발을 뒤로 돌려 가볍게 피했다. 그 동작이 마치 물 흐르는 것과 같이 끊임이 없어 천으로선 놀라지 않을 수 없었다.

"바로 이런 이유 때문에 보법을 배워야 하는 것이다. 보통 보법을 익히지 않은 사람은 상대의 권이나 무기를 피할 때 당황하여 제자리에서 웅크리거나 쓸데없이 많은 걸음을 움직여 피하게 된다. 이것은 상대에게 계속적인 공격 기회를 주며 자신의 반격조차 불가능하게 하는 것이다. 그렇기 때문에 보법을 익혀 효율적으로 적의 공격을 피하며 반격의 기회를 갖는 것이다."

"아!"

그제야 천은 보법이 왜 필요한지 알 수 있었다.

하지만 보법의 필요성은 이것만이 아니었다. 유운은 장천의 반응을 보며 계속 말을 이어갔다.

"하지만 단순히 효율적으로 피하기 위해서만 보법이 존재하는 것은 아니다. 강한 공격을 위해서, 유연한 공격을 위해서도 역시 보법이 필요하다."

"공격이요?"

천의 물음에 대답도 해주지 않고 유운은 뒤로 돌아서 무진에게 두 개의 검을 던져 주고는 말했다.

"내가 검을 휘두른다. 넌 두 개의 목도로 나의 검을 막아보도록 해라."

"예."

그 순간 유운은 무진을 향해 목도를 휘둘렀는데, 본래 있던 곳에서 한 발자국 정도의 간격에서만 보법을 사용하며 무진을 공격할 뿐이었다.

하지만 무진은 두 개의 목검으로 후방을 제외한 삼방에서 날아오는 목검을 막아야 했다.

어느 정도 시간이 지나 유운의 목검 공격이 끝나자 무진은 지쳤는지 크게 숨을 몰아쉬며 힘들어하고 있었다.

"네가 본 것이 바로 육십사방풍운보법이다."

"아."

"단지 한 발자국 정도의 간격만으로도 상대의 등을 제외한 삼면을 공격할 수 있게 된다. 물론 이 와중에 불필요한 걸음을 하지 않게 하는 것이 육십사방풍운보법의 묘미라 할 수 있다."

"음……."

장천은 보법이란 것이 상당히 중요하다는 생각이 들었다.

"또, 강한 공격을 위해서는 진각이 필요한데, 보법을 제대로 익히지 못하면 진각을 제대로 할 수 없어 강한 공격이 나올 수 없다."

"진각이요?"

천은 진각이 무엇인지 모르기 때문에 물어보았다.

유운은 또다시 대답해 주지 않고 두 손을 뒤로 돌려 뒷짐 지고는 무진을 향해 왼발을 내밀며 가볍게 발을 굴렀다. 그 순간 땅이 뒤흔들리는 듯한 진동과 함께 광풍이 일며 곽무진을 날려 버렸다.

"끄아악!!"

이 장 정도를 날아간 곽무진은 외마디 비명과 함께 나둥그러졌고, 유운은 천을 보며 말했다.

"이것이 진각이다."

"우와!!"

천은 가벼운 발구르기만으로 사람 하나 날려 버리는 걸 보며 탄성을 지를 수밖에 없었는데, 뒤로 나둥그러진 무진은 원망의 눈물을 흘리며 한탄하고 있었다.

"사부… 너무해요… 흑흑……."

애석하게도 곽무진은 장천의 무공 수련을 위한 연습 재료였던 것이다.

"보통 진각이라 함은 권이나 장, 병기를 휘두름에 있어 그 힘을 한순간에 폭발적으로 방출하기 위함이다. 방금 내가 보인 것은 약간의 내공을 섞은 것으로 진각에 내력의 힘을 집중시킨 것이지. 그 때문에 강한 진동과 함께 기가 폭발하여 바람이 만들어진 것이다. 하지만 내가 방금 보인 것은 그저 진각의 예일 뿐 진각의 모든 것이 아니고, 이러한 진동과 기의 폭발을 이루기 위해선 적어도 이 갑자 이상의 내공이 필요하니 쓸데없는 짓에 열 올리지 말고 올바른 자세부터 배우도록 해야 할 것이다."

"예."

"그럼 어느 정도 보법의 중요성을 알게 됐을 것이다. 곽무진."

"흑흑… 예, 사부……."

"앞으로 두 시진 동안 넌 사숙 앞에서 사방풍운보를 시전한다."

"끄아악!! 싸부!!"

"그럼 오늘 나의 수업은 여기까지. 사제는 두 시진 동안 무진이 시전하는 사방풍운보를 보며 익히도록 하라. 알았나?"

"예."

이렇게 해서 오늘 유운의 수업은 끝이 났다. 그러나 자리에 주저앉아 좌절의 눈물을 흘리던 무진은 일어설 힘조차 생기지 않았다.

"흑흑흑… 어쩌다 이런 일이… 흑흑……."

장천은 그런 무진을 보며 천천히 다가가서는 그의 등을 어루만져 주며 말했다.

"무진 형아, 힘내……."

"흑흑흑, 천아……."

"힘을 내야 두 시진 동안 사방풍운보를 시전할 수 있을 것 아니야."

"……."

천은 냉혹하고 잔인한 아이였던 것이다. 뭐, 그렇게 해서 곽무진은 두 시진 동안 천의 앞에서 사방풍운보를 시전해야 했으니, 내일이 두려워지는 그였다.

두 시진의 사방풍운보를 끝내자 이제 해가 서쪽으로 지려 하고 있었고, 곽무진은 삼대제자의 숙소로 힘없는 다리를 이끌고 이리저리 자빠지며 금오각을 빠져나갔다.

장천은 오늘의 무공 수련을 멋지게 끝낸 후 집으로 들어가려고 했는데 한 남자의 검은 손이 그에게 다가왔다.

"헉!!"

등줄기에 차가운 남자의 손길을 접한 장천은 온몸에 소름이 돋음과 함께 헛바람 소리를 내며 사시나무 떨듯이 떨었다.

"앗, 차가!!"

누군가 그의 뒷덜미로 손을 집어넣어 충격적인 차가움에 온몸을 떨고 있는 천이었다. 실험해 보면 알겠지만, 겨울에 누군가의 손이 등으로 들어가면 정말 소름이 돋고 몸이 사시나무 떨리듯 떨리는 느낌을 맛보게 될 것이다.

"아빠!!"

"녀석, 떨기는."

"그런 이유가 아니잖아요!!"

뒤를 돌아본 장천의 눈에 비친 사람은 바로 아버지인 장춘삼이었다. 자신이 하는 말에 반항하듯 소리치는 천을 보며 미소 지은 춘삼은 두 손으로 안아주며 말했다.

"자! 기초 수련이 끝났으니 이제 아빠랑 같이 심법을 수련해 볼까?"

"또 수련이에요?"

"후후, 원래 무공이란 것은 평생을 수련해도 완성되지 않는단다. 이 아빠도 마흔이 넘었는데 아직 수련을 하고 있잖니."

"그렇구나……."

춘삼의 자상한 목소리에 천은 고개를 끄덕이며 수긍했고, 그는 아이와 함께 금오각에 준비해 놓은 수련실로 향했다.

수련실은 커다란 창문이 활짝 열려 있었기 때문에 서늘한 기운이 가득했다.

방의 한가운데 놓여져 있는 침상 위에 장천을 올려놓은 춘삼은 손으로 조그만 다리를 움직여서 가부좌를 만들어놓고는 자신도 천의 뒤로 돌아가 가부좌를 틀었다.

"뭘 하려는지 알 수 있겠지?"

"연공관에서 사형 아저씨와 했었어요."

"지금은 아직 천이가 운기조식을 완전히 익히지 못했기 때문에 도와주는 것이지만 나중에는 혼자 운기조식을 해야 하니, 이 아비가 가르쳐주는 구결과 몸의 기가 어디로 흘러가는지를 잘 기억하도록 해라."

"예!"

천이는 자신있다는 듯 유운이 가르쳐 준 대로 우렁차게 대답을 했고, 그 모습에 춘삼은 너털웃음 짓고는 조용히 앞으로 손을 뻗어 천의 두 손을 모아 단전 밑으로 내려놓았다.

"반드시 명심해야 하는 것은 운기조식 중 절대 말하지 말고, 움직이지도 말아야 한다."

"응. 사형 아저씨가 이거 할 때 움직이면 평생 침대에서 누워서 살아야 한다고 그랬어요."

"그래, 사형 아저씨의 말이 맞단다. 그렇게 되는 것을 주화입마라고 하는데, 주화입마에 걸리면 평생 누워 있을 수도 있고, 더 심하면 죽을 수도 있단다. 천이는 아빠, 엄마를 놔두고 혼자 하늘나라에 가고 싶지 않지?"

"응."

"그러니 꼭 아빠의 말을 명심해야 한다."

"알았어요."

장천의 자신있는 대답에 춘삼은 다시금 미소 지으며 조용히 청풍심공의 심결과 함께 두 손을 작은 등에 대었고, 천도 사형 아저씨가 가르쳐 주었던 방법을 생각하며 가볍게 심호흡 몇 번 한 후 단전호흡을 시작했다.

잠시 후 단전에서는 전과 같이 뜨거운 기운이 올라오기 시작했고, 기운을 느낄 때마다 장춘삼의 구결과 지시가 이어졌기에 그것을 따르니 한 식경도 되지 않아 무아의 상태에 빠져들었다.

매일 이어지는 장천의 일과를 설명하자면, 새벽녘 장춘삼이 이부자리를 붙잡고 잠들어 있는 천을 이불째로 뒤흔들어 깨우면 남궁소화가 준비해 놓은 세숫물로 간단하게 세면시킨 후 아침 운기조식에 들어간다.

한 시진 정도의 아침 운기조식이 끝나면 임아란과 남궁소화가 준비한 맛있는 아침 식사를 먹은 후 전날의 과중한 노동으로 온몸에 근육통이 생긴 곽무진의 몸 여기저기를 검지로 찌르며 괴롭히는 아침 놀이를 시작한다.

그렇게 즐겁게 논 후 역시 임아란과 남궁소화가 준비한 점심 식사를 우걱우걱 먹게 된다.

점심 식사 후 기다리고 있는 것은 임아란이 직접 가르치는 한문 공부 한 시진이 있다. 한 시진이 지난 후 낮잠을 반 시진 동안 잔 후 일어나 또다시 근육통으로 시달리는 곽무진을 반 시진 동안 괴롭힌다.

반 시진이 지나면 곽무진이 한 사람의 존재를 보며 비명을 지르고, 가끔씩은 필사의 탈주를 감행하지만 거의 대부분은 뒤통수에 지풍을 맞고 자빠지거나, 역시 예의 그 근육통으로 뛰다가 제풀에 넘어져서는 다리를 잡혀 끌려와 오후 무공 기초 수련을 시작하게 된다.

광무자 유운의 기초 무공 수련은 한 시진이나 한 시진 반 정도를 하는데, 물론 유운이 머무르는 시간은 그리 길지는 않다.

근육통에 시달리는 곽무진이 한 시진이나 두 시진 동안 끈덕지게 보여주는 시범 시간이 대부분이었고, 유운이 있는 시간은 짧았다. 하지만 천은 그 시간에 자세 교정을 위해 매일 스무 대 이상의 매를 맞아야 했기에 가장 고역스러운 시간이기도 했다.

그렇게 몸으로 때우는 시간이 지나 어느 정도 숙달이 됐다고 생각되었을 때 또 다른 기초 무공을 수련하게 되고, 역시 곽무진은 유운이 돌아간 후 한 시진이 넘게 시범을 보여야 한다.

뭐, 이런 경우 땡땡이 치면 안 되냐는 말을 할 수도 있겠지만 절대 땡땡이 못 친다.

한 번은 근육통이 너무 심해 움직이지도 못하는 곽무진이 하루만 쉬자 해 쉬었는데, 다음날 장천이 하는 모습을 본 유운은 단번에 땡땡이 쳤다는 것을 알아 맞히고는 두 식경 정도의 시간 동안 무진에게 회선풍의 벌을 주었다.

회선풍에 한 번 걸리면 밥도 못 먹는데다가 근육통까지 생기기 때문에 보통은 산송장 꼴이 되고 만다.

훗날에 무진은 회선풍의 벌을 너무 많이 받아 익숙해져 회선쌍풍도(回旋雙風刀)라는 독자적인 쌍도술을 만들게 된다.

무진의 시범 시간이 지나면 언제나 갑작스럽게 모습을 드러내는 장춘삼과 함께 저녁 운기조식에 들어가고, 운기조식이 끝나면 또다시 임아란과 남궁소화가 준비한 저녁밥을 먹은 후 남궁소화가 가르쳐 주는 한문 공부에 들어간다.

그 시간 동안 임아란과 장춘삼은 뭐 하는지 모른다. 가끔씩 한문 공부 하다가 깨 볶는 소리가 나는 건 애들은 모를 일이다.

한 시진의 한문 공부 시간이 끝나면 장천은 잠시 달밤의 체조를 하다가 장춘삼에게 잡혀와 잠자리에 드는 것으로 하루의 일과가 끝나게 된다.

이 일과에 잠시 몇 가지 더 추가를 시킨다면, 언제나 해코지하러 들어왔다가 해코지당하고 나가는 등소소의 시간과 곽무진과 함께하는 쌍도문 관광, 도박의 달인 양우생 사숙과 하는 돈 없을 때 도박장에서 시간 죽이기 등이 있고, 쌍도문 양대 문필가의 붓글씨 공부, 다른 이대제자들과 안면 마주치기 등으로 어린 나이에도 꽤 바쁜 하루를 보내는 장천이었다.

바쁘면 시간이 빨리 가는 법이니, 어느 사이에 칠 년의 시간이 후딱 지나갔다.

원래 제 나이도 모르는 장천이었는지라 칠 년이 지난 후에도 정확한 나이를 추정하기 어려운 관계로 장춘삼이 지정해 준 열다섯 살이 되었다.

대략 그 당시 추정 나이로 여덟 살, 물론 장춘삼은 일곱 살로 하려 했지만 한 살이라도 더 먹어보겠다고 날뛰는 장천에게 져 여덟 살로 시작된 장천은 이제 열다섯 살, 사춘기 소년의 나이가 되어버린 것이다.

그동안 일도 많이 있었다.

그것을 살펴보면 첫째, 등소소의 해코지가 사라졌으니 이는 무쌍도요운이라는 낭군이 생긴 덕분이었다. 두 사람이 결혼하는 날 쌍도문밖에는 선남선녀들이 많이 모여 필사의 항의를 했는데, 역시 여나찰 같은 등소소에 의해 어떠한 항의도 먹혀들지 않았다.

하지만 이 일로 득을 본 사람도 있는데, 쌍도문의 총각 제자들 중 항의하는 여인들을 막다가 눈이 맞아 장가간 사람들이 많았기 때문이다.

그러나 애석하게도 쌍도문의 여제자는 등소소의 성격 때문인지 잠입해 들어오거나 항의하는 남자가 없어 눈이 맞을 수 없었다.

둘째, 곽무진도 장가갔다. 상대는 언제나 누나, 누나 하며 쫓아다녔던 남궁소화였다.

가끔 누나가 여보가 되는 경우가 있었는지 남들의 반응은 그저 그런 편이었다.

곽무진과 남궁소화의 나이 차이는 여섯 살, 연상의 여인 품에 안긴 곽무진은 비교적 행복해 보였다.

셋째, 드디어 삼대제자에서도 정제자가 생겼다.

정제자는 어느 정도 자질이 인정되거나 쌍도문의 발전에 큰 공헌을 한 제자들만이 선출되는 것인데, 총 삼십 명의 삼대제자가 드디어 정제자의 신분으로 올라간 것이다.

물론 거기에는 광무자 유운의 해석할 수 없는 애제자 곽무진도 포함되어 있었다.

곽무진은 이제 스무 살이었지만 자신이 직접 만들어낸 회선쌍풍도와 함께 두 시진 시범 조교 역이 어설프던 그의 무공 기초를 튼튼하게 해주어 삼대제자 중 최고의 실력을 가질 수 있게 되었고, 가끔 문파의 대소사에 밖으로 일을 떠나기도 했다.

물론 장가간 후에는 문파 내에서 한 발자국이라도 벗어나면 남궁소화의 결핍으로 인한 금단 증세를 일으키곤 한다.

장천이 무공을 배우는 곳은 이제 제4연무장이 되었다.

유운에게 진각을 배운 후 옮겨진 것인데, 이유인즉슨 곽무진과 장천의 무공이 어느 정도 늘어 진각을 시전하면 작기는 하지만 바람이 일었기 때문이다.

하루는 두 녀석이 진각 비석 치기를 하고 있었는데, 그것이 바람에 날려가 정원에서 꽃을 가꾸고 있던 남궁소화의 뒤통수를 가격한 것이다.

이날 이후 곽무진은 화가 난 남궁소화에게 일주일간을 빌면서 하루에 한 번씩 사과의 편지와 함께 꽃 한 송이를 건네주었는데, 그녀의 화가 풀린 후에도 그때 그녀의 태도가 변하는 것을 보며 재미를 붙인 곽무진은 매일 꽃 한 송이를 그녀의 방문 앞에 가져다 놓았고, 그것으로 인하여 결혼까지 골인하게 된 것이니 그리 나쁜 일은 아니었다.

처음 제4연무장으로 갔을 때는 비교적 장천보다 나이가 많은 이대제자들이 조금 낯설기는 했지만 삼 년이 지난 지금은 어느 정도 익숙해져 있기에 자신만의 무공 수련을 할 수 있었다.

"와형착지세(蛙形着地勢)!!"

하늘 높이 경공을 사용하여 도약한 장천은 그만의 비전 비법인 와형착지세를 사용하여 멋지게 착륙했다.

와형착지세는 말 그대로 개구리같이 착지하는 것으로 두 손과 두 발을 동시에 땅에 대는, 정말 보기 흉한 착지법이었다.

유운은 장천이 그 착지법을 할 때마다 지풍을 날리며 벌주었지만 다행히 오늘은 유운 없이 혼자 무공을 연습하는 날이었기에 지풍의 맛은 보지 않아도 되었다.

"하하하!"

하지만 그 모습을 보며 크게 웃는 자가 있었으니, 바로 이대제자 중 대외적으로 가장 무공이 높다는 무쌍도 요운이었다.

요운은 현재 나이 스물여섯 세의 청년… 이 아닌 공처가였다.

소주의 자리를 장천에게 뺏겼음에도 예상외로 별로 신경 쓰지 않고 제4연무장으로 수련 장소를 옮긴 장천을 친하게 대해주었다.

"크하하하하!"

"아! 운이 형아!"

"크크크크, 와형착지세를 연습하고 있었니?"

"응."

"와형착지세. 아마 그것을 대결 도중에 써먹는다면 넌 상대가 웃는 틈을 타서 확실한 승리를 거머쥘 수 있을 게다."

"음… 그렇군."

다시 한 번 와형착지세의 효능에 대해 확인한 장천이었다. 자세를 일으켜 와형착지세에서 벗어난 천은 아직도 웃음을 멈추지 않고 있는 요운을 보며 물었다.

"그나저나 오늘은 아무 상처 없이 빠져나왔네?"

그 순간 요운은 얼굴에 웃음기가 완전히 사라지고 푸른빛을 띠더니 이내 크게 한숨을 쉬었다.

"그게 다 이유가 있단다……."

"이유?"

"그래, 아무 상처 없이 빠져나오기 위해선 원흉을 만나선 안 되는 법!"

"음… 집에 안 들어갔구나."

"나도 맞고 사는 것에 질렸다. 인간답게 살고 싶단 말이다."

장천은 어느 정도 요운의 마음을 이해할 수 있었다. 언제나 얼굴의 손톱 자국 때문에 얼굴을 들지 못하는 요운이 불쌍하게 생각되었기 때문이다.

"그나저나 오늘은 쌍룡승천도법 대련이나 해볼까?"

"좋아, 오늘만은 반드시 승리를 해주지."

쌍룡승천도법 대련은 두 개의 목도를 가지고 입문 무공인 쌍룡승천도법만을 사용하여 대련하는 것으로 내력을 사용해선 안 되는 수련법이다.

병기대에서 네 개의 목도를 가져온 요운은 장천에게 던져 주었고, 목도를 받아 든 장천은 두 손에 나누어 잡고는 쌍룡승천도법의 기수식인 쌍룡입수 자세를 취했다. 요운 역시 장천의 열 발자국 정도 앞에서 쌍룡입수 자세를 취했다.

"자, 갑니다!!"

"좋아!"

장천의 말과 함께 느니어 두 사람의 쌍룡승천도법 대련이 시작되었다.

입문 무공인만큼 너무나 잘 알고 있는 도법인 탓에 초식의 흐름은 두 사람 모두 알고 있지만 그렇다고 완전히 똑같지는 않았다.

그것은 바로 심법의 차이로, 요운이 사부인 등평과 같이 파운심공을 위주로 한 쌍룡승천도법을 행하고 있는 반면 장천은 청풍심공의 쌍룡승천도법을 시전하고 있기 때문이다.

물론 내공을 사용하진 않지만, 대련이라 해도 내공을 동원한다는 가정으로 도를 움직여야 하기 때문에 두 사람의 쌍룡승천도법은 조금 다른 면을 보였다.

장천보다 몸이 큰 요운은 역시 힘도 강할 수밖에 없어 도를 마주칠 때마다 장천은 손이 저릴 정도로 충격을 받아야 했고, 이에 반해 요운은 장천의 빠른 쌍도를 상대해야 했다.

두 사람은 어느 누구의 우세를 점치지 못할 정도의 호각이었는데, 만약 내력을 사용한다 해도 장천은 효과적으로 도법에 내력을 배분하는 능력이 없어 일 갑자의 내력을 가지고 있지만 요운을 이길 순 없을 것이다.

어느 정도의 시간이 지나자 계속되는 강한 공격에 장천의 보법은 흐트러지기 시작했고, 그것을 놓치지 않은 요운은 두 개의 도를 연환하여 거세게 공격해 들어갔다.

"우악!!"

그 공격에 뒤로 물러서던 장천은 보법이 엉키면서 쓰러지고 말았고, 요운의 검은 장천의 목덜미에 닿았다.

"어휴, 오늘도 졌네."

천은 오늘도 여지없이 요운에게 패하곤 한숨을 내쉬며 말했는데, 이마에 흐르던 땀을 닦던 요운이 미소를 지으며 말했다.

"아직 멀었구나. 조금 강하게 밀어붙였다고 보법이 흐트러지니 말이다."

"그러게 말이야. 보법 연습 좀 더 해야겠어."

"그러는 것이 좋을 게다. 네 녀석과 친하게 지내는 곽 사질은 유운 사형에게 기초 공부를 하면서 보법을 더욱 단련하여 삼대제자 중 최고의 실력이 됐잖니. 그만큼 보법은 중요한 거라고."

"응, 꼭 명심하도록 하지."

"그나저나 오늘은 연무장에 사람이 없네? 무슨 일이라도 있나?"

요운은 제4연무장에서 무공을 닦는 이가 별로 없는 것은 알고 있었지만 오늘은 자신들 외에 단 한 사람의 모습도 보이지 않자 이상하게 생각되어 말한 것이었다. 그 이유는 천이 대답해 주었다.

"오늘 무슨 회의가 있다고 하던데?"

"무슨 회의?"

"뭐라고 써져 있었더라… 임시 쌍도문 전체 회의였었나?"

"헉!! 싸, 쌍도문 전체 회의?"

"응, 그렇게 쓰여 있던 것 같았는데……."

"우악!! 큰일 났다!!"

"뭐야? 무슨 일이라도 난 거야?"

"젠장!! 너도 가야 하니 빨리 나를 따라와라!!"

요운이 크게 놀라며 자지러질 듯하더니 급하게 소리를 지르자 장천도 어쩔 수 없이 급히 요운을 따라 뛸 수밖에 없었다.

제4장

장천, 무림으로 첫발을 내딛다

요운이 장천에게 전체 회의 소식을 듣자마자 뛰어갔다. 쌍도문의 전체 회의는 무엇인가?

그것은 다음과 같다. 쌍도문 전체 회의는 수뇌부 긴급 회의보다 한 등급 낮은 회의이다.

문 내에 중요 문제를 결정해야 할 일이 있을 때 문도들을 모아 그 문제를 해결할 제자를 뽑는데, 정제자급 이상의 신분만이 참가할 수 있다.

이 때문에 이대제자라면 반드시 참석해야 하는 자리인데, 어제 집으로 들어가지 않고 조용히 연무장으로 숨어들어 온 요운이었기에 전체 회의가 열리는 것을 알지 못하고 있었던 것이다.

영문을 몰라 하는 장천의 손을 잡고 경신술을 극성으로 발휘하며 몸을 날린 요운이 전체 회의가 열리는 대집회장에 도착한 것은 한 식경 정도가 지난 후였다.

떨리는 가슴을 진정시키며 조용히 문을 열고 들어서자 이미 이대정제자들은 물론 삼대정제자들이 모두 모여 앉아 문주의 말을 듣고 있었다.

그것을 보며 요운은 한숨을 쉴 수밖에 없었는데, 삼대정제자라면 조용히 뒤로 숨어 앉겠지만 그와 장천은 이대정제자의 신분이기에 삼대정제자의 앞에 훤히 드러나 보이는 자리로 가야 했기 때문이다.

안 들어갈 수도 없는 노릇이기에 장천의 손을 잡고 요운은 조용히 안으로 들어갔다.

요운과 장천의 모습이 문에서 드러나자 이야기를 하고 있던 등평의 얼굴이 일그러지고 말았다. 그 모습에 요운으로선 고개를 숙이며 천천히 자신의 자리로 가 앉았고, 장천이 그의 옆에 앉아 처음으로 전체 회의란 것에 참석하게 되었다.

"이렇게 해서 이번 전체 회의에서는 강호로 나갈 제자들을 결정하도록 하겠다."

"강호?"

장천은 제대로 이야기를 듣지는 못했지만 문주인 등평의 입에서 강호로 나갈 제자를 뽑는다는 말에 호기심에 동할 수밖에 없었다.

쌍도문에 장춘삼의 양자로 들어오게 된 이후 장천은 근처에 있는 마을 외에 외지로 나가본 적이 단 한 번도 없었기 때문이다.

물론 외지의 마을도 한 시진 이상을 있어본 적이 없는 천에게 이번 강호로 나가고 싶은 마음은 굴뚝같다고 할 수 있었다.

하지만 자신을 밖으로 보내려 하지 않는 아버지와 문주 때문에 밖으로 나가는 것은 힘든 일이었다. 장천은 과연 누가 강호로 나가게 될까 궁금해하면서 주위를 돌아보았는데, 이대제자는 물론이요 삼대제자까지 단 한 명도 자신이 가겠다고 일어서는 이가 없어 장천으로선 기회가 왔다고밖에 생각할 수 없었다.

"백부! 제가 가겠어요!"

"천아!!"

장천은 더 이상 기다릴 것도 없다는 듯 자리에서 일어나 백부인 등평을 향해 소리쳤고, 그 말에 일대제자의 자리에 앉아 있던 장춘삼은 놀라 일어나서는 장천을 부를 수밖에 없었다.

"안 된다."

"왜요? 어차피 아무도 나서지 않는데다가 보통 열다섯 정도의 나이가 되면 삼대제자들 역시 강호로 나가는 일이 한 번씩은 주어지잖아요."

"이⋯⋯!!"

장천의 말에 등평은 더 이상 말을 하지 못하고 옆에 앉아 있던 요운을 죽일 듯이 노려보았고, 그 시선에 요운은 아뿔사란 생각이 들었다.

'그렇군⋯ 내가 왜 그것을 생각하지 못했지⋯ 젠장⋯⋯.'

요운은 장천을 데리고 온 것을 후회할 수밖에 없었다.

문 외에서 밤을 보내고 들어온 자신은 모를 수 있다 해도, 문 내에만 있던 장천의 존재를 사람들이 모를 리가 없었기 때문이다.

분명 이 회의에서 장천이 강호로 나가겠다고 할 것이란 걸 예상하고 있던 사백과 사숙이 의도적으로 장천을 회의에 출석하지 못하게 한 것이 분명했다.

가뜩이나 등소소와의 사이가 나쁜 탓에 장인에게 눈칫밥을 먹고 있던 요운으로선 후회막심이었다.

그때 이대제자의 말석에 있던 광무자 유운이 일어나 문주에게 포권을 하며 말했다.

"이대제자 유운, 문주님께 한말씀 아뢰겠습니다."

"말하라."

"이대제자 장천이 본 문의 소주로 임명된 것이 칠 년. 당시에는 아직 나이가 어려 문 외로 나가는 것을 막았지만 지금은 아니라 생각합니다."

등평은 장천이 나가는 것을 막으리라 생각했던 유운이 그런 말을 하자 당황할 수밖에 없지만 그의 말은 계속 이어졌다.

"이대제자 장천은 본 문의 소주로서 쌍도문을 이어갈 인재. 지금까지 구파일방을 비롯한 강호 여러 문파에 이대제자 장천의 소주 임명 서한을 보냈다고는 하지만 아직 여러 문파에 소주를 정식으로 소개한 것은 아니니, 이번 기회에 강호 견문도 높이고, 정식으로 구파일방에게 쌍도문의 소주를 알리심이 좋을 것 같습니다."

유운의 말에 구양생과 양우생은 고개를 끄덕이며 수긍의 표시를 했다. 지금까지 언제 있을지 모르는 혈비도 무랑의 출현을 걱정하며 장천을 문 외로 나가게 하는 것을 극히 꺼려하고 있었지만 칠 년이 지난 지금까지 아무 소식이 없을 뿐 아니라 감숙성의 대문파로 입지를 굳힌 쌍도문의 소주를 서한으로만 알린다는 것은 문제가 있었기 때문이다.

물론 구파일방의 하나이자 감숙성 일대를 쌍도문과 양분하고 있다 할 수 있는 공동파에서 소주 임명의 서한을 보내온 후 얼마 안 있어 사람을 보내기는 했지만, 그나마 공동파 사람들도 장천의 얼굴을 확인한 이는 없었다.

다음 대 쌍도문의 후계자로서 구파일방의 후계자가 될 다른 후기지수들과 어느 정도 안면을 익히는 것도 나쁘지 않겠단 생각에 양우생과 구양생은 유운의 말에 수긍의 표시를 했지만 장춘삼이나 문주 등평은 마음에 들지 않는 일이었다.

물론 그들 역시 그 일을 염두에 두고 있었지만 장천이 천무성골의 힘으로 어느 정도 무공을 익힌 후로 미루어두려 했던 것이다.

"하나 아직 무공이 성숙하지 않은 장천이 강호에 나가는 것은 조금 무리가 있지 않겠는가?"

등평의 말에 유운은 고개를 끄덕이며 말했다.

"그렇습니다. 현재 장천의 무공 수준은 강호 전체로 본다면 이류의 수준, 그렇기 때문에 장천과 같이 동행하게 될 제자들은 어느 정도 무공에 능한 자들이어야 합니다."

"음… 그렇다면 누가 좋겠는가?"

일이 이렇게 된 이상 어쩔 수 없다고 생각한 등평은 유운의 말에 고개를 끄덕이며 말했는데, 이미 준비가 다 되어 있었는지 유운은 고개를 돌렸고, 그의 시선에 한 명의 이대제자가 자리에서 일어나 문주에게 포권하며 말했다.

"이대제자 구궁, 장 사제와 함께 동행하여 일을 맡아보고자 합니다."

양우생의 제자인 신궁 구궁이 자리에서 일어나 말하자 그제야 등평은 고개를 끄덕일 수 있었다. 구궁은 신기에 가까운 활 솜씨로 일대에서 알아주는 무인이었기 때문이다.

구궁이 일어나자 눈치 때문에 계속 가만히 앉아 있지 못한 요운이 자리에서 일어나 문주에게 포권을 하며 말했다.

"이대제자 요운, 이번 일을 맡아보고자 합니다."

하지만 요운이 일어서자 등평은 안색을 찌푸리더니 툭 던지듯 그에게 물었다.

"넌 이번 일이 무엇인지 알고나 있는 것이냐?"

"예? 그, 그것이……."

"어쨌든 좋다. 이대제자 구궁과 요운은 장천을 도와 견즉사의 호청명 어르신을 뵈어 청심단 백 알과 그 제조법을 받아오도록 하라."

"예?"

그 순간 요운은 무릎이 꺾이는 듯한 충격을 받았다.

문 내에서 계속되어질 등소소의 바가지와 등평의 눈초리에서 벗어나고자 맡은 일이었는데, 설마 그것이 무림삼광의 일 인인 견즉사의 호청명을 만나야 되는 것임은 생각지도 못했기 때문이다.

견즉사의 호청명은 과거 오립산과의 내기에서 져 청심단 백 알을 빼앗긴 후로 쌍도문의 문도만 보면 반죽음을 만들어놓는 것으로 유명했고, 요운 역시 처음 강호로 나갔을 때 재수없게 호청명에게 걸려 호되게 당한 기억이 있었기 때문이다.

'젠장, 이센 죽었구나…….'

하지만 화살은 활에서 벗어난 상태이니 되돌릴 수도 없는 노릇이었다.

이대제자에서 장천을 비롯해 세 명이나 나왔음에도 삼대제자에선 단 한 사람도 나오지 않자 등평은 얼굴을 찌푸리고 있었는데, 그 모습을 보며 유운은 뒤로 돌아서서 손가락으로 한쪽을 가리키며 까딱거렸다.

삼대제자에게 귀신과 같은 인물인 유운이었는지라 손가락을 보며 삼대제자들은 모두 몸을 옆으로 돌렸는데, 그들이 몸을 옆으로 숙이자 삼대제자 한 명이 고개를 푹 숙이며 몸을 숨기고 있는 것이 드러났다.

유운이 그것을 예상하고 있었는지 손가락을 튕기자 그의 유명한 지풍이 시전되며 고개 숙이고 있는 삼대제자의 머리를 가격했고, 그는 비명과 함께 머리를 들고 말았다.

"끄악!!"

비명과 함께 머리를 든 인물은 다름 아닌 유운의 수제자이자 삼대제자 중 무공이 가장 뛰어나다고 알려져 있는 곽무진이었다.

무진은 갑작스럽게 날아온 지풍에 두 손으로 머리를 비비며 고통스러워하고 있었는데, 그 모습을 본 유운이 뒤로 돌아서는 문주 등평을 보며 말했다.

"아무래도 저의 수제자인 무진이 이번 일에 동행을 하고자 하는 것 같으니 허락해 주십시오."

유운이 하고 있는 모든 행동을 보고 있었던지라 등평으로선 등에서 식은땀이 흘러내렸지만, 삼대제자 중에 으뜸이라 알려져 있는 무진이라면 별문제없으리라 생각하며 고개를 끄덕이며 말했다.

"좋다. 그럼 삼대제자 무진도 이번 일을 맡도록 하라."

"헉!"

등평의 말에 곽무진은 놀라며 뭐라 말을 하고 싶었지만 문주에게 말대답할 순 없는 노릇이니 얼굴이 찡그러지며 눈물까지 나오려 했다.

'크흐흐흑, 소화… 이제 당신을 영영 만나지 못하겠구려……'

쌍도문을 보며 이를 가는 호청명에게서 또다시 청심단 백 알과 제조법까지 받아와야 하는 일이니 무진은 살아 돌아가긴 어렵다 생각할 수밖에 없었다.

"이번 일은 많은 문도가 움직여선 안 되는 일이니 견즉사의 호청명

님에게 갈 제자들은 이렇게 네 명으로 결정하겠다."

"예."

이렇게 해서 쌍도문의 임시 전체 회의는 막을 내렸다.

장천은 드디어 강호로 나가게 됐다는 생각에 좋아서 어쩔 줄을 몰라 하고 있었는데, 이에 반해 옆에 앉아 있던 요운과 곽무진은 제자들이 모두 나가는데도 충격에 싸인 멍한 얼굴로 움직이지 못하고 있었다.

즐거운 마음으로 집회장을 나온 장천이 흥얼거리며 금오각으로 들어갔는데 그 순간 다리가 휘청거리고 말았다. 금오각의 대문 바로 앞에서 어머니인 임아란이 눈물을 글썽거리며 기다리고 있었기 때문이다.

"헉! 엄마……."

"흑흑흑… 천아, 그렇게도 엄마랑 헤어지고 싶었니?"

"설마… 그럴 리가 없잖아요."

"그런데 왜 이번 일에… 흑흑……."

장천의 말에 훌쩍거리던 임아란이 정신석 충격을 견디지 못했는지 옆으로 쓰러지고 있어 천은 놀라 어머니를 부축했다.

"흐흑흑흑… 내 배에서 나온 자식이 아니라고 해도 이 어미는 섭섭하지 않게 하려고 노력했는데… 흑흑흑……."

"으아!! 엄마, 정말 엄마랑 헤어지고 싶어서 그런 것이 아니라니까요……."

"흑흑흑……."

하지만 장천의 말에도 임아란은 눈물을 그치지 않았다. 천으로선 강호에 나가기 전부터 강적을 만나게 되었다고 할 수 있는 것이다.

간신히 울고 있는 어머니를 방 안으로 모셔 들어가자 그 안에선 장춘삼이 일그러진 얼굴로 자신을 보고 있었다. 천은 두 번째 적을 만났단 생각이 들었다.

"네 이놈!!"

"예, 아버지!!"

장천은 더 이상 기다릴 것도 없다는 듯이 어머니를 의자에 공손히 모셔놓고는 와형착지세의 변형인 맹호락지세(猛虎洛地勢)로 아버지의 앞에 털썩 주저앉아 고개를 땅에 박는 극히 비굴한 자세를 취했다. 일단 소리를 지르기는 했지만 그 모습에 장춘삼은 등에 식은땀이 흐를 수밖에 없었다.

"소자, 아버님의 말씀을 어긴 걸 용서해 주십시오."

이것이 갑자기 평소에는 하지도 않던 착한 아들 흉내를 내자 장춘삼으로선 심히 당황스러울 수밖에 없었다.

하지만 당황하고 있을 수만은 없는지라 뭐라고 말을 하려 했는데 장천은 잽싸게 아버지의 말을 끊는 고단수의 방법을 택하니, 실로 놀라운 발전이라 말하지 않을 수 없었다.

"하오나 자식이 언제까지 부모님의 품에서 살 순 없는지라 아버님의 말씀을 어길 수밖에 없었습니다."

"하지만 강……."

역시 또 끊었다. 무서운 놈이었다.

"자식 된 자가 스스로 자립 못하여 부모의 품에서만 자란다면 그 역시 불효라 들었습니다. 크흐흑……. 말을 들은 소자, 절대로 아버지와 어머니의 품에서 벗어나고 싶지 않았지만 어찌 자식이 부모에게 불효를 할 수 있겠습니까?"

"얘야, 난 그……."

"크흐흑흑! 소자, 아버지의 품을 떠나야 하는 이 순간 가슴이 찢어질 듯 아프오나 자식 된 도리로 스스로의 힘으로 자립하여 부모에게 효를 하고자 하옵니다."

"……."

장춘삼으로선 한 대 패주고 싶었다. 하지만 패줘서 해결될 놈이었으면 예전에 팼을 녀석이다.

고난도의 말 끊기에 압도된 장춘삼은 손을 내저으며 나가라 할 수밖에 없었고, 괴로운 듯이 고개를 숙이며 연기파 배우들의 눈물 연기를 하던 장천은 천천히 방을 나갈 수 있었다.

"휴우……."

세상에 자식 이기는 부모 없다는 말이 맞기라도 한 듯 장춘삼으로선 도저히 장천을 이길 수가 없었고, 그때 의자에 앉아 반실신하고 있던 임아란이 자리에서 일어나 춘삼 앞에 서서는 눈을 부라리기 시작했다.

그 모습에 당황한 장춘삼은 손을 내저으며 뭐라 말을 하려고 했지만 여지없이 임아란의 손가락은 춘삼의 허벅지를 꼬집었고, 춘삼은 고통에 얼굴을 일그러뜨릴 수밖에 없었다.

"애 마음을 돌리라고 했더니 도리어 당해요?"

"그게… 윽… 다… 당신도 봤잖소… 녀… 녀석이 끅!! 말발이 엄청 세졌단 말이오……."

그 말에 임아란은 한숨을 내쉬며 장춘삼의 허벅지에서 손을 뗐다. 자신의 남편이 말발없다는 것은 예전부터 알고 있던 사실이었기 때문이다.

임아란이 이제 포기한 듯한 얼굴을 하자, 춘삼은 아픈 허벅지를 쓰다듬으면서 자애스러운 표정으로 말했다.

"여보… 이젠 천이를 놓아주도록 합시다."

"……."

"언제까지나 부모의 품 안에서만 기를 수 없는 것이 자식 아니겠소? 때가 조금 이르기는 하지만 요운이나 구궁이 잘 보살펴 줄 테니 우린 아이가 무사히 돌아오기만을 기다립시다."

"여보… 흑흑흑……."

무서운 일이었다. 방금 전에는 귀신마저 두려워할 얼굴을 하며 장춘삼의 허벅지를 꼬집던 여인이 이제는 가련한 여인의 얼굴로 당사자에게 안긴다. 여자의 변신은 역시 무림삼대비사 중 하나에 속할 만하다 할 수 있었다.

다음날 죽으러 가는 임무란 청심단 요구 임무를 맡은 네 명의 쌍도문 결사대원은 많은 제자들의 환송을 받으며 드디어 쌍도문의 문을 나서게 되었다.

제자들 몇몇은 눈물을 흘리며 국화꽃 한 송이를 가져다 놓는 것을 잊지 않았다. 이번의 임무가 얼마나 위험한 것인가를 알게 해주는 장면이었다.

문을 떠나기 전 부인이 있는 세 명의 결사대원은 마지막 작별의 인사를 하는 걸 잊지 않았다.

그들의 모습을 살펴본다면, 먼저 이대제자 중 한 명인 신궁 구궁의 경우.

구궁이 키가 육 척이 넘는 거한이라면 구궁의 부인은 오 척 정도의 단신으로 거의 일 척의 차이가 나는 부부였다. 고로 그의 부인은 마치

고목나무에 붙은 매미와 같은 모습으로 구궁에게 안겨야 했기에 많은 사람들로 하여금 눈물을 자아내게 하였다.

하나 오 척의 작은 키라 해서 구궁의 아내를 약하게 보는 사람은 아무도 없었다. 한때 그녀는 사천에서 악명을 날리던 맹호단이란 도적 떼의 소두목이었기 때문이다.

구궁이 사냥꾼이었을 때 그의 아내가 있는 산적들과 영역 분쟁으로 마찰이 있었는데, 일 년이라는 시간 동안 산적들과 싸움을 이어 나가며 그때 신궁이란 명호가 붙었다.

아무튼 그 시간 동안 구궁은 산적패들과 싸우면서 소두목인 그녀를 붙잡게 되었는데, 그녀는 단 혼자임에도 불구하고 수백 명 산적들과의 싸움에서 주눅 들지 않고 당당한 모습을 보이는 구궁에게 반하여 사랑에 빠져 그것이 계기가 되어 결혼에까지 이르게 된 것이다.

구궁에게 무공을 배우는 삼대제자들은 사모님과 사부님의 끈적끈적한 작별 인사에 잠시 고개를 우방 90도로 돌리고 애정 표현이 끝난 후 다시 고개를 돌려 출타하는 사부에게 공손히 인사를 했다.

무쌍도 요운은 구궁이 부러울 수밖에 없었다.

아침 일찍 나타난 그의 얼굴에는 열 개의 혈선이 자리하고 있었으니, 어제의 치열한 격전을 이야기해 주고 있었다.

그래도 중한 일을 처리한 탓인지 오늘 보는 등소소의 표정은 조금 나아진 듯했는데, 요운의 눈 밑에 기미가 낀 것을 보면 상당히 무리를 한 모양이었다.

작별의 포옹을 하며 뒤돌아서는 요운의 얼굴에 안도감이 피어오르는 걸 보면 문을 떠나는 것이 그리 나쁜 것만은 아닌 듯했다.

하지만 이들의 이별과 달리 삼대제자 곽무진과 그의 아내 남궁소화의 이별 현장은 가관이었다.

어린 장천과 이대제자들, 그리고 삼대제자들이 눈을 크게 뜨고 있는 상황에서 뜨거운 입맞춤을 하고 있었으니, 그 모습에 강호의 앞날이 걱정된다면서 문파의 어르신들은 혀를 차고 있었다.

하긴 강호의 젊은 연인들이 요즘 주변의 눈을 의식하지 않고 애정 행각을 벌이는 일은 사회적 문젯거리로 자리 잡고 있었다.

아무튼 뜨거운 포옹과 함께 상당히 많은 시간을 잡아먹는 키스를 한 곽무진은 그녀에게서 벗어나야 했음에도 떨어질 생각을 못하고 있었다.

"소화 누나……."

"진랑, 사람들 앞에서 누나가 뭐예요."

"뭐 어때요."

"정말 진랑은 아직도 어린애 같아. 몸 성히 돌아오셔야 해요. 그리고 싸움이 있을 때 꼭 허리는 조심하고요."

저 대사는 무엇이란 말인가?

"명심할게요, 소화 누나. 누나도 남정네 조심하세요. 이놈하고 저놈, 특히 요놈이 근처에 오면 그냥 강룡십팔장의 항룡유회로 날려 버려야 해요."

"호호. 진랑, 질투하기는……. 예, 진랑의 말씀대로 할게요."

남궁소화의 말에 무진에게 지목된 바람둥이 삼대제자 세 명은 등에 식은땀을 흘렸다. 그가 떠난 후 기회를 틈타고 있었던 모양이다.

뭐, 남궁소화가 꽤 미인인 것을 감안하면 그런 흑심을 품는 것은 당연하다 할 수 있었다.

세 유부남 사이에 끼어 첫 강호 출도를 하게 된 장천은 어머니인 임아란의 품에서 약 십 분간의 긴 시간을 안긴 후에야 간신히 빠져나갈 수 있었다.

"천아… 몸조심하고 위험한 인물을 만나면 무진에게 맡기고 넌 재빨리 도망을 가도록 해라."

"예."

무진이 그 말 듣고는 조금 삐쳤지만 어떡하랴, 그의 임무는 예나 지금이나 장천의 육탄 방어용이었으니 말이다.

임아란과의 이야기가 끝나자 장춘삼은 아들에게 다가가 두 자루의 도를 원래 장천이 가지고 있던 쌍도와 바꾸어 건네주었다.

장천은 아버지가 자신의 도를 가져가고 두 자루 도를 주자 의아한 생각이 들었는데, 춘삼은 미소를 지으며 말했다.

"그 도는 이 아비가 처음 강호로 나서게 되었을 때 사부께서 주신 도다. 그리 좋은 것이라 할 순 없지만, 그래도 네가 쓰는 도보다는 나을 것 같아서 가져왔으니 쓰도록 하거라."

"아버지……."

장천은 아버지의 배려에 눈물이 다 날 지경이었다. 그 모습을 보며 춘삼은 서한을 건네주며 말했다.

"이 서한은 사천에 있는 아버지의 친구 개방의 청개 곽무성 아저씨에게 건네주거라. 그럼 그 아저씨가 견즉사의가 있는 곳을 가르쳐 줄게다."

"예, 아버지."

"처음 강호에 나가는 아이들이 가장 명심해야 할 것은, 강호는 무공이 뛰어난 것만으론 살아남기 어렵다는 것이다. 간계와 권모술수가 판을 치는 곳이니 넌 자신 무공의 삼 할은 언제나 감추어야 하고, 특히 정체를 알지 못하는 여인이 다가온다면 적이란 생각을 하며 경계하도록 해라. 예나 지금이나 무림에서 가장 경계해야 할 종류의 사람들은 노인과 어린아이, 특히 여인이니 말이다."

"예, 아버지. 명심하도록 하겠습니다."

"그래, 이 아비는 네가 잘 해낼 것을 믿는단다."

"감사합니다, 아버지."

이렇게 해서 장천은 길었던 아버지와의 대화를 마치고 기다리고 있던 일행들의 곁으로 가 자신에게 주어진 말에 오를 수 있었다.

그가 타고 있는 말은 질풍(疾風)이란 이름의 몽고에서 오립산이 구한 한혈보마(汗血寶馬)의 종자로 춘삼이 천이를 위해 암암리에 빼돌린 명마였다.

성질 더럽기로 유명한 말이긴 했지만, 천이가 언젠가는 자신의 것이 될 것이라 생각하며 당근 열두 바구니를 희생하여 겨우 길들인 건방진 망아지였다.

질풍을 타고 위풍당당하게 말을 몰아 앞으로 나서던 장천은 문득 의아한 생각이 들었다.

쌍도문에 들어온 이후로 강호에 나가본 적 없는 자신이 앞으로 나선다는 건 말도 안 되기 때문이다.

아나나 다를까, 구궁을 비롯한 다른 일행이 장천과 다른 방향으로 급하게 말을 몰아가 장천은 욕을 하며 황급히 그들의 뒤를 좇아 말을 몰아갈 수밖에 없었다.

장천이 따라오는 듯하자 구궁이 가볍게 손을 들었고, 일행이 급하게 말 몰던 것을 멈추고 서자 그제야 눈에 눈물이 가득한 장천이 질풍과 함께 도착하며 소리쳤다.

"너무해요!! 나만 버리고 가면 어떡해요!"

"강호 초출 주제에 제일 먼저 말을 몰아가니 맛을 조금 보여준 것뿐이다."

무쌍도 요운은 장천을 따돌려 울린 게 재미있는지 미소를 지으며 대답해 주었다. 괜히 요운이 미워지는 장천이었다.

그런 눈빛에 오해를 불식시키려는지 요운은 묘기를 부리듯 몸을 꼬아 구궁을 가리키며 말했다.

"어! 오해하지 말라고. 네 녀석을 냅두고 가자고 한 사람은 구궁 사형이었으니까."

"구궁 사형!!"

요운의 말에 장천의 원망이 구궁에게 떨어졌는데, 그 말을 들으며 구궁은 그 큰 덩치에 어울리는 말을 천천히 장천의 곁으로 붙어서는 그의 뒷덜미를 잡고 들어 올려 버렸다.

"우아악!!"

구궁은 손에 들려 비명을 지르는 장천의 엉덩이를 큼직한 손으로 한 대 때리며 말했다.

"첫째, 이번 일의 책임자는 나이니 네 녀석이 혼자 나설 생각은 절대 하지 말아라."

그렇게 말한 구궁은 다시 한 번 장천의 엉덩이를 때리고는 다음 말을 내뱉었다.

"둘째, 이번 일은 네 녀석을 각 문파에 소개하는 것도 포함되어 있으니, 오늘과 같이 쌍도문의 소주가 눈물을 보인다거나 삐치는 행동을 보이면 쌍도문의 명예를 더럽히는 일로 용서하지 않겠다."

그리고 한 대 더 때리며 계속 말을 이었다.

"셋째, 이건 이뻐서 한 대 더 때린다."

"우아악!!"

세 번째 엉덩이를 맞은 장천이 매달린 채 발버둥을 치자 구궁은 미소 지으며 다시 질풍의 등 위에 장천을 내려놓고는 장천의 머리를 쓰다듬어 주며 말했다.

"유운 사형께서 네 녀석을 맡겼으니, 앞으로 내 곁에서 떨어져 나갈 생각은 꿈도 꾸지 말도록 해라."

"흑흑… 알겠시유, 구궁 사형……."

이렇게 부모의 품과 광무자 유운의 손에서 벗어났다고 즐거워하던 장천의 작은 꿈은 구궁의 큼지막한 손과 함께 사라질 수밖에 없었다.

사냥꾼 출신의 신궁 구궁은 다른 이대제자와 달리 성격이 거칠기로 유명했기 때문에 그에게 어린 장천은 쌍도문의 소주가 아니라 말썽꾸러기 동네 꼬마와 진배없었던 것이다.

"자, 첫 번째 목적지는 기련산이다."

구궁의 말에 곽무진과 요운은 크게 놀란 얼굴을 하며 말했다.

"설마!! 기련삼마 어르신을 뵙는 것입니까?"

두 사람의 이구동성에 구궁은 고개를 끄덕이며 말했다.

"그렇다. 일단은 감숙성에서 명성이 자자한 분들인데다가 사부님의 친우 분이시기도 하니 일단은 인사를 드리는 것이 예의겠지."

그 말에 무진과 요운은 어깨를 늘어뜨리며 좌절의 아픔을 느낄 수밖에 없었다. 물론 무공으로는 두 사람 모두 구궁보다 한 수 위였지만, 무공이 위라고 사형이나 사숙의 결정에 불복하는 것은 있을 수 없는 노릇이기 때문이다.

두 사람이 그렇게 두려워하는 기련삼마란 누구인가?

기련삼마는 감숙성의 기련산에 거처를 두고 있는 사파의 마두로 현재 세수 쉰여섯 세의 세 쌍둥이 형제들이다.

정파의 문도들에게는 거의 도깨비 같은 존재로 자신의 마음에 안 들면 자식이라도 죽인다고 알려져 있는 사악한 자들이었다.

그런데 왜 정파에 속해 있는 쌍도문의 문도들이 기련삼마 같은 사파의 무리들에게 인사를 하러 가는 것일까?

그것은 바로 오립산의 제자들 취향이 모두 제각각이기 때문이다.

첫째, 등평은 철저한 정파 위주의 인물로 사파의 무리들에게는 귀신보다 더 두려운 존재였다. 눈앞에 사파가 설치는 꼴이 보이면 그대로 일장에 부숴 버리는 것으로 유명해 그 때문에 현재 쌍도문은 정파에 속해 있는 것이다.

둘째, 구양생. 그는 무림 세계에 거하고는 있지만, 그 실제를 본다면 거의 유림에 가깝다고 할 수 있었다.

셋째, 양우생은 도박계를 주름 잡고 있는 덕에 하오문의 문도들과 친하다. 하오문이란 사파에 가까운 자들이기 때문에 양우생은 사파의 거두들과 많은 친분을 가지고 있었고, 기련삼마의 경우도 그와 같은 이유로 친분을 쌓은 자들이다.

넷째, 장춘삼의 경우 그의 친구들인 강북사우가 모두 정파의 인물들이라곤 하지만 그 외에 사파의 고수들과도 친분을 가지고 있어 정사지간의 인물이라 할 수 있었다. 이런 장춘삼이 가장 싫어하는 자들은 바로 여자와 어린아이들을 인신매매하는 자들과 채화도적들이다. 워낙 유명한 애처가이다 보니 채화도적 같은 무리들을 좋아할 리 없고, 아내가 아이를 갖지 못하는 관계로 아이들을 무척이나 좋아하는 장춘삼이었기에 인신매매를 자행하는 녀석들은 이유도 묻지 않고 단칼에 베어버린다.

어쨌든 이 네 명의 제자들이 각각 정, 사, 유림, 정사지간의 인물들과 친분이 돈독한 관계로 쌍도문은 기련삼마와 같은 사파의 거두들에게도 예의를 갖추는 것이다.

물론 이 때문에 정파에서 탓하는 자들도 없지 않았지만 사형제들의 사소한 일에 참견하지 않는 등평은 모르는 척하고 있었다.

기련삼마의 거처는 쌍도문에서 하루 정도 거리에 위치해 있어 일행은 저녁 무렵 누빈객잔(陋貧客棧)이란 곳에 들러 피로를 풀기로 했다.

객잔은 정말 이름대로 낡고, 더럽기 그지없었기에 유난히도 청결에 신경을 쓰는 임아란의 슬하에서 자란 장천의 마음에 들 리가 없었다.

객잔의 식탁에 앉아 음식을 먹는 이들도 역시나 거의 비슷한 족속들이었기에 그 느낌은 더욱 클 수밖에 없었다.

그런데 구궁이 한 명의 거지 비슷한 꼴을 한 사람을 보고는 반가운 듯한 미소 짓더니 그에게 가볍게 포권하며 말했다.

"개방의 구차(仇借) 대협 아니십니까?"

"오! 쌍도문의 신궁 대협! 정말 오랜만이군."

장천은 구궁이 인사하고 있는 인물이 개방의 인물이란 것을 알고는 매듭 숫자를 세었다. 그는 모두 네 개의 매듭을 지니고 있는 가진 사결 제자였다.

아버지의 친구인 청개 곽무성이 칠결의 신분이기에 별거 아니구나 생각하고 있었지만, 개방에서 장로의 신분인 칠결이 얼마나 높은 신분인지를 모르는 장천으로선 사결은 우스울 뿐이었다.

"구차 대협께선 날이 가면 갈수록 깨끗해지시니 근 시일 안에 개방에서 쫓겨날 듯싶군요."

"하하하하! 나도 그것이 걱정이네. 아무래도 목욕을 일 년에 한 번으로 줄여야 할 것 같더군."

"하하하."

이들은 정말 우스갯소리를 나누고 있었지만 옆에 있던 장천은 구차 대협의 목에서 기어다니는 이를 보며 속이 울렁거릴 수밖에 없었다.

"그나저나 자네가 여기까지 웬일인가? 기련산에 식인 호랑이라도 나타났는가?"

신궁 구궁은 감숙성 내에 식인 호랑이가 나타났다는 이야기를 들으면 언제나 그곳에 모습을 드러내는 골수 사냥꾼이었기에 물어본 것이다.

구차의 말에 그는 고개를 서으며 옆에 있던 일행을 가리키며 말했다.

"이번 문 내에 일이 있어 사제, 사질들과 동행을 하고 있습니다."

"오! 그러고 보니 무쌍도 요운 소협도 있었구만."

"구차 대협께 인사드립니다."

요운이 인사하자 구차는 가볍게 그 인사를 받으며 말했다.

"이거 쌍도문 제일의 후기지수가 납시었군."

"과찬이십니다."

구차는 개방의 정통한 정보망으로 그가 이대제자 중 촉망받는 기재

란 걸 알곤 반갑게 인사를 했는데, 옆에서 헛구역질하던 장천을 보며
의외라는 얼굴로 말했다.

"이거, 쌍도문에 큰일이라도 있나 보군. 비밀에 싸인 쌍도문의 소주
가 직접 강호로 나서다니 말이야."

"사제, 뭐 하는가? 선배님께 인사를 올리지 않고!!"

구궁의 다그침에 장천은 간신히 울렁거리는 속을 진정시키곤 포권
을 하며 말했다.

"쌍도문 장천, 구차 대협께 인사를 드립니다."

"호오! 반갑네. 소문으로만 들었네만, 역시 잘생긴 소협이로구만."

"헉!"

장천이 헛바람 소리를 낸 건 구차 대협이 그렇게 말하면서 장천의
손을 덥석 잡았기 때문이다. 물론 그냥 잡는 거야 별문제가 아니지만,
팔뚝에 있던 빈대까지 전달해 주었기 때문이다.

"우와!!"

장천이 빈대가 넘어와 뿌리치듯 그의 손을 내친 후 팔을 털자, 구차
대협은 조금 머쓱했는지 뒤통수를 긁으며 미안해했다.

물론 이 모습에 구궁의 안색은 시퍼렇게 변하면서 얼굴 가득 야차
같은 인상을 쓰고 있었다.

"사제!! 선배님께 무슨 실례인가!!"

구궁이 화를 내며 소리치자 개방의 구차가 미안한 듯 그를 보며 말
했다.

"괜찮네, 어린아이이니 조금 꺼려지긴 할 테니 말일세."

"선배님, 죄송합니다."

구차는 별로 화가 나지 않은 듯 말했지만 구궁은 고개를 숙이며 구

차 대협에게 정중히 용서를 빌었다.

쌍도문의 소주가 처음 만난 선배에게 이런 무례를 범했다는 것이 알려진다면 그건 쌍도문의 수치였기 때문이다. 거기다 당사자가 정보 계통의 제일문이라는 개방이라면 그것은 더욱 심각했다.

개방에서 한 번 소문이 잘못나면 나중에 쌍도문의 소주는 어른 공경할 줄 모르는 호로 자식이라는 식으로 변질될 수도 있기 때문이다.

실제로 무당의 제일 후기지수였던 유성검 정인 도인이 개방의 오결제자에게 한번 실례를 범했다가 개방의 입소문이 번지고 번져 나중에는 개방의 용두방주를 욕했다는 소문까지 와전되어 개방과 무당의 유혈 사태로까지 번질 뻔한 일도 있었기 때문이다.

물론 정인 도인이 사태를 알고 개방 오결제자에게 사과를 함으로써 잘 무마가 된 적이 있었다. 이런 예를 볼 때 개방의 인물에게 실례를 범했다가는 무슨 일이 벌어질지 모르는 것이다.

개방 거지라고 터부시하다간 큰코다치는 집단이다.

장천도 자세히 생각해 보니 조금 미안한 것 같기도 했다. 그는 자신을 만나서 반가워하는 마음에 한 짓인데, 자신은 빈대 한 마리 때문에 손을 뿌리쳤으니 말이다.

"후배, 구차 대협께 큰 실례를 범했습니다."

"괜찮네. 젊은이들이 실수도 할 수 있는 법이지."

구차가 다행히 그리 신경 쓰지 않는 듯하자 장천은 조금 안심할 수 있었다. 강호 출도 처음부터 미움받는 것은 싫었기 때문이다.

"자, 다들 앉게. 오늘은 이 거지가 한잔 사도록 하지."

거지에게 얻어먹게 된 장천은 조금 꺼림칙하기는 했지만 공짜 싫어하는 무림인 없다는 말도 있고 해서 그냥 앉기로 했다.

얼마 지나지 않아 거지 같은 점원이 와서는 얼굴을 찡그리더니 구차를 보며 말했다.

"구 호법님, 적당히 하십시오. 아무리 이 객잔이 개방의 소유라곤 하지만 적당히 장사를 해줘야 그나마 먹고살 것 아닙니까?"

"흠흠."

구차는 그의 말에 얼굴이 빨개지더니 헛기침을 잠시 했다.

점원의 말에 이곳이 개방 소속의 객잔이란 것을 알 수 있었는데, 구궁은 점원의 말에 의아한 표정을 지으며 물었다.

"개방에서 객잔도 가지고 있습니까?"

개방은 말 그대로 거지의 무리들, 이런 그들이 객잔을 가지고 있단 것은 이해할 수 없는 노릇이었다.

"그게 그렇게 되었네."

구차는 구궁의 물음에 자세한 대답을 회피하고 있어 구궁은 무슨 사연이 있는 것이라 생각하고는 더 이상 물어보지 않았다.

개방은 모든 자금을 구걸로 유지하고 있는 집단이니만큼 이런 객잔을 가지고 있다는 건 개방 내에서 무엇인가를 계획하고 있는 것이란 생각이 들었던 것이다.

얼마 지나지 않아 점원 역할을 하고 있는 개방의 문도가 두 마리의 오리 구이와 함께 고량주 네 병을 내려놓고는 구 호법을 얼굴을 한참 들여다보고 있었다.

"뭔가?"

구 호법으로선 자신을 뚫어지게 쳐다보고 있는 녀석을 보며 한마디 안 할 수가 없었는데, 구 호법의 말을 들은 문도는 고개를 저으며 말했다.

"아닙니다."

하지만 아닌 것이 아니었다. 고개를 돌려서 주방으로 가던 문도는 갑자기 구 호법 들으라는 듯이 큰 한숨을 내쉬고는 잽싸게 내빼 버렸다.

다른 파의 손님들이 있음에 뭐라고 말도 못하는 구차로선 얼굴만 시뻘게질 수밖에 없었다.

'괘씸한 녀석!'

몇 번 객잔에서 음식을 시켜 먹었다고 암암리에 심리적 압박을 가하는 녀석을 보며 구차는 괘씸하게 느껴질 수밖에 없었지만, 그가 생각해도 좀 자주 먹는다는 생각이 들었던지 그냥 넘어가기로 하고 오리 구이의 다리를 뜯어서는 미소 지으며 장천에게 건네주었다.

"쌍도문의 소주, 이 구차가 주는 오리 구이이니 맛있게 들게나."

"에… 예."

구차가 오리 다리를 뜯어서 자신에게 주는 순간 장천은 긴장하지 않을 수 없었다. 구차의 시커먼 손으로 직접 뜯어서 주니 어찌 긴장하지 않을 수 있겠는가. 하지만 옆에서 구궁이 이번에도 실수하면 본때를 보여주겠다는 눈으로 째려보고 있었기에 어쩔 수 없이 울며 겨자 먹기보다 더한 상황을 받아들였다.

노릇노릇하게 구워진 오리 다리의 한쪽 부분에 시커멓게 변해 있는 자국. 장천으로선 눈물을 흘리고 싶은 순간이었다.

"자, 어서 들게."

구차는 이런 장천의 마음을 아는지 모르는지 초롱초롱한 눈으로 장천이 어서 오리 다리 먹기를 기다리고 있는 눈치였으니 눈물을 흘리며 다리를 뜯었다.

"우욱······."

하지만 역시 비위가 상하는 것은 어쩔 수 없었기 때문에 쌍도문에서 나올 때 먹었던 아침밥마저 넘어오려고 하는 장천이었다.

하지만 선배의 앞에서 구토는 죄악일 것 같았기에 머리에 핏줄이 설 정도로 힘을 주며 간신히 오리고기를 삼킬 수 있었다.

"우욱······."

하지만 제대로 씹지 않고 넘긴 오리고기는 목에 걸려 버렸고, 급하게 물을 찾던 장천은 구궁의 앞에 있던 잔을 보고는 잽싸게 들어서 마셔 버렸다.

"후아! 살았다."

간신히 오리고기를 넘긴 장천은 만족의 미소를 지을 수 있었는데, 어느 순간 얼굴이 시뻘게지는 것을 느낄 수 있었다.

"어라··· 이게 무슨 일이래······."

두 손으로 얼굴을 만져 보니 뜨거워 만질 수조차 없을 정도였기에 장천으로선 당황되지 않을 수 없었다.

아무래도 오리고기에 묻어 있던 구차의 손때가 열병을 일으킨 것 같다는 느낌이 들었다.

장천은 당황스러움에 주위를 돌아보니 구궁을 물론이요, 구차와 곽무진, 요운까지 무엇인가 크게 놀란 듯한 얼굴을 하며 지켜보고 있었다. 아무래도 심각한 증세를 일으키고 있는 것 같았다.

"사제······."

구궁은 무엇인가를 말하려고 했는데 갑자기 무슨 생각을 하는 건지 장천의 눈망울에서 눈물이 가득 고이고 있었다.

시뻘게진 얼굴에 눈에는 눈물이 가득, 정답은 취한 것이다.

장천이 마신 것은 구궁과 구차가 대작을 하려고 따라놓은 고량주, 그것도 개방에서 만들어 일반 고량주에 비해 두 배는 더 독한 술이었기 때문에 어린 장천, 그것도 술을 단 한 번도 마셔본 적 없는 녀석이 마셨으니 이런 반응은 당연한 것이었다.

"크하하하하, 고거 당돌한 녀석이군. 술을 안 권한다고 사형의 잔을 비우다니. 크하하하!"

구차는 재밌다는 듯 크게 웃어 젖히더니 잔 하나를 장천의 앞에 올려놓고 고량주를 따라주면서 말했다.

"자! 장천 대협, 한 잔 더 쭉 드시구려."

"구차 대협!! 아직 어린아이입니다."

"무슨 소린가? 이 구차는 나이 여섯에 술을 시작했는데?"

구차는 타락한 소년 시절을 보냈던 것이다.

그의 말에도 구궁은 절대 안 된다는 듯 손을 내저으며 큼지막한 손을 장천의 어깻죽지 밑으로 넣어 들어 올렸는데, 취해 버린 장천은 아무런 힘도 없는지 그의 손에 들려 축 늘어져 버렸다.

"이거 큰일이군."

장천의 눈은 이미 초점을 잃은 상태에서 눈물을 주룩주룩 흘리고 있었고, 가끔씩 헛구역질까지 해대는 걸 보면 상당히 심각했다.

얼굴과 팔뚝에는 붉은 반점까지 나기 시작하고 손은 덜덜 떨리기 시작했다. 아무래도 개방 비전의 고량주가 장천의 몸에서 받아들이지 않아 거부 반응을 일으키고 있는 것 같았다. 약간의 정신이라도 있으면 내공으로 술기운을 몰아낼 수 있겠지만 너무 취한 장천에겐 조금 무리가 있어 구궁은 내공을 돌우어 타혈을 해주기 시작했다.

그가 내공심법과 궁술만을 배웠다곤 하지만 어느 정도 혈도의 타혈은 할 수 있었기 때문이다. 일 다경 정도 장천의 몸을 타혈하자 술기운이 땀구멍을 통해 빠져나오기 시작했지만 아직 장천의 경련 비슷한 떨림은 사라지지 않고 있었다.

구차는 설마 개방 특제 고량주가 이런 반응을 일으키리라곤 상상도 못하고 있었다. 아무리 술이 몸에 안 받는다 하더라도 이건 너무 심한 증상이었기 때문이다.

"잠시 내가 한번 진맥을 해보겠네!"

급히 구차는 장천에게 다가가 손목의 맥을 잡아보았는데, 그 순간 크게 놀라지 않을 수 없었다. 술에 취하면 맥이 빨라지는 건 당연한 일이지만 장천의 맥은 빠르면서도 불규칙함을 보이고 있었기 때문이다.

"독?"

독이란 생각을 한 구차는 급히 주머니에서 은침을 꺼내 술잔에 그 끝을 집어넣었다 뺐는데 역시나 검게 변색되어 있는 것을 볼 수 있었다.

"이런!! 술에 독이 들어 있었네!"

"독이요?"

구궁으로선 크게 놀라지 않을 수 없었다. 일단 왜 고량주에 독이 들어 있는가를 떠나서 독에 중독된 장천이 염려되었기 때문이다.

구차의 말을 들은 요운은 자리에서 일어나 품에서 몇 개의 작은 도자기 병을 꺼내어 살펴보더니 한 개의 병에서 작은 환약을 몇 개 꺼내어서 급히 장천에게 먹였다.

요운이 먹인 것은 쌍도문의 비전 해독약이다. 오립산이 대륙을 돌아다니며 구한 약이기에 꽤 효험이 있는 약이었다.

하지만 두 식경 정도가 흐른 후에도 장천의 몸은 변화가 없었기에 요운 역시 긴장하지 않을 수 없었다.

이렇게 가다간 강호로 나서자마자 쌍도문의 소주가 의문의 독살을 당하는 판이니 구차로서도 이번 일이 당황스러웠다. 개방에서 모종의 일을 위해 만들어놓은 객잔에서 정파, 그것도 구파일방에 버금가는 세력으로 성장하고 있던 쌍도문의 소주가 죽는다는 것은 보통 일이 아니었기 때문이다.

거기다가 장천은 강북사우의 일 인인 장춘삼의 아들. 같은 사우의 한 사람인 개방장로 청개 곽무성이 있는 개방에서 일이 벌어진다는 건 심하면 강북사우가 갈라지는 것은 물론이요, 쌍도문과 개방의 한판 싸움으로 번질 수도 있는 일이었다.

"방천!! 방천은 어딨느냐!!"

구차는 음식과 술을 가져다 준 방천을 불렀지만 그는 구차의 부름에도 나올 생각을 하지 않고 있었다.

구차는 인상을 쓰며 주방으로 들어갔는데, 그 안에서 일곱 명의 개방 문도들이 피를 흘리며 쓰러져 있는 것을 볼 수 있었다.

"이건……."

그렇다면 음식과 술을 가져다 준 자는 개방문도를 가장한 의문의 적이란 뜻이었다. 하지만 그는 방천의 버릇은 물론이요, 심지어는 그의 성격까지 똑같았다. 자신에게 눈치까지 주던 일도 있었기에 구차로선 좀처럼 믿어지지가 않았다.

"도대체 무슨 일입니까?"

"구궁 대협……."

구차가 돌아오지를 않자 구궁은 장천을 요운에게 맡겨두고 주방으로 들어왔고, 그곳에 개방의 문도들이 피를 토한 채 쓰러져 있는 것을 보게 되었다.

"그게… 나도 모르겠네……."

구궁은 주방 안으로 들어가 쓰러져 있는 개방 문도들의 맥을 짚어보고 모두 숨이 끊어졌음을 확인했다.

구궁은 식당에 있는 일행에게로 돌아간 후 말했다.

"요운, 무진."

"예."

"이곳에 남은 사람은 우리들과 구차 대협뿐이다. 아무래도 좋지 않은 녀석들이 우리의 목숨을 노리고 있는 것 같다."

그의 말에 두 사람은 크게 놀라며 허리에 차고 있던 두 개의 도를 꺼내 들었고, 구궁 역시 옆에 놓아두었던 자신의 철궁을 들어 올리고는 곧바로 쏠 수 있게 화살을 하나 꺼내어 가볍게 활줄에 메우고는 구차에게 말했다.

"구차 대협도 저희와 함께하시지요."

"알겠네."

구차는 더 이상 이곳에 개방의 문도들이 남아 있지 않다는 것을 알고 있기에 구궁의 말에 따를 수밖에 없었다.

구궁은 무슨 영문인지는 알 수 없지만 자신들이 개방의 일에 관련되었음을 짐작할 수 있었다.

분명 개방의 사람들을 처리하기 위해 어떠한 세력이 나선 것임은 분명했고, 그들은 자신들의 흔적을 완전히 감추기 위해 구차를 비롯한 이곳에 있는 모두를 죽이려 하는 것이다.

구궁의 손짓에 요운이 주위를 둘러보기 위해 객잔의 문 쪽으로 걸음을 옮기자, 그 순간 위층 방에서 복면을 쓴 네 명의 괴한이 병장기를 들고는 몸을 날려 요운을 공격하기 위해 뛰어들었다.

"합!"

괴한이 요운을 공격하는 걸 본 구궁은 화살을 날렸고, 그가 익히고 있는 파운심공의 내력이 섞인 화살은 적의 몸을 꿰뚫어 버리며 지나갔다.

"끄억!!"

구궁의 화살에 맞은 괴한은 비명 소리와 함께 공중에서 거꾸러져 땅에 처박혔다.

한편 요운은 만약의 경우를 위해 두 개의 도를 꺼내어 들고 있었기 때문에 곧바로 내력을 돋우어 공중에서 쇄도해 들어오는 괴한 중 한 사람을 향해 무공을 펼칠 수 있었다.

지금이야 장천이나 광무자 유운 때문에 쌍도문 내에서 그 입지도가 줄었다고는 하지만 쌍도문 서열 4위의 고수인 요운이 갑작스러운 공격이라고 쉽게 당할 리 없었다.

"청운도법(淸雲刀法)! 제5식 승기파운(乘氣破雲)!"

청운도법의 5식 승기파운은 상승하는 기류에 의해 구름이 갈라지는 형상의 도법으로 시전자의 위에서 공격해 오는 적을 격살하기 위한 초식이었다.

승기파운을 사용하여 몸을 날린 요운이 두 개의 도를 휘두른 순간 한 괴한이 요운의 쌍도에 허리를 베이며 땅으로 처박혔고, 나머지 두 명은 기회를 놓치고 땅으로 착지하게 되었다.

승기파운으로 몸을 솟구친 요운은 객잔의 이층 손잡이를 박차고 날아와선 다시 두 명의 괴한을 공격해 갔다.

"비학도법(飛鶴刀法)! 제2식 쌍익충천(雙翼充天)!!"

쌍익충천은 학이 창공을 향해 날아가는 모습의 무공이다. 이층의 계단을 박차고 빠른 속도로 쇄도해 들어가던 요운은 두 개의 도를 이용해 마치 춤을 추듯 위로 쳐올리며 두 괴한의 목을 베고 우아하게 착지했고, 쌍도에 당한 두 사람은 고통스러운 신음을 지르며 쓰러졌다.

"호오!!"

개방의 구차는 이십 대의 청년인 요운이 순식간에 세 명의 괴한을 쓰러뜨리는 걸 보며 탄성을 내질렀다.

무쌍도 요운이 후기지수 중 특출난 인재들 다섯 명을 말하는 강호오룡의 일 인이라는 것은 알고 있었지만, 실제로 젊은 후기지수가 얼마나 무공이 높을까 하는 생각도 가지고 있었는데 직접 보니 허명이 아니라는 알 수 있었다.

강호오미의 일 인인 등소소와의 성혼 이후 강호로 모습을 드러내지 않아 뭇 여인들의 아쉬움을 자아내는 요운이었지만, 그 뛰어난 무공만큼은 줄어들지 않은 듯했다.

구궁은 바닥에 쓰러진 네 괴한의 복면을 벗기고는 구차를 보며 말했다.

"구차 대협, 이들이 누구인지 말씀해 주시겠습니까?"

구궁의 말에 구차는 그들의 얼굴을 살짝 들여다보고 망설이는 듯하다가 한숨을 쉬며 말했다.

"어쩔 수 없구만. 자네들 역시 관련되었으니 말하도록 하지. 이들은 마교의 암혈단 소속의 무인이네."

"마교의 암혈당이요?"

구궁은 그 말에 놀라지 않을 수 없었다.

마교, 무림의 영원한 악으로 존재하는 그들은 천년마교란 이름을 가질 정도로 수많은 세월 동안 그 명맥을 유지하고 있는 사파의 대문파였다.

　소속되어 있는 무인만 십만을 넘으며, 고수의 숫자는 정파의 구파일방에 버금갈 정도라고 한다. 그런 마교가 공동파와 쌍도문이란 두 대문파가 관장한다 할 수 있는 감숙성에 나타났다니.

　"자세한 이야기를 부탁드립니다."

　"휴… 어쩔 수 없지……. 사실 우리 개방에서 이곳 객잔을 임시로 만들게 된 것은 마교가 다시 움직였기 때문이라네."

　"마교는 아직 내분 상태이지 않습니까?"

　그렇다. 근래 십 년 동안 강호에서 마교는 그 모습을 드러내고 있지 않았는데, 그것은 교주 천마(天魔) 문천익(文天翼)과 구시독인(舊屍毒人) 예운(倪運)과의 세력 다툼으로 인한 일이었다. 호시탐탐 교주의 자리를 노리고 있던 구시독인 예운이 자신의 세력을 이끌고 교주를 급습해 상처 입은 천마 문천익은 한때 자신의 세력과 함께 무너질 위기에 처했지만 간신히 재기하여 두 세력은 어느 한쪽 우세를 점하지 못하고 대립하고 있던 상황이었다.

　"물론 강호에 그렇게 알려져 있네만, 실제로는 문천익과 구시독인이 힘을 합친 상태라 하네. 자파의 내분이 계속되면 강호에서의 마교 영향력이 줄어들 거란 우려감 때문이라 보고 있지. 이들은 그동안의 내분으로 소모된 힘을 기르기 위해 사파의 고수들을 대거 영입하고 있어 개방에선 그것을 유의 주시하고 있었네."

　구궁은 어느 정도 상황을 짐작해 볼 수가 있었다. 십 년의 내분이라면 분명 마교 내에서 많은 고수가 죽임당했을 것은 분명할 터, 현 상태의 세력으로는 정파를 상대할 수 없다 판단하고 마교에서 사파의 고수들을 영입하려 한 것이다.

그들이 기련산에 모습을 나타냈다는 것은 기련삼마를 노리고 있음이 확실했다.

"개방에서 그들이 암혈당을 보내어 기련삼마를 영입했다는 정보를 듣고 급히 이곳에 객잔을 만들어 그들을 감시하고 있었는데 아무래도 이곳의 정보가 유출된 듯하군."

"마교라……."

구궁은 잠시 생각에 잠겼다. 상대가 마교의 암혈당이라면 지금의 숫자로는 힘겹단 생각이 들었기 때문이다.

암혈당에 소속되어 있는 마교도들의 수는 오백 명, 그중 일류고수에 해당하는 자는 오십여 명 정도가 있다.

물론 요운과 자신만이라면 그 정도의 숫자가 천라지망을 펼친다 해도 빠져나갈 수 있겠지만 독에 중독된 장천과 두 사람에 비해 무공이 뒤지는 곽무진이 있기 때문에 쉽게 빠져나갈 방법은 없었다.

그렇다면 방법은 단 하나밖에 없단 생각을 한 구궁은 요운에게 말했다.

"요운."

"예, 사형."

"우린 지금부터 기련산으로 향한다."

"예?"

요운 역시 구차의 말을 듣고 있었기에 구궁의 결정에 놀라지 않을 수 없었다. 암혈당이 기련삼마의 영입을 위해 이곳으로 왔다면 분명 기련산에는 이곳보다 많은 수의 무사들이 있을 것이 분명했기 때문이다.

"지금 상태로 그들의 손아귀에서 빠져나가는 것은 불가능할 터, 하지만 기련삼마 분들께 도움을 받는다면 장천의 독상까지 치료할 가능성이 있다."

"아!"

그제야 요운은 구궁의 결정을 이해할 수 있었다. 기련삼마가 비록 사파의 인물이라곤 하지만 양우생 사숙과 친구 사이, 그런 기련삼마가 마교에 의해 위험에 빠진 쌍도문의 제자들을 모른 척할 리는 없었고, 그 당사자가 양우생 사숙의 제자인 구궁이라면 기련삼마는 더욱 이들을 도울 것이 분명했다. 또, 강호에서 산전수전 겪은 그들이라면 장천이 입은 독의 종류는 쉽게 알 수 있을 것이 분명했다.

요운은 지금부터가 진짜 고비라 생각하고는 가볍게 심호흡한 후 사질인 무진을 보며 말했다.

"무진."

"예, 요운 사숙."

"너에게 싸우라고는 말하지 않겠다. 너의 일은 이제부터 장 사제를 업고 나의 뒤를 따르는 것이다. 뒤는 구궁 사형과 구차 대협께서 맡을 터이니 긴장을 늦추지 말고 따르도록 하거라."

"예, 요운 사숙."

무진이 결의에 찬 표정을 지으며 대답하자 요운은 두 개의 쌍도를 잡은 손에 힘을 주고는 밖으로 뛰어나갔고, 그의 뒤를 이어 무진과 구궁, 구차도 따라 나섰다.

요운이 객잔 밖으로 몸을 날리자 기다렸다는 듯이 몇 명의 복면괴한이 나타나서는 모래를 뿌렸다.

"독사(毒砂)!!"

그들이 뿌린 것이 독모래라는 것을 눈치 챈 요운은 두 손에 잡은 도에 내공을 돋우어 빠른 속도로 휘둘렀다.

"광풍도(狂風刀)!!"

광풍도는 내공을 돋우어 도를 빠르게 회전시킴으로써 시전자의 내공과 도의 회전에 의해 바람이 생겨나는 무공이었다. 바람 자체로는 그리 큰 위력이 없었지만, 이 광풍도는 적의 작은 암기 공격을 막기에 가장 좋은 방어 무공이었다.

요운의 광풍도가 시전되자 그들이 남긴 모래는 역으로 독사를 던진 자들에게 날아가기 시작했고, 바람을 뚫고 나온 모래도 회전하는 광풍도에 막혀 요운의 몸에 닿지 못했다.

"끄어억!!"

광풍도의 바람에 도리어 독사에 중독된 괴한들은 독에 의한 고통으로 괴로워하면서 품속에서 해약을 꺼내 먹고는 재빨리 뒤로 물러섰고, 요운은 그 순간을 놓치지 않고 빠른 속도로 객잔 밖의 숲으로 경신술을 사용하여 뛰어갔다.

일단 대로보다 숲을 통해 가는 것이 더 나을 거란 생각이 들었기 때문이다. 물론 숲에 매복이 있다면 눈치 채기 어렵지만, 대로와 달리 자신들의 몸을 숨길 수도 있기 때문에 요운이 숲을 통해 움직인 것은 옳은 결정이라 할 수 있었다.

과연 객잔의 개방 문도들을 모두 죽일 작정으로 왔는지 많은 수의 마교 무인들이 숲에 은신해 있었다.

요운이 앞장을 서며 숲으로 빠르게 움직이자 숲의 여기저기에서 연락용 피리 소리가 울려 퍼지기 시작한 것이다.

피리 소리가 저녁 무렵의 숲에 울려 퍼지면서 요운의 앞으로 병장기를 든 고수들이 밀려오기 시작했다.

　무성한 나무로 인해 숲은 어둡기 그지없어 갑작스럽게 공격해 들어오는 자들을 상대하기 어려웠지만, 다행히 뒤쪽에서 구궁이 화살로 자신을 엄호해 주고 있어 어렵지 않게 적의 포위망을 뚫고 앞으로 향할 수 있었다.

　사냥꾼 출신인 구궁에게 숲은 어느 누구보다 익숙한 곳이기에 작은 풀의 흔들림으로도 적들의 위치를 파악할 수 있었다.

　"동북쪽! 서북쪽!"

　"차압!!"

　구궁은 장천을 업고 달리는 무진의 뒤에서 의심이 가는 곳을 빠른 속도로 요운에게 전달했고, 요운은 구궁의 말에 의심하지 않고 쌍도를 휘두름으로써 매복하고 있던 적을 쉽게 벨 수 있었다.

　뒤에서 따르고 있던 구차는 이 두 사람, 쌍도문 문도의 뛰어난 실력에 탄복하지 않을 수 없었다.

　요운이야 그 무공 실력을 인정받았다곤 하지만 구궁은 나이 이십이 세에 양우생의 눈에 띄어 제자가 되었기 때문이다.

　현재 그의 무공 실력은 삼류급에 불과하지만 파운심공을 사용한 그의 화살은 일류고수는 되어야만 막을 수 있을 정도의 위력이었으니, 역시 강호에서 들리는 구궁에 관한 소문은 믿을 게 못 된다는 생각을 했다.

　"도대체 암혈당이 개방의 잡놈들 하나 처리하지 못하고 뭐 하는 게 냐!!"

　마교의 암혈당 제2당 부당주 응조수(鷹爪手) 이진천은 벌써 세 시진이 지났건만 기련산 객잔에 있던 자들을 놓친 부하들의 무능함에 분통이 터질 지경이었다.

정보에 의하면 객잔에 있는 개방의 인물들은 구차를 제외하곤 고수가 없었기에 교에서 파견한 지금의 인원으로도 아무런 희생 없이 처리할 수 있다 생각했다. 하지만 지금까지 삼십여 명이 넘는 암혈당 당원들이 죽임을 당했음에도 단 한 명도 잡지 못했으니…….

"그것이… 개방의 인물들이 아닌 듯합니다."

"개방의 거지새끼가 아니라고?"

"예, 암혈당의 동도를 벤 자는 쌍도를 사용하고 있으며 그 무공도 지금까지 들어온 정보와는 다른 일류의 수준이었습니다. 아무래도 일을 처리하는 중 객잔에 들어온 타 문파의 제자가 얽혀 들어간 것 같습니다."

"타 문파라……."

이진천은 부하의 말을 들으며 어느 정도 이해할 수 있었다. 자신들에게 들어온 정보는 정파의 밀정에 의해 들어온 소식이기에 틀릴 가능성이 없었기 때문이다.

"쌍도를 사용한다라……."

무림에서 쌍도를 사용하는 이들은 꽤 많은 수가 있지만 수십 명의 암혈당 무사들을 베고 천라지망을 빠져나갈 자는 그리 많지 않았다.

감숙성에서 자신들을 상대할 수 있는 쌍도를 쓰는 자들이 있다면 그것은 쌍도문 외엔 없기에 암혈당의 피해가 이해되었다.

쌍도문이 근래에 명성을 날리고 있는 문파라지만 그 수뇌부 중 강북십웅에 이름이 올라 있는 고수가 두 명이나 있었고, 후기지수 중에선 강호오룡에 속한 인물도 있을 만큼 그 저력을 무시할 순 없었다.

이진천은 더 이상 암혈당의 무사들을 잃었다가는 상부에 문책받을 것이 걱정되어 이대로 앉아 있을 순 없다 생각했다.

"어쩔 수 없군. 오랜만에 응조수를 한번 써볼까?"

그 말에 곁에 있던 다른 자들은 안심할 수 있었다. 암혈당의 부당주라고는 하지만 무공은 당주인 권마(拳魔) 묵익(墨益)과 비등하다는 이진천이라면 충분히 그들을 처리할 수 있으리라 생각했기 때문이다.

한편 숲을 가로지르며 기련산으로 오르는 장천 일행은 세 시진이 넘는 급행으로 상당히 지친 상태였다.

다행히 더 이상 마교 암혈당의 공격은 없었지만 구궁은 이것이 폭풍 전의 고요라는 것을 알 수 있었다.

이들이 벤 암혈당의 무사들 수는 삼십여 명 정도뿐이었기에 이 정도의 숫자가 전부라 생각할 수 없었다. 지금까지 나타난 인물들이 어느 정도 실력을 지닌 인물이라곤 하지만 진짜 고수는 나타나지 않았기 때문이다.

이 고요 후에 나타날 고수, 구궁은 그가 기련산에 천라지망을 깔아놓고 암혈당의 무사들을 통솔하는 대장일 것이라 짐작할 수 있었다.

"요운!"

"예."

"여기서 잠시 휴식을 취하자."

"하지만……."

그의 말에 요운이 뭐라 말을 하려고 했지만 구궁은 손을 내저으며 말했다.

"물론 녀석들의 공격이 뜸한 지금 전력을 다해 도망친다면 조금 더 안전한 곳으로 피할 수 있을지도 모르겠지만, 만약 암혈당의 무사들을 통솔하는 고수가 온다면 피로한 상태로는 일초지적도 되지 못할 것이다. 녀석들이 언제 공격해 들어올지 모르는 이때 조금이라도 운기조식하여 내공을 모으는 것이 더 중요하다.”

구궁의 말이 어느 정도 일리가 있는지라 요운은 자리에 털썩 주저앉아 가부좌를 틀고 운기조식을 시작했다.

그것을 보며 구궁은 곽무진에게도 운기조식을 지시했기에 업고 있던 장천을 내려놓고 가부좌를 튼 후 운기조식을 했다.

“자네도 운기조식을 취하도록 하게.”

구차는 구궁 역시 많은 피로가 쌓여 있을 것이란 생각에 말했지만 그는 고개를 저으며 말했다.

“아닙니다. 요운은 앞으로 닥칠 암혈당의 고수를 상대하기 위해 운기조식을 취해야 하고, 무진 사질은 천 사제를 업고 가야 하기에 운기조식을 취하라 한 것입니다. 저의 일은 이들을 보호하는 것이니 지금 운기조식을 취할 수는 없지요.”

숲에서 자신보다 빠르게 움직일 수 있는 인물은 강호에 흔치 않기 때문에, 지금의 상황에선 자신이 이들이 운기조식하는 것을 보호해야 한다 생각한 구궁은 극한 피로에도 운기조식을 취하지 않고 있는 것이었다.

구차는 사리판단도 빠르고 무공 역시 뛰어난 구궁을 보며 탄복하지 않을 수 없었다. 그때 한쪽에서 작은 신음 소리가 들려왔다.

“으음…….”

신음 소리를 내고 있는 인물은 독에 중독되어 쓰러져 있던 장천이었는데, 놀랍게도 지금은 아무런 중독 현상을 보이지 않은 채 천천히 자리에서 일어나고 있었다.

"사제! 괜찮은가?"

구궁은 장천이 정신을 차리자 급히 그의 곁으로 뛰어가 물었는데, 장천은 눈을 뜨자마자 자신이 어두컴컴한 숲에 누워 있자 어리벙벙한 얼굴로 사방을 둘러보다가 구궁에게 물었다.

"어라? 구궁 사형, 여긴 어디에요?"

"기련산으로 가는 숲이다. 잠깐 맥을 좀 짚어보자꾸나."

일어나자마자 멍한 표정으로 자신에게 어딘지를 묻고 있는 장천의 얼굴을 보며 구궁은 천의 맥을 짚어보았는데, 다행히 독의 중독 현상은 완전히 사라지고 맥은 정상으로 돌아와 있었다.

"휴, 다행이군. 먹은 양이 그리 많지 않아 독이 스스로 풀린 것 같다."

"독이요?"

"그래, 넌 객잔에서 독에 중독되어 쓰러졌었다."

구궁의 설명에 장천은 흠칫하지 않을 수 없었다. 강호로 나오기 전 이비지인 장춘삼에게 수없이 들은 주의 사항 중 강호의 도적들이 운영하는 흑점(黑店)에서의 독을 조심하란 이야기가 있었기 때문이다.

그때는 별로 실감이 나지 않았지만 자신이 독에 중독되었다는 이야기를 구궁에게 듣자 소름이 끼칠 정도로 실감나고 있는 장천이었다.

'강호로 나온 첫날부터 흑점의 독에 중독되다니… 젠장, 이대로 들어갔다간 평생 강호 구경도 못하겠다.'

천이 걱정하고 있는 것은 이 이야기를 듣고 난리 부릴 어머니와 아버지였다.

그렇게 만류하던 강호행이었기에 달려와서 쌍도문으로 끌고 들어갈 것이 뻔했기 때문이다. 하지만 자세히 생각해 보니 자신이 있던 객잔은 흑점이 아니었다. 분명 개방의 대선배라는 구차란 거지가 주인장 노릇을 하고 있었기 때문이다.

장천은 조용히 뒤를 돌아보자 구차가 서 있는 모습에 물어보지 않을 수 없었다.

"구차 대협."

"왜 그런가?"

"도대체 흑점도 아닌데 제가 어떻게 중독이 된 거죠? 혹시 개방에서 흑점도 운영하고 있는 것 아니에요?"

"흠흠......"

개방이 흑점을 운영한다는 것은 있을 수 없는 일이지만, 실제로 장천이 자신이 장으로 있는 객잔에서 독에 중독된 것은 사실이었기에 구차로선 무어라 반발할 처지가 되지 못해 헛기침만 할 수밖에 없었다.

"사제, 개방에서 흑점을 운영할 리 없지 않은가."

다행히 구궁이 변명을 해주고 있는지라 구차로선 안도의 한숨을 내쉴 수 있었다. 그때 구궁은 숲의 한쪽이 흔들리는 것을 보며 암혈당의 인물들이 나타났다는 것을 깨닫곤 자신의 철궁에 활을 메워 지체하지 않고 발사했다.

"끄억!!"

화살이 날아간 방향으로 구궁의 화살에 격중당한 자의 비명 소리가 울려 퍼졌고, 적이 나타났다는 것을 깨달은 요운과 무진은 운기조식을 재빨리 끝낸 후 자리에서 일어나 허리에 차고 있던 쌍도를 뽑아 경계를 취했다.

"하하하하! 누가 우리를 이렇게 애먹이고 있나 했더니 활을 잘 쏜다는 구궁이란 아해로구나."

구궁 일행이 임전 자세를 취하며 경계하고 있을 때 그가 화살을 쏜 숲에서 우렁찬 목소리가 들리더니 일단의 무사들이 그 모습을 드러냈다.

그중 구궁과 거의 비슷한 몸집의 거한이 오른손에 명치에 화살이 박힌 자의 뒷덜미를 잡고는 천천히 걸어오고 있었다.

아마 구궁이 쏜 화살이 자신에게 날아오자 근처에 있던 무사를 잡아 방패로 사용한 듯했는데, 그는 구궁의 화살 솜씨에 감탄했는지 대소를 터뜨리더니 시체를 던져 버리고는 두 손을 마주 잡아 우두둑 소리를 내며 천천히 무사들과 함께 걸어왔다.

개방의 구차는 그의 얼굴을 확인한 후 크게 놀라며 소리쳤다.

"웅조수 이진천!!"

"이진천!!"

구차의 말에 다른 이들도 모두 놀라지 않을 수 없었다. 이진천은 암혈당의 부당주로 현재 마교 서열 34위의 인물이었다.

마교는 교도의 숫자가 많은 것은 물론이요, 초고수의 숫자도 적지 않았기에 마교 서열 50위권 내의 인물들은 모두 상대하기 어려운 자였다.

이진천이라면 강호에서 기련삼마보다 한 수 위의 실력으로 인정해 주고 있는 인물이었으니 요운이나 구궁이 상대하기엔 버거운 인물이었다.

장천은 일어나자마자 별 이상한 사람이 자신들의 앞에 나타나자 영문을 모르겠단 표정으로 그를 쳐다보고 있었다.

"이진천이 누구길래 그렇게 긴장을 하는 거야?"

장천은 아직 강호의 무림인들에 대해 잘 모르고 있었기 때문에 무진에게 물어보았는데, 무진은 식은땀을 흘리며 장천에게 그에 대해서 설명해 주었다.

"응조수 이진천은 마교 서열 34위의 초고수입니다. 강호에서는 저희가 찾아가는 기련삼마보다 한 수 위의 인물이라 평가받고 있는 인물인데, 그의 응조수는 백련정강으로 만든 검조차 부술 정도라고 합니다."

"백련정강으로 만든 검을? 와!"

손으로 검을 부러뜨리는 것 또한 힘든 일인데 백련정강한 검을 부러뜨린다는 것은 상당한 무공을 지녔다고 할 수 있었다.

요운은 일행 중 자신밖에 그를 상대할 수 있는 사람은 없다 판단하고 앞으로 나서며 임전 자세를 취하고는 말했다.

"응조수 이진천, 무명은 들었소이다. 쌍도문의 이대제자 요운이 당신과 겨루어보고자 하니 허락하시겠소이까?"

"오! 자네가 강호오룡의 일 인인 무쌍도 요운인가? 좋아, 자네라면 나와 손속을 겨루어볼 자격이 있지."

요운이 앞으로 나서자 이진천은 무엇이 그리 즐거운지 미소를 지으며 천천히 앞으로 걸어나와서는 두 손에 내공을 돋우었다.

요운으로선 응조수 이진천의 무명을 익히 들어 알고 있기에 등에 식은땀이 흐르는 걸 어쩔 수 없었다.

두 손에서 느껴지는 기운 역시 아래가 아니었고, 싸움의 경험이나 식견이 모두 뒤지는 요운으로선 기술로 그를 상대할 도리밖에 없었다.

무쌍도 요운은 쌍도문 내에서도 광무자 유운에 이어 두 번째로 많은 수의 무공을 익히고 있는 인물이었다.

"하압!!"

요운이 앞으로 뛰어나와 도를 휘두르자 이진천은 선배가 후배에게 하는 예를 지키기 위해 처음의 삼 초는 양보할 생각으로 가볍게 응조수로 도를 막으며 말했다.

"괜찮은 도법이지만 아직 내공이 부족한 것 같군. 하긴, 젊은 후기지수의 내공이면 이 정도도 훌륭하지만 말이야."

하지만 이것이 요운의 전 내공은 아니었다. 상대가 선배로서 삼 초를 양보한다는 것을 알고 있기에 어차피 이기지 못할 상대라면 시간을 끄는 것이 좋으리라 생각하여 만약을 위해 삼 할 정도의 힘을 아끼고 있었던 것이다.

한편 뒤쪽에서 두 사람의 싸움을 지켜보고 있던 구차는 구궁이 희한한 짓 하는 것을 볼 수 있었다. 나무에서 나뭇가지 하나를 꺾더니 단도로 잔가지를 다듬고 있었던 것이다.

구차로선 그가 무엇을 하려는지 알 수 없었다. 분명 그의 화살통에는 어느 정도의 화살이 아직 남아 있었는데 무엇 때문에 그런 행동을 하는지 알 수 없었기 때문이다.

또, 화살에 쓰이는 나무는 아무 나무로 쓰는 것이 아니다. 보통 화살대는 휘어짐이 없는 나무를 사용하는데, 그래야만 활의 정확도를 높일 수 있기 때문이다. 그러나 그가 들고 있는 나뭇가지는 단순히 잔가지만을 정리한 것이었으니, 그것을 화살 대신 쏜다면 정확도가 크게 흐트러질 것은 분명했다.

삼 초의 양보가 끝나자 응조수 이진천은 자신의 조법을 사용하여 빠른 속도로 요운을 압박해 들어가기 시작했다.

일단 쌍도를 들고 있는 요운에 비해 공격 범위는 좁았지만 단련된

손으로 싸우는 이진천이 근접으로 붙어올 때면 위기를 겪을 수밖에 없었다.

"비천격조(飛天擊爪)!!"

이진천이 하늘로 몸을 날리더니 빠른 속도로 하강하여 요운의 정수리를 노리고 무시무시한 응조수를 내뻗자 크게 놀란 요운이 뒤로 몸을 날려 간신히 공격을 피할 수 있었다. 하지만 땅으로 착지한 그가 또다시 빠른 속도로 압박해 들어왔기에 한 번 밀리기 시작한 요운은 그의 빠른 공격에 계속 수세로 몰렸다.

"쌍룡탈피!!"

이진천의 응조수 공격에서 빠져나가기 위해 요운은 쌍도문 입문 무공인 쌍룡승천도법의 쌍룡탈피 초식을 사용했다.

빠른 속도로 자신의 몸 주위에 도를 회전하듯 휘두르자 공중으로 몸을 날리고 있는 그의 주위엔 돌풍이 생겨나며 주변에 있던 작은 돌멩이나 흙이 온통 주위를 뒤덮어 한순간 이진천의 시야에서 벗어날 수 있었다.

간신히 계속되는 공격에서 벗어난 요운은 이 장 밖으로 착지한 후 곧바로 땅을 박차며 앞으로 뛰어가 흙먼지가 가라앉지 않아 시야가 가려진 곳을 향해 자신의 쌍도에 파운심공의 내력을 돋우어 내려쳤고, 천지가 무너지는 소리와 함께 일대의 돌과 흙이 강한 강기의 충격을 받으며 사방으로 터져 나갔다.

파운심공은 강공을 위주로 한 무공에 사용하는 내공심법이기에 그 위력은 엄청나다 할 수 있었다.

요운은 그러한 공격을 펼쳤음에도 가만히 있지 못하고 재빠르게 뒤로 몸을 날려 피했는데, 아니나 다를까 강기의 폭발과 함께 자욱한 흙먼지 속에서 손 하나가 요운이 있던 자리로 뻗어 나왔다.

다행히 빠르게 몸을 날려 피할 순 있었지만 상대의 손이 절정에 다다른 순간 공기가 터져 나가듯 펑 하는 소리가 울리며 파공음을 냈다. 만약 그 손에 격중당했다면 큰 부상을 면치 못했을 것이다.

엄청난 조공의 위력에 요운은 식은땀이 흘러내리고 있었다. 자신의 도법은 전혀 먹히지 않는 가운데 한 번이라도 제대로 맞았다간 큰 내상을 면치 못할 이진천의 조공을 피하며 싸우는 건 많은 피로와 긴장감을 자아내기 때문이다.

'젠장! 역시 마교 34위의 초고수인가!!'

요운은 강호오룡의 일 인으로 조금은 무공에 자신을 가지고 있었는데, 오늘 응조수 이진천을 상대로 싸우니 자신의 생각이 얼마나 철없는가를 알 수 있었다.

이런 식으로 싸우다간 단 한 방에 패배할 수도 있단 생각이 머리 속에 스며들자 요운의 전의는 줄어들고 있었다.

상대를 두려워하는 마음이 있다면 무인으로선 그만큼 투기가 약해질 수밖에 없는 것이다.

요운이 이진천을 상대로 잘 싸우기는 했지만 계속되는 격전으로 이제는 그 투기가 점점 떨어지는 것을 본 구궁은 자신이 생각하고 있던 바를 시작할 때가 되었음을 느낄 수 있었다.

"장천, 무진."

"예."

"너희들은 내가 소리치면 뒤도 돌아보지 말고 기련산을 향해 할 수 있는 최대한의 속도로 뛰도록 해라."

"사숙!"

무진은 구궁의 말이 무엇을 의미하는지 알고 있기에 당황하며 소리칠 수밖에 없었다.

"응조수 이진천을 상대로 계속 싸운다는 것은 가치없는 일이다. 너의 생각과 달리 나 역시 회심의 한 수를 사용한 후 너희들의 뒤를 따를 것이니 걱정하지 말도록 해라."

"…예."

무진이 고개를 끄덕이며 수긍하자 구궁은 준비해 놓은 나무를 활에 메워놓은 후 구차를 보며 말했다.

"구차 대협께선 저의 사제와 사질이 기련산으로 경공을 사용하여 도망가면 같이 동행하여 보호해 주실 것을 부탁드립니다."

"흠흠… 어쩔 수 없는 노릇이네만 자네와 요운은 어떻게 하고?"

"이미 요운과 제가 빠져나갈 방법은 마련해 놓았으니 구차 대협께선 걱정하지 마시고 두 아이와 함께 기련삼마 어르신을 찾으십시오. 일단 기련삼마 어르신께 우리가 처한 상황을 이야기할 수 있다면 이번에 닥칠 위기는 충분히 넘어갈 수 있으리라 생각합니다."

정파의 인물로 사파의 고수인 기련삼마에게 도움을 요청한다는 것이 구차로선 조금 마음에 들지 않는 일이었지만 죽는 것보단 낫다는 생각에 고개를 끄덕였고, 그가 승낙하자 구궁은 안도의 한숨을 쉬었다.

정파의 무사들은 사파의 무사들을 증오하는 경우가 많았기에 도움을 청하느니 차라리 죽는 것을 선택하는 경우도 있었기 때문이다.

다행히 개방의 구차는 사파를 싫어하긴 했지만 그렇다고 증오할 정도는 아니어서 구궁으로선 안도의 한숨을 내쉴 수 있었던 것이다.

일단 구차가 두 아이를 보호해 줄 것이라 생각한 구궁은 마음을 안정시키고 자신의 계획을 실천하기 시작했다.

"요운!! 쌍룡탈피!!"

이진천을 상대로 힘겹게 싸우고 있던 요운은 갑자기 사형인 구궁이 뛰어나와 쌍룡탈피를 외치자 당황하지 않을 수 없었는데, 일단은 아무런 의미 없이 소리치지는 않았을 거란 생각에 응조수를 피하며 쌍룡탈피의 초식을 사용하여 몸을 뒤로 날렸다.

"크크크, 한 번 당한 수법에 두 번 당할 나, 이진천이 아니다!!"

이진천은 쌍룡탈피가 철저한 방어 초식으로 돌풍을 일으켜 상대의 시야를 막으며 경공을 사용하여 몸을 피하는 수법이란 것을 간파하고 빠른 속도로 돌풍의 사이를 벗어나 요운이 착지할 곳을 향해 몸을 날렸는데, 그 순간 자신의 얼굴 쪽으로 파공음과 함께 무슨 물체가 날아오는 것을 느낄 수 있었다.

"화살?"

날아오는 소리와 물체를 직감한 이진천은 그것이 화살이란 것을 깨닫고 응조수를 사용하여 화살을 내치려 했는데 그 순간 믿을 수 없는 일이 벌어졌다.

자신의 머리를 향해 날아오던 화살이 일순간 방향을 바꾸어서는 허벅지를 향해 뻗어왔기 때문이다.

"헉!!"

놀란 이진천은 급하게 뛰어가던 몸을 비틀어 간신히 화살을 피할 수 있었지만 한순간만 늦었어도 화살이 허벅지를 꿰뚫었을 것이란 생각에 간담이 서늘해졌다.

"도대체?"

그가 살아오면서 공중에서 방향을 바꾸는 화살은 들어본 적이 없는지라 자신에게 화살을 쏜 구궁을 쳐다볼 수밖에 없었는데, 그 순간 구궁은 활시위를 놓으며 두 번째 화살을 이진천에게 날렸다.

또다시 자신의 얼굴을 향해 날아오는 화살을 보며 다시 한 번 그것을 내치기 위해 응조수를 사용하여 화살을 향해 손을 뻗었는데, 놀랍게도 화살은 왼쪽으로 방향을 바꾸더니 이진천을 지나 옆에 있던 나무에 둔탁한 소리를 내며 박혔다.

공중에서 방향을 바꾸는 화살에 의문을 느낀 이진천은 나무에 박힌 화살을 쳐다보았고, 그제야 왜 화살이 방향을 바꿨는지 그 이유를 알 수 있었다.

"과연 신궁이로구나!!"

화살 모양을 본 이진천은 쌍도문의 신궁이라는 구궁에게 감탄하지 않을 수 없었는데, 나무에 박힌 화살은 단순히 잔가지를 친 나뭇가지였기 때문이다.

보통 화살을 만들 때 곧게 나무를 깎는 이유는 화살이 일직선으로 나가게 하기 위함인데, 만약 곧게 나무를 깎지 않는다면 화살은 활을 벗어남과 동시에 예상치 못한 방향으로 벗어나게 될 것이다.

하지만 구궁은 그 정석을 떠나 곧게 깎여 있지 않은 나뭇가지를 화살로 사용해 근접 거리에서 쏘는 사람조차 알 수 없게 방향이 바뀌는 것을 이용하여 예측할 수 없는 공격을 하고 있었던 것이다.

이러한 이유로 구궁이 쏜 화살은 노리고 쏜다면 이진천에게 명중될 확률은 극히 적었지만, 근접 거리로 끌어와 상대를 제압하는 무사의 경우는 날아오는 화살의 방향이 어디로 갈지 몰라 접근하기가 쉽지 않았다.

"요운!! 사제와 사질을 뒤를 좇아 뛰어라!!"

"예!"

이진천이 구궁의 화살에 정신이 나가 있을 때 구궁은 장천과 곽무진에게 손짓하며 기련산을 향해 뛰라 지시를 내렸고, 자신의 화살 때문에 이진천의 손에서 벗어난 요운에게도 기련산을 향해 몸을 피하라며 소리친 것이다.

"어림없는 소리!!"

구궁의 말에 이진천은 요운을 놓칠 수 없다는 투로 소리치면서 몸을 날렸지만 또다시 그를 향해 구궁의 화살이 날아왔다.

보통의 화살이라면 근피에 내력을 집중하여 화살을 튕겨낼 수 있겠지만 구궁의 화살은 쌍도문의 두 대표 심공 중 하나인 파운심공의 내력이 섞인 화살이라 천하의 이진천으로서도 도저히 몸으로 막아낼 도리가 없었다.

또, 그 방향마저 예측할 수 없기에 튕겨낼 수조차 없으니 요운을 향해 뛰어가는 것을 멈추고 화살을 뚫어지게 쳐다보며 그 방향을 가늠할 뿐이었다.

"젠장!!"

이 말도 안 되는 화살에 지체하는 사이 요운이 숲으로 완전히 사라지자 이진천은 분통의 소리를 지르며 자신에게 화살을 겨누고 있는 구궁을 향해 이를 갈았다.

"과연 쌍도문이로구나! 본좌에게 낭패를 보게 하다니 말이야. 으드득!"

"선배에게 미안하긴 하지만 일단 이 후배 목숨을 부지해야 하니 어쩔 수가 없군요."

"으드득… 네 사제나 사질은 잘 도망시켰다만 네 녀석은 어찌 도망갈 셈이냐?"

"글쎄요. 후배, 그것까지는 생각해 보지 못했군요."

이진천에게 미소 지으며 이야기하고 있는 구궁이었지만 사실 암담하기 그지없었다.

자신의 이 화살이 예측 불허의 방향으로 꺾이기 때문에 어느 정도 견제할 수는 있었지만, 만약 이진천이 부상을 감수하고 자신을 향해 공격해 들어온다면 빠져나갈 방법이 없었다.

이렇게 긴장된 시간이 이 다경 정도 흐른 후 이진천은 구궁이 생각하고 있던 바를 자신도 생각했는지 음흉한 웃음을 흘리며 말했다.

"흐흐흐, 그렇군. 내가 화살이 어디로 날아올지 모르는 것처럼 네놈 역시 모를 것이 분명할 터. 어디 네놈의 운이 얼마나 좋은가 시험이나 해보자꾸나!!"

그렇게 말한 이진천은 자신의 응조수에 내력을 돋우어 빠른 속도로 구궁을 향해 쇄도해 들어왔다.

구궁은 활의 시위를 당기면서 이제 자신의 끝이 다가왔음을 알 수 있었다.

화살이 제대로 날아가 이진천에게 적중될 확률은 거의 전무하다 해도 과언이 아니었기에 어디로 날아갈지 모르는 화살이 제발 자신을 향해 살기를 내뿜는 이진천에게 날아가기만을 부처님에게 빌 도리밖에 없는 것이다.

눈앞으로 괴소를 흘리며 뛰어오는 이진천, 어디로 튈지 모르는 화살. 이제 구궁으로선 마지막 일격을 쏠 수밖에 없었다.

'여보, 당신을 두고 먼저 가는 날 용서해 주시구려.'

쌍도문에서 자신이 오기만을 목 놓아 기다리고 있을 꽃사슴 마누라를 생각하며 이제 구궁은 어디로 튈지 모르는 화살을 메워놓은 시위를 놓았다.

"미란!!"

마지막 화살을 쏘며 구궁은 한 여인의 이름을 외치니, 바로 그의 아내 이름이었다.

일직선으로 곧게 만들어진 화살이 아닌지라 구궁의 활에서 날아간 나뭇가지 화살은 공기 중에서 부르르 떨며 이진천을 향해 날아갔다.

이진천과 구궁의 거리는 약 이 장 정도의 짧은 거리였지만 내공을 가지고 있는 궁사들에겐 상대를 격상시키기 충분한 거리였다.

이진천은 자신을 향해 날아오는 화살을 보며 두 손을 앞으로 내밀었다. 어디로 날아갈지 모르지만 일단 자신의 눈으로 확인하여 그것을 막는다면 팔 하나 정도의 희생으로 처리할 수 있다 믿었기 때문이다.

보통 때 같으면 이런 생각은 하지 않았겠지만 마교 내에서도 그 능력을 인정받는 자신이 활만 쏘는 얼뜨기 무사에게 당했단 생각에 이런 결심이 든 것이다.

공기를 째는 듯한 파공음을 내며 날아가던 화살은 드디어 일직선으로 향하게 하는 구궁의 내력이 다하자 급속도로 그 방향을 바꾸며 날아갔는데, 그 순간 화살의 방향을 보며 응조수 이진천은 놀라지 않을 수 없었다.

무공에 적합한 골격이란 일단 팔과 다리가 길어야 하는데 수공(手功)은 다른 무공보다 이러한 골격이 중요한 요소였다.

팔이 짧다면 적의 병장기에 단련되지 않은 부위를 쉽게 노출당하기 때문이다.

응조수 이진천도 이러한 신체 구조를 타고나서 다른 사람보다 손바닥 하나 정도 팔이 긴 편에 속했는데, 아무리 팔이 길다 해도 신체 전

부를 방어할 수 있는 것은 아니다.

그가 방어할 수 있는 부분은 머리에서 허벅지 중간 정도까지이며, 이러한 수공에 가장 천적은 하체를 무리없이 공격할 수 있는 각공이라 할 수 있었다.

구궁의 손에서 발사된 화살은 공중에서 그 방향을 급속도로 꺾으며 이진천이 방어할 수 있는 한계선을 넘은 부분을 공격해 들어갔다. 바로 오른쪽 무릎에서 한 치 정도의 윗부분이었다.

일단 구궁을 단번에 해치우고 도망간 녀석들을 처리해야겠다고 생각한 이진천은 자신의 최고 경신술인 각타경신공(脚打輕身功)을 사용했었는데 그것이 실수였다.

각타경신공은 마치 무릎을 펴며 발로 차는 듯한 자세의 경신술이기 때문에 상체를 앞으로 숙이기가 어려웠고, 이런 모습으로 뛰어가는 이진천은 자신의 무릎 한 치 위로 꺾여 들어오는 화살을 막을 방도가 없었던 것이다.

"크악!!"

구궁의 내력이 깃들여진 나뭇가지 화살은 공중에서 방향이 꺾여 그대로 그의 무릎 위의 허벅지에 꽂혀, 이진천은 고통스러운 비명과 함께 경신공이 흐트러지면서 땅으로 자빠져 버릴 수밖에 없었다.

"심봤다!!"

자신이 쏜 화살이 이진천의 허벅지에 박히는 순간 구궁은 쌍도문에 들어가기 전 우연히 산에서 백 년 묵은 산삼을 발견한 기쁨과 같은 희열을 느끼고는 여지없이 심봤다를 외치며 재빨리 숲 속으로 몸을 날렸다.

이진천이 빠른 속도로 자신에게 응조수를 펼쳤다면 그로선 그것을 방어할 수단이 전혀 없었는데 백 분의 일의 확률도 안 되는 와중에 나뭇가지 화살이 자신이 원하는 방향으로 꺾여 그의 공격을 멈추게 해 드디어 도망갈 시간을 번 것이다.

"으아아!!"

허벅지에 화살이 꽂힌 이진천은 분노의 괴성을 터뜨리며 화살을 뽑고는 자리에서 일어나 구궁이 도망간 방향을 쫓아 빠른 속도로 몸을 날렸다. 하지만 이미 구궁이 도망가기엔 충분했다.

일개 사냥꾼 시절에도 수백 명의 산적들을 상대로 숲 속에서 귀신같이 놀던 구궁이었으니 숲에 익숙하지 않은 이진천이 그를 쫓는다는 건 거의 불가능했다. 이진천으로선 분통이 터지지 않을 수 없었다.

"으아아!! 암혈당은 지금부터 이곳을 중심으로 천라지망을 펼친다!!"

구궁에게 한 방 먹은 이진천의 눈에 보이는 것은 이제 자신에게 한 방 먹인 구궁밖에 없었고, 공력을 돋우어 숲 전체에 흩어져 있는 암혈당의 무사들을 향해 소리를 질렀다.

이진천의 분노에 찬 외침을 들은 암혈당의 무사들은 흠칫하며 장천 일행을 쫓는 걸 멈추고 방향을 돌려 숲 전체를 포위하며 들어가기 시작했다.

구궁의 운 하나가 암혈당의 천라지망에서 장천 일행을 구해낸 순간이라 할 수 있었다.

한편 기련산을 향해 도망가던 요운은 갑자기 숲 전체를 울리는 듯한 이진천의 목소리를 들을 수 있었고, 그 목소리에 자신의 뒤를 쫓던 암혈당의 당원들이 방향을 바꿔서는 돌아가자 구궁 사형이 이진천에게서 도망쳤다는 것을 눈치 챌 수 있었다.

하지만 그로서도 의문인 것은, 왜 구궁 사형이 도망갔는데 응조수 이진천이 자신들을 내버려 두고 암혈당의 당원들을 되돌렸는가.

"도대체 무슨 일이 있었던 거지?"

요운은 구궁 사형이 어떤 수를 써 이진천의 노기를 이끌어냈는지 궁금했지만 지금 당장은 기련산으로 가 이사숙의 친구인 기련삼마 어르신을 만나는 것이 중요했기에 일행을 독려하며 기련산을 향해 뛸 수밖에 없었다.

한참을 이렇게 온 힘을 다해 뛰자 가장 먼저 지친 사람은 곽무진이었다.

무진이 삼대제자 중에서 가장 뛰어난 실력을 가졌다곤 하지만 나이가 나이인만큼 내공이 그리 높지 않았고, 잠시 휴식을 취했다곤 해도 이전에 장천을 업고 움직였던 탓에 금방 내력이 떨어진 것이다.

이에 반해 가장 먼저 지칠 것이라 생각했던 장천은 오히려 구차 대협보다 더 힘이 넘치는 모습이었는데, 천무성골로 청심단 두 알을 모두 내공으로 소화했고, 그 후에도 부친인 장춘삼에게 체계적인 내공 수련을 받아 현재 백 년에 가까운 내공을 가지고 있었기 때문이다.

그것을 모르는 요운은 펄펄 날고 있는 장천을 보며 그가 상당히 무공 수련을 열심히 했다 생각하며 입가에 미소 짓고는 점점 뒤처지고 있는 무진의 손을 잡아 보조를 해주었다.

요운이 자신의 손을 잡고 보조해 주자 무진은 어느 정도 힘에 보탬이 되는지라 간신히 장천과 구차 대협의 뒤를 좇으며 기련산으로 뛰어갈 수 있었다.

"얼마 지나지 않으면 기련삼마 어르신의 거처가 나올 테니 힘을 내도록 해라!"

"예, 요운 사숙!"

요운의 말에 무진은 젖 먹던 힘까지 내며 경신술을 펼쳐 기련삼마의 거처를 향해 뛰었다. 그러기를 두 식경 정도 지나자 슬슬 요운도 내력의 한계가 다가오고 있었는데, 갑자기 굉음과 함께 자신의 앞으로 잘려진 통나무가 일직선으로 날아오자 경악하지 않을 수 없었다.

"공파참(空破斬)!!"

자신의 얼굴을 부술 듯 날아오는 통나무를 보며 당황한 요운이었지만 암혈당을 상대하기 위해 도를 꺼내 들고 있던 덕에 곽무진의 손을 내치고 두 손을 사용하여 통나무에 공파참을 사용했다.

공파참은 쌍도의 기술이 아니었지만 그 위력이 상당하기에 만약의 경우를 위해서 요운이 익혀두고 있던 무공이었다.

요운의 공파참에 당한 통나무는 큰 소리와 함께 일순간 양단이 되어 요운의 머리 양 옆으로 빠져나가 굉음을 내며 떨어져 내렸다.

"헉헉……."

위력은 강하지만 내력 소모가 다른 무공보다 두 배 정도 많은 공파참을 사용한 요운은 지금까지 먼 길을 달려온지라 경신술로도 상당한 내력을 소모해 가쁜 숨을 쉴 수밖에 없었다.

"마교의 개자식들아! 싫다는데 왜 자꾸 우리 집 앞마당에서 알짱거리는 게냐!!"

"다음에도 앞마당에서 얼쩡거리는 것이 보였다간 통나무가 아니라 칼맛을 보여주마!!"

"어쭈! 이 정도까지 말했으면 잽싸게 꺼져야 할 것 아니냐, 이놈들아!!"

그때 숲의 한쪽에서 세 노인의 목소리가 마치 한 사람이 말하는 듯

똑같은 목소리로 연속적으로 들려왔는데, 요운은 자신들이 찾고 있던 사람의 목소리라는 것을 알고는 숨을 참으며 소리칠 수밖에 없었다.

"기련삼마 어르신!! 저흰 마교도가 아니라 어르신의 친우 분이신 쌍도문의 양우생님 사질들입니다!"

"엥? 쌍도문 양우생의 사질이라고?"

"마교도가 아닌 거야?"

"우와! 큰일 났다."

요운의 말에 기련삼마는 크게 놀라 소리를 지르더니 숲의 한편에서 경공으로 뛰어나왔다.

감숙성에서 이름을 날리고 있는 사파의 고수인 기련삼마는 기련산에 살고 있는 세 쌍둥이 노인이었다.

어렸을 때부터 단 한시도 떨어져 지낸 적이 없는 이 세 노인은 사파의 가문에서 태어나 가문의 무공인 암파장법(巖破掌法)을 익혔는데, 이류장법에 지나지 않는 암파장법이었지만 그것을 셋이서 같이 수십 년을 고련하며 손을 맞추다 보니 지금에 이르러 기련삼마 세 명이 손을 맞추어 협공하는 암파장법은 강호에서 일류를 달리는 무공으로 발전해 있었다.

이런 그들이다 보니 장가라도 가면 형제들과 떨어질까 봐 독신을 고집했고, 나이 예순이 넘어서는 기련산에 거처를 마련하고 은거 상태에 있는 고수들이었다.

세상과 등을 지고 사는 인물들인지라 사람 구경하기가 극히 어려운 이들은 문파를 벗어나 강호로 일을 나가는 쌍도문의 어린 꼬마들이 인사 오는 것을 낙으로 삼으며 살아가고 있었는데, 마교에서 자신들을 영입하기 위해 앞마당에서 극성이자 상대도 확인하지 않고 통나무를 날린 것이다.

쌍도문의 어린아이들이 자신들이 던진 통나무에 다치지나 않았을까 하는 걱정으로 기련삼마는 경공을 사용하여 뛰어왔는데, 다행히 통나무가 반으로 갈라져 있고 그 가운데에 젊은 녀석이 숨을 헐떡거리고 있자 안도의 한숨을 쉴 수 있었다.

"어라, 네 녀석은 겁도 없이 무쌍도라는 호를 사용하는 요운 아니냐?"

"예, 어르신. 쌍도문의 이대제자 요운입니다."

"헝! 그동안 당한 것에 맛이라도 들렸나 보지? 네 녀석이 찾아온 것을 보니까 말이야."

기련삼마 중 한 사람의 말에 요운은 흠칫하지 않을 수 없었으나 지금 문제는 그것이 아니었기에 황급히 무릎 꿇고는 고개를 땅에 박으며 소리쳤다.

"어르신!! 제발 구궁 사형을 살려주십시오!!"

기련삼마로선 갑작스런 요운의 행동에 놀라지 않을 수 없었다. 거기다가 친구의 제자 중 하나인 구궁이를 살려달라니, 도대체 영문을 알 수 없었던 것이다.

"젠장할!! 무턱대고 구궁이를 살려달라면 이 늙은이들이 어떻게 알아듣느냐!!"

"제대로 이야기를 하라고. 제대로 말이야."

"예, 어르신."

기련삼마의 말에 요운은 객잔에서부터 있었던 일을 모두 기련삼마에게 말했고, 이야기를 다 들은 그들은 분노를 참지 못하고 부르르 떨었다.

"젠장할, 어쩐지 요즘 들어 왜 찾아오는 후배 것들이 뜸해졌나 했더니 마교 녀석들의 수작이었구나!"

"괘씸한 것! 귀여운 구궁이를 죽이려 하다니, 도저히 참을 수가 없구먼!!"

"네! 이것들을 당장!!"

기련삼마 세 사람은 분노에 떨며 구궁이 있을 방향으로 몸을 날리려 했지만 이내 무슨 생각이 들었는지 갑자기 멈칫 발을 멈추고 말았다.

"젠장……."

"참아야지… 별수있나……."

"이것들이 미워도… 휴……."

무슨 일인지 기련삼마들이 더 이상 발걸음을 옮기지 않고 크게 한숨을 쉬더니 어깨를 늘어뜨리며 돌아가는지라 요운으로선 당황하지 않을 수 없었다.

구궁이 사냥꾼 출신으로 숲에 숨는 데는 도가 텄다고 하지만 아무리 그라도 암혈당의 천라지망을 조용히 빠져나간다는 것은 극히 어려워 기련삼마의 도움은 반드시 필요했는데, 그들이 무슨 이유인지 뒤돌아서자 하늘이 무너지는 것 같았다.

"어르신들!! 이렇게 돌아가시면 어떡합니까!! 구궁 사형은 어떻게 하고요!"

"젠장할… 누가 구하고 싶지 않아서 이러는 줄 알아!"

"어쩔 수 없는 게야……."

"아무리 구궁이가 귀여워도… 휴……."

무엇인가 말하지 못할 사연이 있는 듯한 모습으로 돌아가는 기련삼마였기에 요운으로선 그들을 따라갈 수밖에 없었는데, 한참 숲을 걸어

들어가자 기련삼마가 사는 오두막의 모습이 드러났다.

그런데 기련삼마가 오두막 근처에 다다른 순간 갑자기 천지를 울리는 듯 쿵 하는 소리가 울려 퍼졌고, 그 소리에 기련삼마들은 놀라 모두 나무 뒤로 몸을 숨겼다. 그 순간 오두막의 문이 쿵 소리와 함께 열리면서 엄청난 몸집의 인영이 드러나며 소리쳤다.

"이것들아! 나무 뒤에 숨는다고 내가 모를 것 같으냐! 당장 안 나올래!!"

"큭!!"

자신들이 숨어 있다는 것을 들킨 기련삼마는 어깨를 늘어뜨리며 오두막으로 걸음을 옮겼는데, 장천은 이러한 분위기도 모르고 문에서 소리친 자를 보며 놀란 듯이 소리쳤다.

"우와!! 엄청나게 큰 깜장 돼지다!!"

"헉!!"

그 순간 기련삼마들은 크게 경악하며 장천을 돌아볼 수밖에 없었다. 자신들의 눈앞에 보이는 인물은 돼지란 소리를 극도로 싫어하는 사람인지라 돼지라 말한 자 중 목숨을 부지한 이가 거의 없었기 때문이다.

"뭐야!!"

장천의 외침은 역시나 문을 박찬 자의 노기를 터뜨리게 했다.

기련삼마를 주눅 들게 하며 나타난 사람은 노파였다. 하지만 보통 노파라고 하기엔 확실히 무리인 듯한 이 노파는 키가 칠 척에 가까운 데다가 검은 피부와 함께 살이 뒤룩뒤룩 쪄서는 두 사람이 한 번에 빠져나올 수 있을 법한 문을 힘겹게 나오고 있었다.

"흐억!!"

장천 역시 자신의 말에 노파가 노기를 띠며 자신을 향해 그 둔중한 몸매를 끌고 걸어오자 식은땀이 날 수밖에 없었다.

흰머리 노파의 손에라도 깔린다면 온몸이 터져 죽을 것이란 망상에
사로잡혀 버린 장천은 인상을 일그러뜨리고 있는 노파의 얼굴을 보며
움찔거리다 그녀의 손이 자신에게 다가오자 더 이상 참지 못하고 울음
을 터뜨리고 말았다.

"으아앙!!"

장천이 울음을 터뜨리자 주위에 있던 사람들은 휘청거리며 쓰러질
수밖에 없었다. 강호로 나온 무림인이 아무리 나이가 어리다 해도 설
마 울음을 터뜨릴 것이라곤 아무도 예상을 못했기 때문이다.

하지만 이 울음은 노파에게 상당한 효과를 가져왔는데, 천이 울어버
리자 그 거대한 손이 움찔거리며 멈춰 섰기 때문이다.

요운은 만약의 경우를 생각하며 내공을 돋우고 자신의 허리에 차고
있던 쌍도로 손을 갖다 대었는데, 그 순간 엄청난 살기가 자신을 향해
밀려오는 것을 느낄 수 있었다.

"헉!!"

요운은 자신이 어느 정도 무공을 익혔다고 자부했지만 그 살기에는
소름이 돋고 온몸의 힘이 다 빠질 지경이었다.

살기의 주인공은 다름 아닌 장천을 잡으려던 검은 피부의 노파였는
데, 그녀는 조용히 고개를 돌려서는 요운을 쳐다보며 살기 가득한 목소
리로 말했다.

"네 녀석이 그 쌍도를 뽑는 날에는 피떡이 어떻게 생겼는지 니 몸으
로 가르쳐 주마."

"으……."

보통 사람의 말이라면 그래도 용기 내어 도를 뽑아 들 요운이었지만,

엄청난 몸집의 노파가 일장만 쳐도 정말 말 그래도 피떡이 될 것 같았기에 그로서는 도를 뽑아 들 엄두가 나지 않았다.

챙!!

하지만 누군가 도를 뽑았으니, 노파는 살기 어린 눈으로 도를 뽑은 녀석을 찾았다. 하지만 이상하게도 보이지가 않았다.

"도대체 언 놈이 도를 뽑은 거야!!"

"나다!!"

노파는 자신의 발 밑에서 꼬마의 외침 소리가 들린다는 걸 알고는 고개를 숙였는데, 아나나 다를까, 도를 뽑아 든 애송이는 바로 자신이 잠깐 겁을 준 것에 울던 장천이었다.

장천은 두 손으로 아버지 장춘삼이 준 쌍도를 들고는 코를 훌쩍거리며 무섭게 노파를 쳐다보고 있었다. 뭐, 이런 모습을 요운이나 곽무진이 펼쳤다면 조금 봐줄 만할까?

현재 나이 열다섯 살, 추정 나이 열네 살, 겉보기 나이 열 살 미만의 꼬마 장천이 눈을 부라리고 있으니 노파로선 황당해서 아무 말도 못하고 있을 뿐이었다.

하지만 일단 해놓은 말이 있는지라 일그러뜨린 얼굴로 두 손을 들어 천을 보더니 으드득 이빨을 갈며 말했다.

"이 꼬마 녀석! 피떡을 만들어주마!!"

소리친 노파는 두 손에 내력을 집어넣고 호떡을 만들어버릴 기세로 두 손을 장천의 머리 위로 치켜 올렸는데, 초고수급의 노파가 흘리는 살기는 장천을 주눅 들게 하기 충분했기에 그의 두 눈에는 금세 눈물이 글썽글썽 맺히기 시작했다.

하지만 자신이 물러서면 쌍도문의 이름에 먹칠한다는 것을 알고 있던 장천은 칼을 들고 있던 오른손으로 글썽거리는 눈물을 닦고 노파를 보며 소리쳤다.

"쌍도문의 소주 장천이 너 같은 까망 돼지에게 당할 것 같으냐! 에잇!!"

눈물을 닦은 장천은 노파를 향해 고함을 지른 후 쌍도에 내공을 실어 그녀의 무릎을 향해 휘둘렀다.

하지만 노파 같은 초고수가 장천의 쌍도에 맞을 리는 없으니, 노파는 격공섭물의 내력을 사용하여 휘두르려던 장천의 쌍도를 오른손으로 빼앗았다. 갑자기 두 개의 도가 사라지자 장천은 중심을 잃고 땅바닥에 자빠져 버리고 말았다.

"아구!!"

장천은 비명을 지르며 자빠진 후 간신히 몸을 일으켰는데, 워낙 강하게 넘어진지라 손이 시뻘겋게 까져 버리고 말았다.

"흑… 흑……."

땅바닥에 긁혀 손이 까지자 장천은 울먹거리기 시작했고, 요운과 곽무진은 열다섯의 나이에도 아직 애 같은 자신들의 소주를 보며 한숨을 내쉴 수밖에 없었다.

무슨 일인지 장천은 칠 년이란 시간이 지난 후에도 키가 크지 않고 있었다. 그런 이유로 이대제자나 일대제자들에게는 귀여운 꼬마로 남아 있던 덕에 어리광은 세월이 지나도 사라지지 않고 있었다.

그때 소년이었던 곽무진이 지금은 어엿한 청년에 마누라까지 있는 가장이고 보면 장천은 이상하게 성장하지 않는다고 할 수 있었다.

하지만 이러한 어린아이의 성격이 한 사람에게는 큰 감동을 주고 말았으니, 갑자기 검은 피부의 노파가 장천의 허리를 잡고 들어 올리더니 울먹거리는 장천의 얼굴을 자신의 얼굴에다 비비며 웃음을 터뜨렸다.

"아이고! 이 귀여운 꼬마 녀석!!"

"으앙!!"

갑자기 노파가 자신을 들어 올려서는 얼굴을 비비자 장천으로선 크게 놀라며 발버둥 쳤지만 손바닥만 해도 장천 키의 반만한 노파의 손길에선 벗어나지 못하고 있었다.

기련삼마들은 노파가 장천을 자신의 얼굴에 비비며 웃음을 터뜨리자 안도의 한숨을 내쉴 수 있었다.

"휴……."

"다행이군… 도를 뽑았는데도 목숨을 부지하다니 말이야."

"그러게……."

기련삼마는 도를 뽑아 든 꼬마가 쌍도문의 소주란 말을 들었을 땐 가슴이 철렁하는 것을 느꼈다. 지금까지 비밀에만 싸여 있는 쌍도문의 소주는 지금 열다섯의 나이라고 알고 있었는데, 자신의 눈앞에 보이는 꼬마는 많이 봐줘야 열 살을 갓 넘었을 것 같은 얼굴이기 때문이다.

그런 이유로 감숙성 대부호의 자제가 쌍도문에 무공을 익히라고 맡겨둔 아이 정도로 생각하고 있었는데, 그런 꼬마가 장춘삼의 아들이자 쌍도문의 소주라고 소리쳤던 것이다.

또 문제는 쌍도문의 소주라면 절대 상처를 입혀선 안 되는 것이 기련삼마의 입장이라면 입장이었는데, 자신들도 감당하지 못할 노파 앞에서 쌍도를 뽑아 들었으니 어찌 간담이 서늘하지 않을 수 있겠는가?

다행히 꼬마의 귀여운 모습에 노파가 큰 만족감을 보인 듯하자 죽을 염려는 없을 거란 생각에 기련삼마는 안도의 한숨을 내쉴 수 있었다.

요운도 그 모습을 보며 안도의 한숨을 내쉴 수 있었는데, 갑자기 한쪽에서 곰곰이 무엇인가를 생각하고 있던 구차가 그제야 생각이 났다는 듯 손가락을 노파에게 내밀며 소리쳤다.

"흑철돈녀(黑鐵豚女) 무삼랑(武三娘)!!"

"뭐?"

"헉!!"

개방의 구차는 그 노파의 이름이 흑철돈녀 무삼랑이란 걸 깨닫고 자신도 모르게 소리쳤는데, 흑철돈녀란 이름을 듣자 노파는 살기 가득한 눈으로 구차를 노려보았다. 그 순간 자신이 엄청난 실수를 저질렀다는 걸 깨달은 구차는 허파에 바람 빠지는 소리를 낼 수밖에 없었다.

흑철돈녀 무삼랑, 배분으로 보면 구차보다 세 배분 높은 축에 속하는 인물로 오십 년 전만 해도 사파의 십대거두로 군림하던 여걸이었다.

칠 척에 가까운 거구에다 살이 뒤룩뒤룩 찐 몸으로 여자들은 절대로 익히기를 거부한다는 외피공 흑철공(黑鐵功)을 익혀 웬만한 칼로는 흠집조차 내는 것이 불가능할 뿐만 아니라 큼지막한 두 손은 철사장(鐵砂掌)을 연마하고 있는지라 엄청난 괴력이 섞인 일장에 당하는 이는 말 그대로 피떡이 되지 않으면 이상할 정도였다.

유명한 일화로 무당의 후기지수 삼십 명이 한 객점에서 족히 오 인분을 먹고 있는 그녀를 보며 흑돼지라 한마디 했다가 자신을 그렇게 부르면 어떻게 된다는 것을 보여주기 위한 증인 한 사람을 제외하곤 모두 피떡이 되어버렸다.

그 후로도 무당은 자신들 제자의 복수를 위해 수십 명을 더 보냈지만 그녀에게 상처 하나 못 입혔다고 한다.

이런 이유로 세인들은 그녀를 흑철돈녀 무삼랑이라 부르고 있지만 당사자 앞에선 절대 그 명호를 부르지 못하고 흑련(黑蓮) 무삼랑이라 부른다. 그런데도 구차가 겁도 없이 그녀의 면전에서 절대 금기 언어인 흑철돈녀의 명호를 외치고 말았던 것이다.

오십 년 전에도 사파십대거두의 일 인으로 불렸던 무삼랑이었기에 지금은 그 내공과 무공의 경륜이 훨씬 더 높아졌을 것임은 분명한 일, 기련삼마까지 반항 못하는 여인의 앞에서 금기 언어를 내뱉은 구차의 얼굴은 사색이 되어버렸다.

무삼랑이 구차를 일장에 날려 버릴 기세로 걸어가자 그녀의 품에 안겨 있던 장천이 고개를 갸우뚱거리며 그녀에게 물었다.

"할머니……."

"엥? 무슨 일이냐?"

귀여운 장천이 자신을 보며 묻자 그녀는 구차에게 다가서는 걸 멈추고 품에 안긴 장천을 돌아보며 말했다.

"흑철돈녀란 명호가 싫어?"

"……."

장천의 물음에 그녀는 아무 말도 할 수가 없었다. 흑철돈녀, 솔직히 자신의 몸이 거구에다 뒤룩뒤룩 살찐 모습이 흑돼지 같기는 했지만 솔직히 여자로서 흑철돈녀란 명호를 듣는 것이 좋을 리 없었기에 그 명호만 들으면 과민 반응을 일으키던 그녀였다.

"천이도 사람들이 만년동(萬年童)이라 부르면 많이 화나서 막 소리지르고 그랬는데 우리 아빠가 지금 천이가 듣고 있는 별명은 천이의 모습을 부르는 말이라면서 내가 그런 걸로 자꾸 화를 내는 것은 지금 천이의 모습을 부정하는 거나 마찬가지라고 했어. 좋건 싫건 간에 남들이 보는 자신의 모습을 인정해야만이 진정한 대장부가 될 수 있다고 말해서 천이는 이제 만년동이란 별명을 들어도 별로 화 안 낸단 말이야."

"……."

"할머니도 흑철돈녀란 별명이 싫기는 할 테지만 그건 할머니의 모습을 나타내는 말에 지나지 않잖아. 할머니가 아무리 몸집이 크고 뚱뚱해도 그것은 겉모습일 뿐이라고. 지금 그 모습을 다른 사람들이 부른다고 자꾸 화를 내면 할머니는 겉과 속 모두 흉하게 변하지만 그 모습을 인정하고 겸허하게 받아들이면 오히려 사람들은 할머니를 흑보살이라고 부를 거야."

"……."

무삼랑은 천의 말을 듣는 순간 큰 충격을 받을 수밖에 없었다. 그녀가 무림에 미련을 버리고 은거한 것은 자신의 흑철돈녀란 명호가 너무 싫었기 때문이다. 살이 까맣고 몸집이 커진 것은 가문에서 내려오는 흑철공에 의한 것이지 그녀의 잘못이 아닌데 사람들은 자신을 그렇게 부르며 경멸하는 듯 보였었다.

하지만 오랜 시간 은거해 있으면서 그녀는 조금씩 강호에 있었을 때의 급한 성격이 연륜이 쌓임에 따라 가라앉게 되었고, 자신의 외모에 대해 초연해지기 시작했기에 나오게 된 것인데 짧은 시간 강호로 나오면서 다시 옛날의 성질과 함께 외모에 대한 콤플렉스가 되살아난 것이다.

하지만 자신보다 어린 장천이 하는 이야기를 듣곤 은거하며 생각했던 마음의 수양이 한순간에 터져 나오며 일그러진 표정에서 조금씩 온화한 보살의 모습으로 바뀌어져 가기 시작했다.

"그렇구나. 이 할미가 큰 실수를 할 뻔했구나……."

장천은 화를 내며 구차를 뭉게 버릴 듯하던 무삼랑의 표정이 온화하게 변해가자 미소 지으며 그녀의 볼에 뽀뽀를 했고, 그 순간 무삼랑은 자애스러운 표정으로 미소를 지으며 장천을 가슴 깊숙이 안아주었다.

"이구! 귀여운 것!"

자신에 대한 무삼랑의 살기가 사라지자 구차는 진이 빠진 듯 그 자리에 털썩 주저앉고 말았다. 공포의 괴녀 무삼랑 앞에서 흑철돈녀란 명호를 내뱉은 녀석치고 온전한 몸으로 빠져나온 사람이 없었으니 이런 모습도 어찌 보면 당연하다 할 수 있었다.

무삼랑과 함께 기련삼마의 집에 들어간 장천 일행은 그녀가 마련해준 엄청난 음식 더미에 묻혀 행복한 시간을 보내야 했지만 혼자 두고온 구궁 때문인지 안색은 그리 밝지 않았고, 그 모습을 보며 무삼랑은 원인을 물어보지 않을 수 없었다.

"뭐야!! 무삼랑의 귀여운 꼬마를 죽이려 했던 녀석이 있다고!!"

"…예. 다행히 술 속에 있던 독은 해독이 된 듯하지만 지금 구궁 사형이 녀석들의 천라지망에 갇혀 있는지라……."

요운은 지금까지의 상황을 이야기하면서 자신의 사형인 구궁에 대한 이야기를 했는데, 무삼랑에게는 구궁에 대한 안위는 전혀 문제가 되지 않았다.

그녀를 화나게 하는 것은 자신의 귀여운 강아지 장천이 마교 암혈당 꼬마들에 의해 독에 중독됐었다는 사실뿐이기에 모든 이야기를 다 들은 그녀는 온몸을 부르르 떨며 노기를 떨치며 일어나 소리쳤다.

"내 귀여운 천이를 괴롭힌 녀석들이 어디 있는 게냐!! 당장 그놈들을!!"

요운은 무삼랑이 분기를 참지 못하고 자리에서 벌떡 일어나자 드디어 구궁 사형을 구출할 수 있는 사람이 생겼단 생각에 크게 기뻐할 수 있었다.

사실 기련삼마의 힘이라면 응조수 이진천이야 어떻게든 막을 수 있겠지만 나머지 암혈당의 무사들까지는 어려워 성공 여부를 점치기 힘들었기 때문이다.

하지만 흑철돈녀 무삼랑이라면 오십 년 전에도 어느 누구나 대적하기를 꺼려하던 사파십대거두의 일 인. 그녀가 직접 나선다면 제아무리 마교 서열 34위의 응조수 이진천이라 하더라도 호랑이 앞의 쥐새끼와 다름없었다.

흑철돈녀 무삼랑은 바로 기련삼마의 대고모였다.

이런 이유로 강호로 나온 무삼랑이 잠시 기련삼마의 집에서 신세를 지고 있었는데, 워낙 상대가 거물이다 보니 천하의 그들로서도 그녀의 손짓 한번에 움직이는 처지가 되어 있었다.

그들이 구궁이 위기에 처해 있어도 구하러 가지 못했던 이유 역시 무삼랑 때문이었는데, 이제 무삼랑이 몸소 나서니 반갑지 않을 수 없었다.

막역지우인 양우생의 제자 구궁이 위험에 처해 있음에도 돕지 못하는 것이 마음에 걸리고 있었던 것이다.

기련삼마와 흑철돈녀가 일행에 합류함으로써 이제 막강한 전력으로 변해 버렸으니 곽무진은 세상사 새옹지마란 이것을 두고 말하는 거란 생각이 들었다.

어린 장천은 노파 무삼랑의 무등을 탄 채 움직이고 있었는데, 둔중한 덩치에도 불구하고 한 발자국의 거리가 요운의 두 배 정도 되는지라 경신술을 펼침에 어느 누구도 무삼랑을 앞지르지 못하고 있었다.

"끄엑, 꺽, 큭!!"

하지만 문제는 무등을 타고 있던 장천이었다. 워낙 거구인 그녀이다 보니 나뭇가지가 자꾸 장천의 얼굴을 강타하기 시작한 것이다.

무삼랑이야 흑철공을 익혔으니 그런 가지쯤이야 간지러울 정도였기에 신경 쓰고 있지 않았지만 어디 장천이 외공을 익혔겠는가?

연신 가지에 강타당하여 괴로운 비명을 내지르던 장천은 얼마 후 무삼랑의 목에서 기절하여 축 늘어져 버렸고, 그제야 눈치 챈 그녀는 급히 천의 몸에 자신의 내력을 집어넣어 정신을 차리게 할 수 있었다.

하지만 이 때문에 무삼랑은 장천의 내력이 나이에 비해 턱없이 높다는 것을 알 수 있었다.

'삼류문파가 근래에 와서 인재를 만나 이름을 날렸다 하더니 그것이 아니었군. 아이에게 백 년에 가까운 내공을 익히게 할 정도면 결코 삼류가 아니야.'

명문과 삼류의 차이는 거의 내공에서 판가름난다고 할 수 있었다. 어차피 무공이야 그것을 익히는 자에 따라서 다르기 마련이지만 내력의 경우에는 제대로 된 것을 익히지 않으면 그것의 차이가 무공의 차이로 이어지기 때문이다.

이런 이유로 무삼랑은 쌍도문의 저력에 놀라지 않을 수 없었다.

아무튼 대충 내력을 집어넣어 주자 장천은 정신을 차릴 수 있었고, 원망스러운 얼굴로 쳐다보자 그녀는 미안한 표정으로 사과를 한 후 이번에는 조심하겠다는 말로 간신히 반항하는 장천을 무등 태울 수 있었다.

그녀의 말대로 이번에는 장천의 얼굴에 맞을 만한 가지들은 모두 처리하며 경신술을 펼쳤기에 나뭇가지에게 얻어터지는 일은 면할 수 있었다.

　한편 응조수 이진천에게서 간신히 도망을 쳤던 구궁은 자신을 잡기 위해 천라지망을 펼치고 있는 암혈당의 무사들과 싸우고 있었다.
　하지만 그 수의 열세에도 불구하고 공포에 떨고 있는 것은 구궁이 아닌 암혈당의 무사들이었다.
　"헉헉……."
　"젠장!!"
　칠흑같이 어두운 숲, 산새조차 울지 않는 적막 속에서 암혈당의 무사 두 사람은 공포에 젖어 있었다.
　그들이 맡은 천라지망의 부분은 북서쪽, 물론 단 두 명으로 천라지망의 한 부분을 담당한다는 것은 있을 수 없는 일이다.
　처음 그들과 함께 북서쪽을 맡은 암혈당 무사들의 수는 모두 열다섯 명, 그중에는 일류고수 축에 끼는 십인장까지 끼어 있었으니 상당한 전력이라 할 수 있었다. 하지만 그럼에도 불구하고 현재 그들 중 살아남은 사람은 단 두 명뿐이었다.
　공포, 그들은 응조수 이진천의 분노 어린 외침으로 급히 방향을 선회하여 제2부당주가 있는 곳으로 천천히 그 범위를 좁혀가고 있었다.
　하지만 어느샌가 바람 가르는 소리와 함께 그들과 같이 북서쪽을 담당하던 무사들은 한 사람씩 한 사람씩 그 종적이 사라져 갔고, 두 식경 전쯤에는 일류의 무공을 가지고 있던 십인장 양진마저 믿을 수 없단 표정으로 정수리에 화살이 꽂힌 채 죽어 있는 것을 볼 수 있었다.
　그것도 장인들의 손에 만들어진 화살이 아니었다.
　근처에 있는 나무를 대충 다듬어 화살의 끝에 나무 덩굴을 묶어 무게를 맞추는 정도로 대강 만들어진 화살이었는데, 그것이 정확히 십인 장의 정수리에 꽂혀 있었기에 두 사람은 더욱 공포에 젖을 수밖에 없었다.

그들이 알고 있는 바에 따르면 이곳에 남아 있는 인물은 육 척에 달하는 거구의 활을 쏘는 무사였는데, 열세 명의 무사들은 그의 털끝 하나 보지 못한 채 세상을 하직하고 말았던 것이다.

두 사람은 숨을 헐떡이며 등을 기대어 사방을 두리번거리고 있었지만 어디에서도 그의 존재는 보이지 않고 있었다.

"헉헉… 암혈당에… 들어와서 이렇게 피 말리는 경험을 하긴 처음이군……."

"쌍도문의 문도라고 하던데… 감숙성의 작은 문파 녀석 중에 이런 놈이 있을 줄은 생각지도 못했네. 안 그런가?"

서로 등을 기대며 어디선가 자신들을 화살로 겨누고 있을 구궁을 경계하고 있었는데 숨을 헐떡이던 동료가 자신의 물음에도 대답이 없자 이상하게 생각한 다른 이가 뒤로 돌아보고는 크게 경악하고 말았다.

등을 기대고 있던 친구는 태양혈 부근에 나무 화살을 맞아 자신이 뒤를 쳐다보자 그제야 땅으로 쓰러졌기 때문이다.

"허억!!"

숨넘어가는 소리를 내며 동료의 시신에서 한 발짝 물러선 그는 순간 누군가 자신의 머리를 잡고 있는 걸 느낄 수 있었다.

"자네도 이제 가야 하지 않겠는가?"

"헉……."

그의 말을 듣는 순간 숨이 막혀 버리는 듯한 기분을 느꼈지만 얼마 지나지 않아 그런 기분도 사라져 버렸다. 상대의 단검이 그의 목을 베어버렸기 때문이다.

"이로써 서북쪽의 녀석들은 모두 끝낸 건가……."

육 척 거구인 그의 어깨에는 철궁이 메어져 있었으니, 바로 암혈당의 천라지망에 갇혀 있던 구궁이었다.

응조수 이진천의 손에서 벗어난 후 구궁은 잠시 숲 속에 몸을 숨기고 있었지만 계속 숨어 있을 수는 없었다.

물론 마음만 먹는다면 일주일이라도 땅속에 몸을 묻고 버틸 수 있었지만 자신이 숨어 있기만 한다면 응조수 이진천은 기련삼마에게 가 있는 사제와 사질을 공격할 것이 분명했기 때문이다.

물론 기련삼마라면 스승의 얼굴을 봐서라도 그들을 도와주겠지만 암혈당의 무사들은 그 수가 많을 뿐 아니라 이진천만 해도 기련삼마보다 한 수 위로 쳐주는 고수였기에 조금이라도 녀석들의 숫자를 줄이기 위해 몸을 움직인 것이다.

내공이 없던 평범한 사냥꾼 시절에도 그를 죽이기 위해 몇백 명의 산적들이 산을 뒤지고 다녔지만 누구 하나 그의 옷깃조차 스치지 못했다.

산적을 상대하며 그가 한 일은 숲에서 숨어 다니며 뛰어난 활 솜씨로 숫자를 하나씩 줄여가는 것이었다. 하루가 걸리든 일주일이 걸리든 그가 노린 표적은 대부분 살아서 산채로 돌아가지 못한 채 산짐승의 먹이가 되었고, 산적들은 한 달 만에 자신들의 동료 오십 명이 화살의 제물이 되자 오히려 그를 추격하는 것을 두려워하며 그를 귀궁이라 부르기 시작했다.

일 년 동안 산적들과 싸우면서 그의 화살에 제물이 된 산적의 숫자는 백여 명. 다행히 그의 아내였던 맹호단의 소두목이 포로가 된 후 산적 두목이 딸의 목숨을 살리기 위해 만 관의 금과 함께 절대로 구궁의 영역으로 침범하지 않겠다는 서약을 했기에 끝이 났지만, 그렇지 않았다면 더 많은 수가 그의 화살에 죽임을 당했을 것이다. 후에 그녀와 결혼한 후에도 그가 산채에 찾아올 때마다 사색이 된 채 자리를 피하는 인물이 대부분이었다.

이렇듯 무공을 모르는 시기에도 산적들에게서 공포의 존재로 군림했던 구궁이 내공과 신법을 익히고 있는 지금에 와서 자신의 영역인 숲에서 숲을 알지 못하는 암혈당의 무사들을 두려워할 리가 없었다.

응조수 이진천, 그만을 제외한다면 암혈당의 무사들은 그의 화살의 제물일 수밖에 없는 것이다.

천라지망의 가운데서 이제나저제나 소식을 기다리고 있던 응조수 이진천은 똥줄이 탈 수밖에 없었다.

건방진 쌍도문의 활잡이를 죽이기 위해 천라지망을 펼친 지 한 시진 반이 지났건만 어느 곳에서도 그를 잡았다는 소식이 없었고, 오히려 천라지망의 서북쪽 열두 명과 북쪽을 담당하는 스무 명이 행방불명이 되어버린 것이다.

그가 이번에 데리고 온 암혈당 무사들은 모두 이백이십 명이었는데, 구궁 혼자 삼십이 명이라는 숫자를 처리했다는 것에 이진천은 구궁을 다시 평가할 수밖에 없었다.

뭐, 이런 솜씨가 있으니 문주 등평이 안심하고 장천을 맡겼을 테지만 이진천으로선 활만 쏘는 반쪽 무사가 했다고는 좀처럼 믿어지지가 않았다.

'젠장! 당주의 말대로 녀석들은 손대지 말았어야 했거늘……'

기련삼마를 영입하기 위해 이진천이 암혈당 무사들을 데리고 기련산으로 갈 때, 암혈당의 당주인 권마는 그에게 공동파의 제자라면 죽여도 상관없지만 절대 쌍도문 문도들은 손대지 말라는 말을 한 적이 있었다.

물론 그 당시에는 쌍도문이 정, 사파 모두에게 줄이 닿아 있을 뿐 아니라 정계에까지 인맥이 있는 문파이기 때문에 그런 말을 했다고 생각했지만 지금에 와서는 그것이 아니라는 것을 절실히 느끼고 있었다.

구대문파와 같은 대문파의 경우 문도들에게 무공 외에 잡다한 것을 익히게 하는 것은 극히 드물었다. 한 가지 무공만으로도 대성하기 힘든 것이 무공의 길이었고, 잡다한 것을 익히는 것은 실력을 감퇴시킨다 생각했기 때문이다.

이에 반해 쌍도문은 무공 외에도 다른 여러 가지 기예 익히는 것을 막지 않을 뿐 아니라, 더 나아가선 무공은 뒷전이고 기예를 중심으로 익혀도 그것을 막지 않고 있었다. 이러한 것들을 보며 강호의 많은 문파들은 어이가 없다 생각하고 있었지만, 지금 이진천이 느끼는 것은 오히려 그들이 무공만을 익힌 구대문파의 제자들보다 더 힘겹게 느껴지고 있었다.

활의 경우, 이것은 사냥이나 전쟁 무기이지 무공을 익히는 무사들이 다루는 무기는 아니었다. 일 대 일의 싸움이 많은 무림에서 원거리의 궁술은 어찌 보면 전혀 쓸모가 없다고 할 수 있기 때문이다.

그 때문에 이진천은 그를 경시하고 있었는데 현실은 그것이 아니었다. 활에 대한 그의 탁월한 지식은 마교 고수인 자신의 손에서도 방향이 꺾이는 화살을 만들어내어 빠져나갔고, 지금은 자신의 부하들을 쥐도 새도 모르게 죽이고 있었다.

쌍도문의 문주와 장춘삼이란 자가 자신을 넘어서는 실력을 지닌 고수란 것은 알고 있지만, 설마 휘하의 문도들까지 이렇게 신출귀몰할 줄은 전혀 생각하지 못했던 이진천이었다.

이런저런 생각으로 고민하고 있을 때 멀리서 피리 소리가 들려오기 시작했고, 이진천은 드디어 구궁이란 녀석을 잡았다고 생각했는데 그것이 아니었다.

동북쪽에서 들려오는 피리의 신호, 그것은 바로 위험이 닥쳤을 때 부는 긴급 신호였던 것이다. 그것도 하위 문도들이 절대로 상대할 수 없는 고수가 나타났을 때 부는 신호였기에 이진천은 크게 놀라지 않을 수 없었다.

동북쪽은 기련삼마의 거처로 향하는 방향이기에 여러 방향 중 가장 많은 수의 무사들을 배치했고 십인장 역시 세 명이나 있는데, 그곳에서 긴급 신호로 도움을 요청한다는 것은 상당한 고수가 출현했다는 뜻이기 때문이다.

"젠장! 기련삼마가 녀석들을 돕는단 말인가!"

어느 정도 예상은 하고 있었지만, 설마 자신을 비롯하여 많은 수하가 있다는 것을 알면서도 기련삼마가 무턱대고 공격해 올 것이라곤 생각지 못했다.

사파의 고수인 기련삼마를 상대로 자신의 부하들은 역부족이란 걸 알고 있던 이진천은 급히 피리를 불어 각지로 흩어져 있는 부하들을 모두 동북쪽으로 모이도록 지시했다.

영입이 불가능한 이상 자신들의 방해가 될 존재라면 죽여야 된다고 생각했기 때문이다.

한편 동북쪽의 암혈당 무사들은 갑작스럽게 난입한 일단의 고수들에 의해 벌써 반수 이상의 무사들이 죽임을 당하고 있었다.

이곳에 있는 암혈당의 수는 모두 사십 명. 그들 모두가 한가락 하는 무사들인 것을 감안한다면 기련삼마가 나타난다 해도 어느 정도 버틸 수 있겠지만, 상대는 기련삼마마저 쥐새끼마냥 몸을 숨겨야 하는 초고수였던 것이다.

"이 못된 것들!! 감히 귀여운 장천이를 죽이려 하다니! 용서할 수 없다!!"

"크억!!"

무삼랑은 손바닥을 휘두르며 덤벼드는 암혈당의 무사들을 날려 버리고 있었다.

사파십대거두였던 그녀의 장이 펼쳐지자 일 장이라도 스친 무사들은 비명 소리와 함께 나가떨어지며 절명을 면하지 못하니, 가히 엄청난 신위라고 할 수 있었다.

이 모습에 요운을 비롯한 기련삼마들은 아무 것도 못하고 멍하니 제자리만을 지키고 있었는데, 같이 싸우는 것도 어느 정도 차이가 나야 도울 맛이 나는 것이지 지금의 상황에선 돕는 것이 아니라 방해만 할 것 같았고, 더 심하게 보면 근처에서 무삼랑을 도왔다가 그녀의 손바닥에 오히려 암혈당의 무사 꼴이 될 염려까지 있었으니 입맛만 다실 수밖에 없었다.

"우와!! 할머니 만세!!"

"이구, 귀여운 녀석!!"

그녀의 목 위에 무등을 타고 있던 장천은 경이로운 신위에 연신 박수를 치며 응원을 보냈고, 무삼랑은 장천의 좋아하는 목소리에 미소 지으며 어린아이처럼 즐거워하고 있었는데 그 와중에도 자신에게 달려드는 암혈당의 무사들에게 일장 날리는 것을 잊지 않았다.

무삼랑이 이곳에 있던 암혈당 무사들을 거의 처리했을 때 반대 편 숲에서 무엇인가 빠른 속도로 움직이는 듯한 소리가 들렸고, 요운은 그것이 얼마 전 무삼랑에게 당하던 무사가 불었던 피리로 몰려드는 암혈당의 무사들이란 것을 알 수 있었다.

요운은 급히 땅바닥에 귀를 대고 발자국 소리로 그 숫자를 가늠해보기 시작했는데, 족히 일백은 넘을 듯한 숫자인지라 크게 당황하지 않을 수 없었다.

"적어도 백 명이 넘는 무사들이 이곳으로 몰려오고 있습니다."

"백 명?"

"고놈들, 기련산으로 많이들 끌고 왔군."

"헹, 그러면 뭐 해, 보아하니 끌고 온 놈들은 모조리 다 하수인 것 같은데 말이야."

기련삼마는 녀석들의 수가 백 명을 넘는다는 말에 꽤 많은 수의 암혈당 무사가 이곳에 왔다는 것을 알게 되었다.

하지만 그 많은 수에도 별로 두려워하는 기색은 보이지 않았다.

만약 장소가 평지였다면 백 명이 넘는 마교도들은 그들이 자랑하는 진세 중 하나인 백인마령진(百人魔靈陣)으로 밀고 와 기련삼마는 고전을 면치 못했을 테지만 넓은 장소가 없는 기련산에선 백인마령진과 같은 진을 펼칠 수가 없기 때문이다.

얼마 지나지 않아 장천이 있는 곳으로 암혈당의 무사들이 모여들기 시작했다. 요운은 백 명 정도의 무사들이 모여들었을 때 거의 대부분이 도착했다고 생각했지만 시간이 지나면서 그 수가 점점 늘어가기 시작하자 도대체 암혈당이 기련산에 얼마나 많은 무사들을 끌고 왔는지 궁금하지 않을 수 없었다.

지금까지 모인 인원만으로도 그들의 앞에는 그 수를 헤아리기 어려울 정도였기 때문이다.

하지만 이 정도의 숫자에도 무삼랑은 콧방귀만을 뀔 뿐이었다. 사파 십대거두의 일 인인 그녀에겐 수준 안 되는 무사야 천 명이 온다 해도 가소로울 뿐이다.

물론 이것은 그녀의 관점일 뿐이다. 실제로 이들 하나하나의 실력은 내공 면에서 뒤지기는 하지만 초식 면에서는 장천과 엇비슷하거나 약간 아래 정도의 무사들이었다.

물론 수십 년을 익힌 암혈당의 무사들이 장천과 초식의 수준이 비슷하다는 것이 이상하게 생각되긴 하지만, 마교는 전체 서열에서 중급에 이르지 못하는 하급무사들은 무공의 단련보다는 진세를 위주로 수련받기에 이런 결과가 생기는 것이다.

이에 반해 장천은 명문대파에서 뛰어난 스승에게 수년 동안을 무공만 익혔으니 그들과 장천의 무공은 엇비슷하다고 할 수 있었다.

하지만 갑자기 암혈당 무사들의 숫자가 많아지자 아직 질보다 양이라는 관념이 투철한 장천으로선 크게 긴장하지 않을 수 없었다.

"할머니… 아무래도 너무 많은 것 같아요……."

걱정이 된 장천이 떨리는 목소리로 말하자 흑철돈녀는 재밌다는 듯 껄껄거리며 웃더니 말했다.

"클클… 마교의 잡졸들이 그 수만 늘었다 하여 이 할미를 어찌할 수 없으니 걱정하지 말도록 하거라."

장천을 안심시키며 말한 무삼랑은 무등을 타고 있던 장천을 요운의 앞으로 내려놓으며 말했다.

"아무래도 수가 많으니 나는 모르겠지만 천이는 다칠 수도 있겠구나. 네가 잘 보호하고 있도록 하거라."

"예."

요운이 공손히 대답하자 만족한 얼굴의 무삼랑은 잠시 큼지막한 손의 관절을 만지작거리더니 숲으로 모여든 암혈당의 무사들을 향해 걸음을 옮기기 시작했다.

"헉!!"

엄청난 거구의 노파가 살기를 뿌리며 다가오자 암혈당의 무사들은 긴장하지 않을 수 없었다. 그들보다 상위의 실력인 요운마저 오금을 저리게 했던 무삼랑의 살기를 어찌 하수인 그들이 견딜 수 있겠는가?

"오늘 암혈당인가 뭔가 하는 것을 강호에서 제명시켜 주마."

여자답지 않은 살기 어린 미소를 지으며 무삼랑이 말하자 암혈당의 무사들은 그 월등한 숫자에도 불구하고 자신도 모르게 뒷걸음질 칠 수밖에 없었다.

"이런 멍청한 것들! 본 교를 망신시킬 참이냐!!"

그때 암혈당 무사들의 모습을 보던 한 사람이 그들 곁으로 빠른 속도의 경공술을 펼치며 날아왔으니, 바로 응조수 이진천이었다.

이진천은 긴급 피리 신호를 들었음에도 구궁에 대한 미련을 버리지 못하고 잠시 숲을 헤매다가 부하들보다 조금 늦게 도착했고, 정체를 알 수 없는 노파에게 자신들의 부하들이 뒷걸음질치자 노기를 터뜨린 것이다.

구궁이 뛰어난 경공술로 자신의 앞에 착지하자 무삼랑은 꽤 실력있는 녀석이 나타났다는 것에 감탄하듯 말했다.

"오호! 마교에서 꽤나 이름을 날리는 꼬마인가 보구나?"

"……."

현재 나이 예순다섯의 노무사 이진천으로선 오랜만에 꼬마란 소리를 들어 조금 황당했지만, 노파의 말투로 보아 전대의 고인이라 짐작할 수 있었기에 섣불리 그녀와 대적하려는 생각을 가지지 못하고 포권하며 말했다.

"본인은 홍련교의 응조수 이진천이라고 합니다. 선배의 존성대명을 알 수 있겠습니까?"

이진천은 상대에 대해서 알아볼 겸 조심스럽게 자신의 이름을 말하고는 존성대명을 물어보았는데, 그녀는 그의 말에 콧방귀를 뀌면서 말했다.

"마교의 잡졸들에게 가르쳐 줄 존성대명 같은 것은 없으니, 어디 네 녀석의 솜씨나 보도록 하자꾸나!!"

그녀는 이진천을 무시하는 발언을 터뜨림과 동시에 경신술을 사용해 빠른 속도로 이진천을 압박해 가기 시작했다.

"그럼 저 역시 선배에 대한 예의를 거두도록 하지요!!"

그녀의 말에 노기가 치솟은 이진천은 더 이상 참지 못하고 순식간에 그녀의 머리 위로 치솟아올라 갔다. 상대가 거구의 둔중한 몸을 가진 노파였기에 빠른 공격에는 취약할 것이라 생각했기 때문이다. 하지만 이런 생각은 잠시 후 사라질 수밖에 없었다.

무삼랑은 이진천이 자신의 머리 위로 몸을 날려 응조수를 펼치자 달려들던 것을 멈추어 가볍게 뒷걸음질쳤는데, 단 한 발자국의 거리였음에도 일 장 정도나 물러섰던지라 이진천은 헛손질을 하고 말았다.

또, 이진천에게 일 장의 거리는 멀었지만 무삼랑이겐 한 발짝 앞으로 내밀면 닿을 수 있는 거리였기에 그녀는 오른발을 앞으로 내디디며 주먹을 내뻗었다.

"헉!!"

엄청난 기세에 놀란 이진천은 자신의 응조수에 십이성의 내력을 돋운 후 그 공격을 막으려고 했는데, 주먹은 한 치 정도의 거리 앞에서 멈춰 섰다.

그러자 그녀의 주먹에선 강한 권풍이 일어났고, 이 진천은 권풍에 말려 삼 장 정도를 밀려선 후에야 몸을 멈출 수 있었다.

"클클클, 고놈 참 겁도 많구나."

그가 뒤로 날아가 간신히 균형을 잡고는 자세를 취하자 무삼랑이 크게 웃으며 조롱하니 이진천은 더욱 분기가 치솟아올라 내력을 십이성 모두 끌어들인 후 그녀를 향해 살수를 펼치기 시작했다.

"비천쌍조(飛天雙爪)!!"

두 손을 독수리의 발톱처럼 세운 그는 빠른 속도로 그녀를 향해 쇄도해 들어가며 비천쌍조의 초식으로 공격해 들어갔다.

그의 공격은 상당히 날카롭게 무삼랑의 온몸에 있는 사혈을 향해 빠르게 뻗어갔지만 무삼랑은 가볍게 손짓하며 상대의 공격을 무마시켜 가고 있었다.

그도 그럴 것이, 손이 워낙 커 눈앞에서 손바닥만 아른거리니 어떻게 조공이 그녀의 사혈을 공격할 수 있겠는가? 그가 조공으로 공격할 수 있는 부분은 무삼랑의 손바닥뿐이었는데, 마치 강철로 만든 듯한 손바닥은 바위도 부수는 그의 날카로운 손톱에 흠집조차 나지 않는지라 황당하지 않을 수 없었다.

'도대체 이 노파의 정체가 뭐야!!'

갑작스럽게 자신을 방해하는 이 거구 노파의 정체가 더욱 궁금해지는 이진천이었다.

그의 공격을 가볍게 막으며 한 발자국씩 앞으로 몰아가고 있는 그녀는 미소를 지으며 말했다.

"네 녀석의 조공이 그리 낯설지 않구나. 이구(李九)란 아이와는 어떤 사이더냐?"

"젠장, 이구란 녀석이 누군지 모르지만 난 그 딴 새끼 모른다!!"

자신의 공격이 전혀 통하지 않는 노파를 보며 분기가 치솟아오르고 있던 그는 알 듯한 이름이기도 했지만 그녀의 말을 씹어버리며 계속 응조수로 공격하고 있었는데 뒤에서 다급한 목소리의 전음이 들려왔다.

[부당주님! 싸움을 멈추십시오!!]

[뭐야, 이 자식아!!]

가뜩이나 바빠 죽겠는데 부하가 전음을 날리자 화를 버럭 내며 전음으로 소리쳤는데, 다음에 들린 그의 말에 이진천은 온몸에 힘이 쫙 빠지는 듯한 충격을 받을 수밖에 없었다.

[저 노파가 말한 이구란 분은 부당주님의 태사부 존함이 아닙니까!!]

"헉!"

그제야 노파가 말한 알 듯한 이름의 주인공이 누구인지를 깨달은 이진천은 급히 몸을 뒤로 날려 그녀의 공격 범위에서 벗어나 포권하며 정중하게 물었다.

"고인께서 어떤 연유로 저의 태사부님 성함을 말씀하셨는지 그 이유를 알고 싶습니다."

무삼랑은 한참을 싸우고 있던 이진천이 갑자기 크게 놀란 듯한 표정을 하며 뒤로 물러서더니 연유를 묻자 크게 웃음을 터뜨리며 말했다.

"클클클… 그래, 이제야 네놈 태사부의 이름이 생각나더냐?"

"……."

"거참, 이구란 아이도 재밌는 사손을 두었군. 그래, 이 노파는 한때 이구란 아이와 잠시 이름을 나란히 한 적이 있었다. 그 정도면 충분히 본파가 누구인지 알겠지?"

응조수 이진천의 태사부 응왕(鷹王) 이구(李球), 그는 이십 년 전에 생을 마감한 자로 살아 있을 때는 절세고수로 이름을 떨친 인물이었다.

열다섯의 나이에 처음 강호로 뛰어들어 오 년 만에 마교의 거두로 이름을 날린 그는 사문의 역사상 최고의 무공을 가진 고수라 불리울 정도였다.

그런 응왕 이구와 무명을 나란히 할 수 있는 자 중 사파의 거두라면 당시 명성을 날리던 사파십대거두뿐이었기에 이진천은 무삼랑의 특이한 몸과 피부색으로 단번에 그녀의 정체를 알 수 있었다.

"헉… 설마… 흑련 무삼랑 선배님이십니까?"

"클클클, 그래도 마교의 녀석이라 내 명호는 제대로 알고 있군. 그래, 본파가 바로 흑련 무삼랑이다."

"후배, 큰 죄를 지었습니다!!"

그녀가 자신의 이름을 수긍하는 순간 이진천은 그 자리에서 무릎 꿇어 땅바닥에 이마를 박으며 극도의 예의를 취했고, 그 모습에 기련삼마는 물론 암혈당의 무사들까지 놀라지 않을 수 없었다.

아무리 상대가 사파십대거두라 해도 이진천의 이런 예는 도가 지나친 행동이었기 때문이다. 하지만 무삼랑의 경우 그가 그런 극도의 예의를 취하고 있는 연유를 알고 있는지 웃음을 터뜨리며 말했다.

"클클클, 그래도 마교도 놈이라 은원이 무엇인지는 아는구나."

"응조문이 흑련 무삼랑 선배에게 입은 은혜는 삼대가 목숨을 바쳐도 갚지 못할 것입니다. 후배, 문파의 은인에게 크게 죄를 지었으니 목숨으로 대신하도록 하겠습니다."

그렇게 말한 이진천은 오른손을 들어 자신의 천령개를 내려치려고 했는데, 그 행동에 암혈당에 속한 이진천의 직속 부하들은 크게 놀라지 않을 수 없었다.

"부당주님!!"

"부당주님, 진정하십시오!!"

"놔라, 이 자식들아! 내가 이곳에서 죽지 않는다면 돌아가신 사부의 얼굴을 볼 수 없단 말이다!!"

"부당주님!!"

자신의 팔을 잡고 말리는 직속 부하들에게 버럭 소리를 지르며 단숨에 날려 버린 이진천은 다시 천령개를 내려쳐 자결을 시도했는데, 그 순간 한 개의 돌멩이가 날아와 자결하려던 그의 마혈을 쳤고, 이진천은 온몸이 굳어버렸다.

"됐다. 네 녀석의 목숨을 먼저 보냈다간 응왕이란 아이에게 원망을 들을 듯하니 이번 일은 용서하도록 하마."

이진천의 마혈에 돌멩이를 날려 자결을 멈추게 한 무삼랑은 뒤로 돌아서는 이진천을 용서한다고 말하며 다시 돌멩이를 차 그의 몸을 해혈해 주었고, 몸의 마비가 풀린 그는 다시 머리를 땅에 박으며 소리쳤다.

"은인의 용서에 감사드립니다."

"시끄럽다. 오늘은 네 녀석의 얼굴을 봐서 암혈당인가 뭔가 하는 녀석들을 보내줄 테니 기련산에는 얼쩡거릴 생각도 말거라."

"예."

그는 무삼랑의 명령에 다시 머리를 땅바닥에 박으며 대답하고는 자리에서 일어나 암혈당 무사들을 데리고 사라지려 했는데, 그때 장천이 무삼랑의 허벅지를 두 손을 들어 마구 때리면서 소리쳤다.

"으아앙!! 할머니 거짓말쟁이! 구궁 사형을 구해준다고 약속했으면서 그냥 보내면 어떡해요!"

"아뿔사! 그렇구나!"

자신의 허벅지를 두 손으로 마구 때리고 있는 천을 보며 그제야 그 생각이 난 무삼랑은 급히 고개를 돌려 떠나려고 하는 이진천을 잡을 수밖에 없었다.

"자네, 잠깐만 서보게!!"

"헉!!"

이진천은 내력을 끌어올려 경공술을 펼쳐 이곳을 떠나려고 했는데, 그 순간 무삼랑의 다급한 외침이 들리자 기식이 흐트러져 버리며 땅으로 자빠지고 말았다.

하지만 일단은 문파의 대은인인 무삼랑이 부르는 일인지라 통증을 참으며 급히 고개를 돌려 대답을 했는데, 그의 이마가 크게 찢어져 피가 철철 넘치고 있는지라 얼굴을 찌푸릴 수밖에 없었다.

"일단 지혈부터 하게."

"아닙니다. 어찌 은인께서 말씀하시는데 이런 작은 상처를 먼저 치료할 수 있겠습니까? 말씀하십시오."

"으험… 그럼 묻겠네만, 자네들과 싸우던 쌍도문의 구궁이란 아이는 어떻게 되었는가?"

그녀의 물음에 이진천은 허벅지의 상처가 땡기며 구궁에 대한 살의

가 다시 치솟아올랐지만 쌍도문의 인물들이 무삼랑의 보호를 받고 있는지라 그에 대한 집착을 포기할 수밖에 없었다.

"쌍도문의 구궁은 저와 손속을 겨루던 중 어디론가 사라졌는데, 저희로서도 그가 있는 곳을 알지 못하고 있습니다."

"음… 그렇다면 일단은 자네의 손에 죽진 않은 것이로군."

"예."

"알겠네. 그럼 이만 가보도록 하게."

"알겠습니다."

이진천은 그녀의 말에 다시 한 번 고개를 끄덕이고 경공술을 시전해 암혈당의 무사들과 사라졌고, 요운은 그제야 안심한 듯 길게 한숨을 내쉰 뒤 자신들을 도와준 무삼랑에게 포권하며 말했다.

"선배님의 도움에 감사드립니다."

"도움은 무슨. 난 이 꼬마 녀석이 귀여워서 한번 끼어들었을 뿐이다. 그나저나 네 녀석들의 사형이란 꼬마는 무사한 듯하니 어서 이 아이들의 집에 가서 잠시 기다리도록 하거라."

"예."

이렇게 해서 장천은 강호에 처음 출도하자마자 겪은 마교의 공격에서 무사히 빠져나올 수가 있었다.

구궁이 기련삼마의 집으로 온 것은 이 일이 있고 반 시진 정도 후였다.

삼십여 명의 암혈당 무사들을 쓰러뜨린 후 잠시 몸을 숨기고 있던 그는 적들이 모습들 드러내지 않자 이상하게 생각하며 숲의 여기저기를 돌아다니다 기련삼마의 집으로 달려온 것이다.

응조수 이진천의 손에서 탈출한 사제들이 무사한 것을 알고 안도의 한숨을 쉰 구궁은 기련삼마가 사제들을 도와주었다 생각하고 감사의 인사를 올리려 했는데, 한구석에 벽인 줄 알았을 정도로 엄청난 노파가 자리 잡고 있는 걸 보고는 당황하지 않을 수 없었다.

하지만 다른 이들과 같이 그 노파를 알아보지 못하는 실수는 하지 않았다. 발이 넓기로 유명한 양우생의 제자이다 보니 그 역시 강호에 대한 견문이 어느정도 있어 전대 고인들의 인상착의는 어느 정도 암기하고 있었기 때문이다.

"흑련 무삼랑 선배님께 인사드립니다. 쌍도문의 이대제자 구궁이라고 합니다."

"오호, 본파의 명호를 알고 있는 아이가 후지기수 중에 있다니 의외로구나."

무삼랑은 구궁이란 녀석이 자신을 알고 있다는 사실에 조금 의외란 생각이 들었다. 그도 그럴 것이, 상당한 기간을 은거하며 살았기 때문에 강호에서 거의 잊혀졌으리라 생각했기 때문이다.

구궁은 그녀가 자신들을 도와주었단 것을 알곤 감사의 인사를 했고, 무삼랑은 기뻐하는 장천을 보며 흐뭇한 미소를 지을 수 있었다.

제5장

장천, 첫사랑의 아픔을 겪다

다음날 장천 일행은 견즉사의를 만나기 위해 다시 길을 떠났다.

흑철돈녀 무삼랑은 장천과 헤어지는 것에 아쉬운 표정을 지었지만 자신의 욕심으로 잡고 있을 수만은 없는지라 보내줄 수밖에 없어 조만간 쌍도문으로 찾아가겠다는 뜻을 표했으니, 쌍도문으로선 장천 때문에 사파의 절정고수인 흑철돈녀 무삼랑을 아군으로 얻었다고 할 수 있었다.

개방의 구차는 일행들과 함께 기련산에서 내려오고는 급히 사라졌는데, 마교의 암혈당에게 개방의 많은 인원들이 죽임을 당했기 때문에 그로서는 급하지 않을 수 없었던 것이다.

견즉사의 호청명의 정확한 소재지를 모르는 일행은 사천 성도에 있는 청개 곽무성을 찾아갈 수밖에 없었다.

장춘삼의 양자가 되어 쌍도문에 들어온 이후 이렇게 오랜 여행을 해

본 적이 없던 장천은 매일 말을 몰아가는 것이 지겨울 수밖에 없었고, 한시도 가만히 있질 못했기에 말 위에서 책을 보고 있던 요운은 미소 지으며 말했다.

"사제, 지겨운가?"

"음… 쪼금……."

"후후. 구궁 사형, 이곳과 가까운 마을에 제가 잘 알고 있는 음식점이 하나 있는데 그곳에서 쉬었다 가시는 것이 어떻습니까?"

요운의 말에 구궁은 조금 두려움에 사로잡힐 수밖에 없었다. 자신의 사제인 요운은 워낙 출중한 인재인지라 명문의 자제들과 어울려 다니는 것을 즐겼고, 그 때문에 그가 아는 음식점이라면 고급일 것이 분명했기 때문이다.

물론 문을 나올 때 어느 정도 자금을 받아와 넉넉한 편에 속하기는 했지만 견즉사의 호청명을 찾는 것에 얼마의 시일이 걸릴지 알 수 없는지라 절약할 수밖에 없었다.

하지만 막상 요운의 말을 거절하려 할 때 구궁은 보지 말아야 할 것은 보고 말았으니, 자신의 옆에서 간절한 표정을 지으며 눈을 빤짝거리는 장천이었다.

마치 하늘과 같이 맑고 깊은 눈동자에서 뿜어 나오는 간절함은 도저히 구궁으로 하여금 요운의 말을 거절할 수 없게 만들었던 것이다.

"큭… 어쩔 수 없군. 사제, 안내하도록 하게."

"야호!!"

구궁이 허락한 순간 장천은 천금이라도 얻은 양 기뻐 날뛰었다. 저런 철부지를 데리고 앞으로 얼마나 더 여행을 해야 하는가란 생각에 구궁은 두통이 밀려왔다.

무쌍도란 명호로 이름을 날리는 요운은 안 가본 곳이 없을 정도로 정파의 후기지수들과 몰려 다녀 감숙성 일대에 그가 모르는 곳은 없다 해도 과언이 아니었다.

강호의 명문정파라 함은 그 이름 하나만으로도 사람들의 눈을 흐리는 곳인지라 소림이나 아미같이 속세와 떨어져 있는 곳을 제외하고는 집안의 재력을 통해 뒷수를 써야 들어갈 수 있는 곳인만큼 구파일방의 제자들 중에 가난한 자들은 극히 드물었다.

이런 자들과 어울려 다니는 요운 역시 감숙성 대부호의 아들로 태어난지라 구궁으로선 그가 안내할 음식점을 생각하며 연신 품에 있는 돈주머니를 만지작거리며 걱정할 수밖에 없었다. 하지만 막상 그가 안내하는 음식점에 도착한 순간 그런 생각은 말끔히 사라졌다.

"여깁니다."

"엥?"

장천은 요운이 가리킨 음식점을 보며 크게 실망했는데, 꽤 크긴 했지만 다 쓰러질 것 같은 허름한 건물에 간판은 바람에 흔들거리는 것이 망해가기 일보 직전인 것처럼 보였기 때문이다. 그러나 구궁은 요운이 안내한 음식점을 보며 돈을 절약할 수 있단 생각에 안도의 한숨을 내쉬었다.

초라한 건물, 과연 이런 곳에서 사람이 먹을 수 있는 음식이나 만들 수 있을까란 생각을 하며 들어간 장천 일행은 식당 안의 모습을 보고는 크게 놀라지 않을 수 없었다.

허름하긴 하지만 안은 꽤 넓은데다 자리가 없을 정도로 사람들이 꽉 차 있었기 때문이다. 거기에다 거의 대부분이 병장기를 하나씩 옆에다 세워두고 있는 무인인지라 그 놀라움은 더 크다고 할 수 있었다.

"이곳은 겉으로 보기엔 초라하지만 감숙성 일대의 후기지수들에게
는 꽤나 알려진 곳입니다. 뭐랄까? 후기지수들의 모임 장소라고 할까
요? 이곳의 주인이 무당의 속가제자 출신이자 강호오룡의 한 명인 낙
수검 뇌성이다 보니 그렇게 된 것이지요."

장천 일행이 들어서자 열다섯 정도의 곰보소년이 뛰어와서는 고개
숙여 인사하며 말했다.

"어서 오십시오."

점원인 듯한 소년은 재빨리 비어 있는 자리가 있는지 살펴보더니 한
일행들이 자리에서 일어나자 장천들을 그쪽으로 안내했다.

장천은 겉보기와 달리 내부가 상당히 깨끗할 뿐만 아니라 여기저기
값비싼 장식품들이 걸려 있는 것을 보며 감탄하지 않을 수 없었다.

요운은 자주 이곳에 드나들었는지 자리에 앉은 후 점원에게 몇 가지
음식을 주문하고 있었는데, 그때 일행의 곁으로 일단의 사람들이 찾아
와서는 정중하게 포권하며 인사를 했다.

"쌍도문의 무쌍도 요운 대협 아니십니까?"

"아! 경운문의 진천곤(振天棍) 하백(夏白) 대협 아니십니까?"

요운은 자신의 옆으로 와 포권을 하며 인사하는 하백이란 무사에게
반가운 얼굴로 포권하며 답례했다.

정천으로선 경운문이란 문파를 들어본 적이 없는지라 고개를 갸우
뚱거리고 있었는데, 그때 그의 귀로 곽무진의 전음이 들려왔다.

[경운문은 산서 오대산 자락에 위치한 정파에 속하는 문파입니다.
곤을 주 무기로 사용하고 있으며, 대표적인 무공으론 대력곤법(大力棍
法)과 환영십이곤법(幻影十二棍法)이 있지요. 현재 정파의 이류문파라
고 할 수 있지만 진천곤 하백은 오룡에 속하여 후기지수 중에선 이름

을 날리고 있는 자이니 얼굴을 익혀두시는 것이 좋을 듯합니다.]

"응, 글쿠나."

다행히 곽무진은 강호에 대해 거의 문외한에 가까운 장천에게 자세한 설명 해주는 걸 잊지 않았다.

요운은 하백과 잠시 인사를 나눈 후 자신의 사형과 사제인 장천을 하백에게 소개시켜 주었고, 경운문의 하백은 아직 열 살도 되어 보이지 않는 소년이 무쌍도 요운을 제치고 소주로 선택되었다는 것에 놀라지 않을 수 없었다.

일단은 구파일방과 비등한 명성으로 급성장하고 있는 쌍도문의 소주인지라 놀란 얼굴을 겉으로 드러내지 않으려 노력하면서 정중하게 장천과 인사를 나누었는데, 장천은 하백의 뒤에서 소녀 한 명이 부끄러운 듯 몸을 숨기며 자신을 쳐다보고 있는 걸 볼 수 있었다.

장천은 자신 또래의 소녀가 있는 것에 크게 감동했다.

지금껏 여행하면서 만난 많은 사람들 중에서 마을의 어린아이들을 제외하고는 자신 또래의 아이를 한 번도 본 적이 없었기 때문이다.

반가운 마음에 장천은 앞으로 나가 소녀에게 포권을 하며 말했다.

"쌍도문의 장천입니다. 소저의 존함을 말씀해 주실 수 있겠습니까?"

갑자기 자신이 쳐다보고 있던 장천이 앞으로 나와 포권하며 말하자 소녀는 크게 당황한 듯 다시 하백의 몸 뒤로 숨었다. 하지만 장천은 물러설 생각을 하지 않고, 하백까지 미소 지으며 자신을 떼어내자 울상이 되어버려서는 뒤로 도망을 가버렸다.

장천으로선 나이 또래의 소녀를 만나 반갑기에 한 행동이지만 그것이 소녀를 울리게 할 줄은 몰랐기에 당황하지 않을 수 없었다. 하백은 그런 장천의 마음을 아는 듯 미소 지으며 말했다.

"장 소협은 그리 걱정하지 않으셔도 됩니다. 저 아이는 사매인 정화라 하는데, 어렸을 때부터 경운문에서만 자랐는지라 사형제들을 제외하곤 남들과 마주하는 것을 크게 부끄러워하지요."

"그렇군요."

장천은 하백의 말을 들으며 그녀가 쑥스러워서 도망갔다는 것을 알 수 있어 어느 정도 걱정을 풀 수 있었다. 하지만 아쉬운 마음은 상당히 클 수밖에 없었는데, 겁이 많은 듯 크고 맑은 눈동자에 앵두 같은 입술은 붉은 비단옷과 너무나 잘 어울려 정말 사귀고 싶은 소녀였기 때문이다.

하지만 그녀의 사형이란 하백과 안면을 튼 상태이기 때문에 언제든 기회는 또 찾아올 것이라 생각하며 지금은 대인의 풍모로 참을 수밖에 없었다.

하백은 자신의 어린 사제들에게 강호 견문을 시켜주기 위해 이곳저곳을 돌아다니고 있다고 했다.

감숙성의 구파일방 중 하나인 공동파의 장로와 경운문의 문주가 꽤 친한 사이였기에 하백은 공동파에 들러 장로에게 간단히 인사하고 나온 후 쌍도문에도 들르기 위해서 길을 나서고 있었는데 이곳에서 요운을 만나게 된 것이다.

무쌍도 요운은 오룡의 일원으로 후기지수 중에서 크게 이름을 날리고 있는 고수였으니 경운문 하백의 사제들은 감탄 어린 눈으로 요운을 쳐다보고 있었다.

요운 역시 경운문이라면 강호에 어느 정도 이름이 있는 문파인지라 장천에게 소개시켜 주어도 별문제없다 생각하고 경운문의 문도들과 함께 식사를 하자고 권했다. 그 말을 들은 장천은 요운에게 감사의 말을 내뱉고 싶었다.

　지금은 간단히 정파의 문도로서 서로 간의 상견례하는 것에 지나지 않지만 같이 식사를 하게 된다면 친숙해질 것은 물론이요, 모두 모이는 자리에 정화란 소녀가 나타나지 않을 리 없기 때문이었다.

　아니나 다를까, 정화는 얼마 지나지 않아 한 여제자의 손을 잡은 채 음식점 안으로 들어왔다.

　얼굴을 붉게 물들인 것이 마치 잘 익은 복숭아와 같았는지라 장천은 정화의 귀여움에 크게 감동하지 않을 수 없었다.

　도대체 저렇게 귀여운 아이가 왜 지금에야 나타났냐라는 생각을 하던 장천은 그녀가 자리에 앉아 멍하니 보고 있던 눈을 진정시키고는 하백과 요운의 대화를 경청하기 시작했다.

　"그나저나 아무래도 마교의 움직임이 심상치 않은 것 같더군요."

　"마교의 움직임이요?"

　하백이 마교에 대해서 이야기하자 요운은 놀란 표정으로 되물었다. 일단 기련산에서 마교의 암혈당에게 크게 시달린 적이 있었던지라 궁금하지 않을 수 없었다.

　"예, 들리는 소문에 의하면 사천성과 청해성에 있는 마교 지부 소속의 무사들이 상당수 협서성의 서안에 위치한 지부로 움직이고 있다 하더군요."

　"서안이요?"

　"예, 개방과 구파일방에선 갑작스런 마교의 움직임에 신경을 곤두세우며 몇몇 제자들을 협서성으로 보내고 있다 합니다. 공동파의 경우에는 타 파보다 가까운 곳에 위치해 있기 때문에 그 움직임에 더 신경을 곤두세우고 있어 저희들도 알 수 있었던 것이죠."

기련산에 있었던 일을 생각해 본다면 분명 어디인가에서도 그때와 똑같은 일을 하고 있을 것이 분명하다 생각한 요운은 하백의 말을 들어보며 한참을 생각하다가 조심스럽게 말을 꺼냈다.

"이상하게 들릴지 모르겠지만, 전 이것이 혹시 마교가 성동격서(聲東擊西)의 계를 쓰는 것이 아닐까 의심이 드는군요."

"성동격서요?"

하백은 그의 말에 의아한 얼굴을 하며 물었고, 요운은 자신이 생각하던 바를 이야기하기 시작했다.

"예. 첫째, 마교의 움직임이 너무 드러나 있다는 것입니다. 자신들의 움직임을 정파에서 예의 주시하고 있다는 것을 알면서도 왜 그들은 지부의 인원들을 대거 서안으로 이동을 시켰냐는 것입니다. 아무리 사천과 청해에 있는 지부의 인원이 많다고 해도 청성과 아미에서 제자들을 보낸다면 승산없는 싸움이 될 것이 분명하기 때문입니다. 둘째, 현재 움직이고 있는 인원은 마교의 주력이 아니라는 것입니다. 마교의 주력은 마교 본단에 반 이상 머물고 있다 해도 과언이 아닌데, 확실하게 일을 성사시킬 수 있는 고수들이 아닌 지부의 인원을 움직였다는 것입니다. 셋째, 저희가 이곳에 오면서 기련산에 들른 적이 있었는데 그곳에서 마교 암혈당의 무사들과 마주친 적이 있었습니다."

"암혈당이라면 마교 오당 중 하나가 아닙니까?"

"예, 암혈당이 마교 오당 중 가장 말단에 있는 당이라곤 하지만 마교의 주력임은 틀림없는데, 그런 주력의 상당수 인원이 기련산으로 빠져나와 있었습니다. 개방에서는 사파의 고수인 기련삼마를 영입하기 위해서라고 하지만 기련삼마의 영입에 수백 명이나 되는 암혈당의 무사들을 움직일 필요는 없기 때문입니다."

하백은 요운의 말을 들으며 연신 고개를 끄덕여 수긍한 모습을 보였다. 그도 그럴 것이, 정파에서 중간 정도의 문파라곤 하지만 정보에는 그리 밝지 못한 자신들이 알 정도란 것은 마교의 움직임이 너무 드러나 보였기 때문이다.

"그럴 수도 있겠군요. 만일 요운 대협의 추리가 맞다면 강호에 큰 혈풍이 불어닥칠 것 같습니다."

"예, 그런 일이 없기를 빌 수밖에 없겠지요."

장천은 두 사람의 이야기를 듣고는 있었지만 강호의 정세에 대해선 아무것도 모르고 있기에 별로 감흥은 오지 않았다.

한참을 그런 식으로 듣고 있던 장천은 문득 경운문의 정화를 볼 수 있었는데 그 순간 큰 충격을 받았다.

'젠장!'

경운문의 소녀 정화, 그녀는 자신의 오른쪽 두 번째에 앉아 있는 요운을 멍한 눈으로 보고 있었다.

그것도 얼굴을 붉힌 채 말이다.

그렇다면 분명 정화는 요운에게 반했다는 뜻인데, 이것이 웬 날벼락이란 말인가. 암암리에 찍어두고 있던 소녀가 자신의 사형을 바라보고 있단 것은 큰 충격이 아닐 수 없었다.

그것도 사랑에 빠진 소녀의 표정으로 말이다.

사실 자신은 귀엽기만 할 뿐 나이에 비해 한참 어려 보였기에 연애 상대로 적합하지 않다는 건 알고 있었다.

그에 반해 자신의 사형인 요운은 잘생겼을 뿐만 아니라 강호오룡에 속할 정도로 준수하니 어찌 게임이 될 수 있겠는가?

'역시 난 안 되는구나……'

그렇게 생각한 장천은 크게 시무룩해질 수밖에 없었다. 한참을 어깨를 축 늘어뜨린 채 앉아 있다가 장천은 더 이상 참지 못하고 자리에서 일어나 힘없이 밖으로 걸어나갔다.

한편 구궁은 강호의 젊은 무사들의 얘기를 들으며 정파의 밝은 앞날을 생각하고 있다가 갑자기 자신의 옆에 앉아 있던 장천이 어깨를 늘어뜨리며 걸어나가는 것을 보며 이상하게 생각되지 않을 수 없었다.

방금 전 두 사람의 이야기를 듣고 있을 때만 해도 멀쩡한 모습이었는데 한순간에 기가 빠진 모습으로 나가고 있었기 때문이다.

[무진 사질.]

[예, 사숙.]

무진은 가만히 앉아 두 사람의 이야기를 듣고 있었는데 구궁의 전음이 들려오자 이상하게 생각되었으나 곧 자신 역시 전음으로 대답했다.

[방금 천 사제가 시무룩한 모습으로 나가는 것을 봤는데 무슨 일인지 모르겠군. 무진 사질이 천 사제와 친하니 한번 알아보도록 하게.]

[예, 사숙.]

무진은 편히 쉬지도 못하게 하는 장천을 욕하며 구궁 사숙의 말에 대답하고는 자리에서 일어나 장천이 사라진 방향으로 걸음을 옮겼다.

잠시 후 이야기가 무르익어 갈 무렵 경운문의 여제자가 자리에서 일어나 정화와 함께 객점의 삼층에 있는 숙소로 올라갔는데, 그때 마치 기다렸다는 듯 하백이 요운을 향해 뜬금없는 질문을 던졌다.

"쌍도문의 장천 소협께서는 성혼의 상대가 있는지 모르겠군요?"

"예? 장천 사제라면 아직 성혼 상대가 없다고 알고 있는데……."

"아, 그럼 다행이군요. 구궁 대협과 요운 대협께서는 방금 저희들과 함께 있다 숙소로 올라간 정화 사제를 어떻게 생각하십니까?"

하백의 질문에 요운과 구궁은 무슨 연유인지 약간은 짐작할 수 있었다. 현재 쌍도문의 위치는 감숙성을 구파일방의 하나인 공동파와 양분하고 있을 정도로 성장하고 있었고, 그 탓에 많은 문파들이 쌍도문과 친분을 맺기 위해 노력하고 있었다.

그중 현재 열다섯의 나이인 쌍도문의 소주인 장천은 이런 면에서 상당히 구미가 당기는 상대였던 것이다.

쌍도문의 문주가 될 소주인 장천을 자신의 문파 여식들과 성혼의 약속을 잡기만 한다면 그들로서는 쌍도문의 위세를 등에 업을 수 있게 되기 때문이다.

물론 구궁과 요운이 장천의 성혼 상대를 선택한다는 것은 불가능한 일이긴 하지만 어느 정도 그들에게 환심만 살 수 있다면 하백으로선 반은 성공했다고 할 수 있었다.

뭐, 두 사람으로선 대놓고 거부할 수 없는 입장인지라 미소를 지으며 말했다.

"수줍음이 조금 많은 것 같긴 하지만 몸가짐이 바른 소저 같더군요. 다소곳한 모습이 인상적이었습니다."

"아! 좋게 보아주시니 감사합니다. 사실 열두 살에 지나지 않은 정화를 이번에 다른 사제들과 동행시키게 된 것은 이유가 있습니다."

"이유라면?"

"예, 바로 혼례 상대를 알아보기 위해서이지요."

두 사람은 하백이 이렇게 단도직입적으로 이야기해 올 줄은 몰랐기 때문에 당황할 수밖에 없었지만, 역시 강호밥 한두 해 먹은 것도 아니기에 금방 안정을 되찾을 수 있었다.

"정화는 출신을 모르는 고아이긴 하지만 저희 문주님께서 딸같이 키운 아이이지요. 일곱 살 때 사서삼경을 뗐을 정도로 명석한 아이이긴 하지만 아쉬운 것이라면 경운문 내에서만 자라나 저희들 사형제들을 제외하곤 얼굴을 많이 가린다는 것입니다. 그래서 이번에 문주님께서 정화에게 세상 구경을 시켜줄 겸 보내셨고, 저에게는 따로 강호의 문파들 중 괜찮은 사람이 있다면 혼례 상대를 알아보라 말씀하셨지요."

"그렇군요."

"두 분에게 이런 말씀 드리는 것이 실례라는 걸 알곤 있지만, 저로선 도저히 장천 소협같이 정기가 가득한 눈을 가진 사람은 본 적이 없는지라 이렇게 말씀드리는 것입니다."

"음……."

무릇 명예를 생각하는 자는 상대에게 직접적으로 나서지 못하는 경우가 대부분이었다. 그런 이유로 정작 나서야 할 때 나서지 못함으로 큰 손해를 보는 경우가 다반사였는데, 하백의 경우에는 단 한 번의 상견례에 불과하지만 자신의 느낀 바를 망설이지 않고 피력함으로써 그 기회의 끝을 잡은 것이다.

구궁은 이런 하백을 보며 젊은이의 과감성에 점수를 주고 싶었다.

'경운문이라.'

경운문 그 자체가 크게 이름 날린 이가 없는 중간 정도의 문파이고 정화가 고아라는 것에 조금 점수가 떨어지는 것은 어쩔 수 없었지만, 하백과 같은 인물이 있는 문파이니 시간만 지나면 충분히 강호에서 두각을 낼 수 있다는 생각이 들어 고개를 끄덕이며 말했다.

"하 대협의 말씀 잘 들었습니다. 하지만 현재 저희들의 입장으로선 뭐라고 말할 수 있는 위치가 아니니 확답은 드릴 수가 없습니다만 문파에 돌아가는 대로 장 사숙께 경운문의 뜻을 말씀드리도록 하겠습니다."

"아! 그렇게만 해주신다면 저희야 고맙기 그지없지요. 구 대협만 믿고 있겠습니다."

"허… 이런……."

자신은 단지 말만을 전한다 했음에도 불구하고 하백은 마치 구궁이 그 혼례를 주선해 줄 것이라 믿는 듯 말하고 있었다. 조금 당황하지 않을 수 없었지만 하백에 대해 어느 정도 호감을 느끼고 있었기에 거절하지 못하고 포권하며 말했다.

"글쎄요, 아무튼 성의를 다해보도록 하지요."

"예, 구 대협."

한편 사랑에 빠진 여인의 모습에 큰 충격을 받은 장천은 말없이 객점을 나와 우물가의 나무에 기대어앉아 흐릿하게 떠오르고 있는 저녁달을 보며 한숨을 내쉬었다.

뭐, 주위에서는 자신이 크면 강호에서 내로라하는 미남이 될 것이라고 말은 하지만, 애석하게도 그 자신은 열다섯의 나이에도 불구하고 열 살도 안 된 것 같은 모습을 하고 있는지라 미남에 대한 꿈은 버린 지 오래였다.

하지만 미남의 꿈을 버리더라도 자신의 몸이 나이에 맞게 커주었으면 하는 생각은 버리지 못하고 있었다.

만약 그가 못생겼더라도 어느 정도 몸이 나이에 걸맞게 커주었더라면 못 먹는 감 찔러나 봤겠지만, 이건 감을 찌르기에 꼬챙이가 너무 작으니 찔러보지도 못하는 것이다.

"저녁놀 뒤의 뜨는 달은, 잠시의 기다림으로 대지를 밝히건만, 소인의 시간은 어이해, 기다림으로도 뜻을 얻지 못하는가.”

겁대가리없이 외모에도 맞지 않게 저녁 달을 보며 풍취있게 사언절구를 외운 장천은 작은 한숨을 내쉬었는데, 그때 그의 뒤에서 큰 웃음소리가 들려왔다.

“푸하하하하!”

“휴우… 무진 사질 왔는가?”

“사질 좋아하네! 둘이 있을 땐 형이라 부르기로 했잖아.”

그렇게 말한 무진이 장천의 볼을 잡고 땡기자 장천은 소리를 지르며 발버둥 칠 수밖에 없었다.

“우아악! 치사하다! 그건 내가 처음 와서 아무것도 모르는 것을 빌미로 무진 형이 강제로 약속하게 한 거잖아!”

“어허! 남아일언은 중천금이라 했는데 그 말을 지금에 와서 어기겠다는 거야? 좋아, 그럼 지금부터 내가 사숙님이라 불러주지.”

“정말?”

무진의 말을 들으며 장천은 못 믿겠단 표정 지으며 말했는데, 다음에 이어진 말을 듣고는 역시나 하고 한숨 쉬며 도망갈 수밖에 없었다.

“그 대신 남아가 약속을 어겼으니 내, 너의 가랑이 밑에 있는 것을 떼어서 여아로 만들어주겠다.”

“우와!!”

장천은 무진의 손길에서 벗어나고자 도망 다닐 수밖에 없었는데, 그런 식으로 두 식경 정도를 놀던 두 사람은 어두운 하늘 위로 달이 밝게 빛나자 우물 옆 나무에 등을 대고 앉아 말없이 달 구경을 했다.

한참을 그렇게 달 구경 하던 무진은 옆에 앉아 있던 장천을 보곤 미소 지으며 물었다.

"네 녀석이 또 몸이 자라지 않는다고 한탄하는 것을 보니 무슨 일이 있는 것 같은데 이 형에게 한번 말해 보아라."

"휴… 됐어……. 형은 말하면 아빠, 엄마를 비롯해 동네방네 다 떠들고 다니잖아."

"하하하! 그런가? 음… 그렇다면 내가 맞추어볼까? 음… 여자 때문이냐?"

그 순간 장천은 흠칫하지 않을 수 없었고, 무진은 자신의 짐작이 맞는다는 걸 깨닫곤 작게 미소 지었다.

지금의 장천이 여자 문제 때문이라면 그 상대가 될 사람은 단 한 명밖에 없었기 때문이다.

"경운문의 정화라는 소저에게 마음이 있는가 보구나?"

"휴우……."

드디어 모든 것을 무진에게 들켰다고 생각한 장천은 하늘이 무너질 듯 한숨을 쉬더니 자리에서 일어났다.

이런 장천의 모습을 보며 무진은 상당히 중증이란 것을 알 수 있었다. 보통 이러한 문제는 자신과 몇 번 장난을 치면 잊혀지거나 담담해지는 모습을 취했던 것이 보통이었는데, 역시 누가 남자 아니랄까 봐 여자 문제와 자라지 않는 문제가 겹치자 그 심각성은 배가되어 전혀 장천 같지 않은 모습을 만들어내고 있었던 것이다.

하긴 누가 장천 같은 녀석이 사언절구를 외우며 고독에 잠기는 것을 생각이나 했겠는가?

도무지 자신의 말솜씨로는 장천의 이런 모습을 해결해 줄 수 없다고 판단한 무진은 다른 수를 생각할 수밖에 없었다.

"음, 역시 요운 사숙이 맡는 게 가장 좋을 듯하군."

자신은 애석하게도 사랑의 열병도 앓지 못하고 남궁소화에게 덜컥 장가를 들어 사랑에 빠진 청년의 그 깊은 속마음을 모르는지라, 그래도 강호오룡으로서 뭇 소저들의 가슴을 설레게 했던 요운은 충분히 장천을 도와줄 수 있으리라 생각한 것이다.

하지만 장천의 이러한 현상은 정화가 요운을 보며 사랑에 빠져 생긴 일이니 그 결과에 대해선 조금 회의적이라고 할 수 있었는데, 무진으로선 그것을 모르고 있으니 과연 무슨 결과가 생길지 궁금할 따름이었다.

무진이 돌아가고 장천이 우물가에서 벗어나 한적한 공터에서 쌍도를 휘두르며 달밤에 체조를 하고 있을 때 누군가 박수 치면서 그에게 다가왔다.

"누구십니까?"

강호에선 남이 무공을 연공하고 있을 때 그것을 보는 것은 예의에 어긋나는 행위요, 서로 간의 칼부림이 난다 해도 어쩔 수 없는 일이었다.

장천은 누군가 자신이 쌍도술을 펼치는 걸 구경하고 있었단 생각에 싸늘한 녹소리로 박수 치는 자를 향해 말했다.

"하하하! 날세, 사제."

장천의 싸늘한 목소리를 들으며 어둠에서 달의 희미한 빛으로 얼굴을 드러낸 사람은 요운이었다.

"요운 사형이셨군요."

자신의 쌍도술을 보고 있던 사람이 요운이란 것을 안 장천은 아무 일도 없단 듯 고갤 돌려서는 다시 쌍도를 휘두르기 시작했다.

장천이 지금 하고 있는 것은 풍아도법(風牙刀法)이란 것으로 쾌도술에 속하는 도법이다.

도법 자체에 내공을 가미한다면 강한 도풍이 상대를 찢어버릴 듯한 위력을 발휘하기에 풍아도법이란 이름이 붙여진 것이다.

현재 장천은 도법에 내공을 가미한 것은 아니지만 그 작은 몸집에도 불구하고 눈에 보이지 않을 정도로 빠르게 검을 휘두르고 있는지라 요운으로선 크게 감탄하지 않을 수 없었다.

장천이 키가 자라지 않아 아직 어려 보인다 뿐이지 실력은 그 나이 또래 중에선 따를 자가 없을 정도였기 때문이다.

'굉장하군. 쌍도문의 소주로서 전혀 손색이 없어. 그런데 왜 저렇게 싸늘한 거지? 평상시의 장천 같지가 않군.'

평상시의 장천은 자신 앞에서 도법을 펼칠 때면 언제나 장난기 어린 미소를 보여주면서 연성을 했는데 오늘 밤은 이상하게 싸늘한 기운을 풍기고 있었다.

마치 자신을 아는 체도 하고 싶지 않다는 듯한 모습에 요운은 조금 당황하지 않을 수 없었다. 무진에게서 장천이 여자 문제에 빠졌다는 말을 듣고 그 나이 때 남아라면 당연한 것이라 생각하고 조언해 주려고 했는데 이건 조언을 해줄 수 있는 상황이 아닌 것이다.

'나 때문인가? 그럼 정화가 아니라 그의 사저 중에 한 사람인가?'

요운으로선 분명 장천이 정화를 좋아하고 있다 생각하고 있었는데, 자신에게 냉막한 표정을 취하자 정화가 아닌 것은 아닐까 생각한 것이다.

한마디로 정화의 사저들이라면 모를까, 정화 같은 어린 소녀가 자신을 사모할 것이라는 건 전혀 생각하지 못하고 있는 것이다.

'정화가 아니면 누구지? 금련 소저? 아니야, 서른이 다 되어가는 노처녀를 장천이 좋아할 리가 없잖아. 그럼 애란 소저? 음… 조금 얼굴이 아니군. 그렇다면 미린 소저밖에 없는데… 나이는 스물이니 어느 정도 선에 들어가고, 얼굴도 그 정도면 반반하긴 한데… 미린 소저는 보아 하니 하백을 좋아하는 것 같던데… 젠장, 도대체 누구를 좋아하는 거야?

장천은 장천대로 도법을 연성하며 마음을 안정시키느라 정신이 없었고, 요운은 도대체 장천이 좋아하고 있는 여인이 누구길래 자신에게 저렇게 화를 내고 있는지를 생각하느라 정신이 없었다.

다음날 일행들은 객점의 식당으로 내려와 경운문의 문도들과 함께 조반을 들게 되었다.

밤새도록 쌍도술을 연공한 장천은 온몸에서 작렬하는 근육통으로 인해 한 걸음 한 걸음마다 고통스러움이 역력한 표정으로 계단에서 내려오고 있었고, 요운은 반쯤 감겨진 눈에 피곤한 표정으로 계단을 내려오고 있는지라 구궁으로선 도대체 어젯밤 무슨 일이 있었는지 궁금하지 않을 수 없었다.

"장 사제, 몸이 조금 안 좋은 것 같군."

"예, 어제 조금 무리하게 도법을 연공한지라 근육통이 좀 있는 것 같습니다."

예상외로 의젓하게 대답하는 천을 보며 구궁은 잠시 당황하지 않을 수 없었지만, 쌍도문의 소주가 의젓해지는 것이 결코 나쁜 것은 아닌지라 그냥 넘어갈 수밖에 없었다.

자리에 앉은 구궁은 피곤한 듯 하품을 하며 자신의 옆 자리에 앉아 있는 요운에게도 물어보았는데, 요운 역시 무엇인가 생각할 것이 있어서 잠을 설쳤다는 식으로 이야기를 하는지라 그냥 넘어갈 수밖에 없었다.

아무래도 무슨 일이 있었던 것 같지만 구태여 캐낼 필요는 없다고 생각했는데, 그때 피곤해하는 요운에게 한 소녀가 다가와 작은 대접을 건네었다.

"아? 정화 소저, 무슨 일입니까?"

요운은 자신의 앞에 볼을 빨갛게 붉히며 대접을 내밀고 있는 정화를 보며 물어보았다. 그녀는 대접을 그의 앞에 내려놓고는 말했다.

"요… 요운 대협님… 께서 피곤하신 것 같아… 서… 주방에… 부탁 해 꿀물을… 가져왔습니다……."

그렇게 말한 정화는 부끄러운 듯이 뒤로 돌아서며 재빨리 달아나 자 신의 사저 뒤에 몸을 숨겼고, 요운은 감사하단 뜻으로 정화를 보며 가 볍게 포권지례한 후 꿀물을 들이켰다.

"카! 좋구나."

역시 꿀물이란 것이 양에 속한 음식인지라 요운으로선 금세 피곤이 풀리는 듯한 느낌에 탄성을 내질렀는데, 그 순간 어디선가 자신을 향해 싸늘한 기운 품는 이가 있다는 걸 느낄 수 있었다.

"누… 헉!!"

살기의 주체는 바로 무진의 옆에 앉아 있는 장천이었으니, 자신을 마치 씹어 먹어버릴 듯한 눈빛으로 바라보고 있는 천을 보며 요운은 잠시 흠칫하지 않을 수 없었다.

'잠깐… 헉!! 그렇다면!!'

그제야 어느 정도 눈치를 챈 요운은 자신도 모르게 경운문의 사저 옆 자리에 있는 정화를 쳐다보았고, 그 순간 정화의 눈과 마주쳤다.

정화는 요운과 눈이 마주치자 깜짝 놀라는 듯하더니 금세 고개를 숙여 버렸고, 그 순간 요운은 다시 한 번 등 뒤에서 싸늘한 기운을 느낄 수밖에 없었다.

'젠장! 어쩐지 어제 그렇게 차갑게 대하더라니!'

요운으로선 설마 열두세 살 정도밖에 되지 않은 여자 아이가 자신보다 두 배가 넘게 나이가 많은 자신을 사모하리라고는 전혀 생각하지 못한 것이다.

여자의 질투도 무섭긴 하지만 남자의 질투는 칼부림이 일어날 수도 있는 일이었고, 심하면 대대손손 원수로도 발전할 수 있는 일인지라 요운으로선 눈물을 흘리고 싶은 심정이었다.

'흑흑… 장천아, 난 정화에게 아무 맘도 없단 말이다……. 제발 날 미워하지 말아줘…….'

쌍도문 인기 만점의 아역 스타 장천에게 미움을 받는다는 건 요운에겐 좀처럼 견디기 힘든 시련일 수밖에 없는 것이다.

경운문의 문도들과 함께하는 장천 일행의 아침은 참으로 무섭기 그지없었다.

장천의 살기 어린 눈초리에 요운은 밥 한술 제대로 뜨지 못할 정도였고, 장천은 멍한 눈으로 요운을 바라보고 있는 정화 때문에 요운에게 살기를 내뿜느라 역시 밥 한술 못 뜨고 있었으며, 그 사이에 낀 무진은 두 고래에 끼인 새우가 되어 역시 밥 한술 못 떴으니 유일하게 제대로 아침을 먹은 이는 단 한 사람, 구궁밖에 없었다.

"아! 역시 아침을 배불리 먹어야 하루 일과가 즐겁다니까. 꺼억."

구궁은 아침이라고 하기엔 엄청난 양의 음식을 먹고 트림까지 하고 있었지만 나머지 일행들은 모두 굶주린 모습이 되어 견즉사의 호청명을 찾는 여행을 계속하게 되었다.

경운문의 문도들은 어느 정도 강호 견문을 끝낸 상태이기 때문에 자신의 문파로 돌아가기 위해 장천 일행과 같이 움직이기로 결정해 장천 일행은 경운문의 문도와 합쳐 총 이십여 명이 넘는 대인원이 되어버렸다.

구궁이야 장천을 보호하며 견즉사의에게 가는 것이 주 임무인만큼 일행이 많아지면 그만큼 위험이 줄어들 수 있기 때문에 경운문의 문도들과 같이하는 것을 반기고 있었지만, 요운은 정화의 뜨거운 시선과 장천의 차가운 시선 사이에 갇혀 열정과 냉혹함을 맛보아야 했다.

또, 곽무진은 다음에는 절대로 두 사람 사이에 앉지 않겠다고 결심하게 만들었다.

하지만 얼마 지나지 않아 이 심상치 않은 분위기가 사라질 수밖에 없는 일이 벌어지고 말았다. 일행들이 여정을 한 지 삼 일째에 갑자기 큰 폭우가 쏟아진 것이다.

때마침 일행들이 있는 곳은 비를 피할 곳이 마땅치 않은지라 어쩔 수 없이 근처에 있는 나무에서 비를 피할 수밖에 없었는데, 좀처럼 비는 그칠 생각을 하지 않고 있었다.

비를 막을 수 있는 물품이 없는 것은 아니지만 큰 비를 뿌리고 있는 폭우였는지라 금방 온몸이 흠뻑 젖을 수밖에 없었다.

그러던 중 가장 나이가 어린 정화는 흠뻑 젖은 옷으로 인해 추위를 견디지 못하고 말을 타고 가던 중 쓰러져 버리고 만 것이다.

다행히 근처에 비를 피할 수 있는 큰 나무가 있었던지라 하백은 여제자들에게 지시하여 정화를 그곳으로 옮기게 되었는데, 모든 사람이 피할 수 있을 만큼 넓은 곳은 아니었기에 그곳에는 여제자들과 나이가 어린 장천, 몇몇 소년 제자만이 앉아 있을 수 있었다.

장천은 자신이 좋아하고 있는 정화가 크게 앓고 있자 마음이 아팠다. 요운이 간직하고 있던 정심단이란 약으로 어느 정도 안정을 찾을 수 있었지만 상태는 좋지가 않았다.

한참을 멍하니 신음하고 있는 정화를 보고 있던 장천과 달리 다른 여제자들은 그녀의 옆에서 수다를 떨고 있었다.

"휴……."

장천은 정화의 아픔에 한숨을 쉴 수밖에 없었는데, 그때 무엇인가 정화의 곁에서 움직이고 있는 것을 볼 수 있었다.

"뭐지?"

안력을 돋운 장천은 정화의 곁에서 움직이고 있는 물체를 뚫어지게 쳐다보았는데, 그것이 모습을 드러내자 크게 놀라지 않을 수 없었다.

"살모사!!"

정화의 곁에서 움직이고 있는 것은 바로 살모사였다. 그것도 한 번 물리면 사람에게 치명적인 독상을 입히는 종류였기에 크게 놀라지 않을 수 없었던 것이다.

"까아익!!"

그때 수다를 떨고 있다 정화를 본 여제자 한 명이 정화의 몸 근처에 있는 살모사를 보고는 크게 비명을 지르기 시작했고, 마치 연쇄 반응이라도 일으키듯 그 비명에 앓고 있던 정화는 눈을 뜨고 말았다.

"아… 여기가……."

정화는 간신히 눈을 떠 자리에서 일어나려 했고, 그 순간 살모사는 정화가 움직이면서 자신의 몸을 짓누르자 그녀를 적으로 판단하고 자신의 이빨을 드러내었다.

"정화 소저!!"

"꺄악!!"

짝!!

"큭!!"

이 일련의 사건을 설명해 보자면, 장천은 정화의 곁으로 천천히 다가가 살모사를 떨치려고 했는데 여제자의 비명으로 정화가 일어나게 된 것이다.

정화가 일어나면서 살모사의 몸을 누르게 되자 살모사는 이빨을 드러내며 그녀의 팔을 물려 했고, 장천은 더 이상 망설이지 않고 정화의 이름을 외치며 살모사에게 덤벼들었다.

하지만 이 장면이 잃고 있다가 일어난 정화로서는 꼬맹이 주제에 남자라고 자신을 덮친다 생각할 수밖에 없어 비명을 지르며 장천의 이쁜 뺨을 그대로 휘갈겨 버린 것이다.

여기서 난 소리가 바로 짝 소리인 것이다.

하지만 그까짓 어린 소녀가 때린 뺨 한 방에 신음을 지를 정도의 장천은 아니었는데, 그것 또한 묘한 상황에서 일어났다고 할 수 있었다.

정화를 구하기 위해 살모사에게 덤벼든 장천은 때마침 놀란 정화가 휘두르는 손바닥에 뺨을 얻어맞을 수밖에 없었고, 고개가 약간 돌아가며 살모사의 모습을 놓치고 만 것이다.

그런 이유로 살모사의 머리를 노리고 뻗던 장천의 손은 한 치 정도를 벗어나게 되었고, 그 방향이 살모사가 이빨을 들이대며 쇄도하던 방향인지라 정화가 아닌 장천이 살모사에게 물리고 만 것이다.

"큭!! 찻!"

장천은 오른손에서 강렬한 통증을 느끼고 급하게 팔을 물고 있는 살모사와 함께 들어 올려서는 다른 손으로 녀석의 머리를 짓누르며 이빨을 떼어낸 후 오른손으로 도를 뽑아내 몸을 두 동강 내어버렸다.

"큭!!"

하지만 살모사에게 물린 상태에서 무리하게 도를 휘둘렀기에 독은 빠른 속도로 장천의 혈관을 따라 돌기 시작했는데, 어느 정도 응급 처치를 알고 있던 그는 옷을 찢어서 팔뚝 부분을 단단하게 묶어 독이 더 이상 퍼지지 않게 하고 입으로 살모사가 문 독을 빨아 뱉어내기 시작했다.

하지만 일이 그렇게 쉽게 풀리는 것을 원하지 않은 이가 있었는 듯, 애석하게도 여성의 자기 보호 본능에 의해 휘둘러진 정화의 손은 장천에게 타격을 주어 입에 상처가 생긴 상태였고, 이런 이유로 팔의 독을 빨던 장천은 그 상처로 독이 스며들어 얼마 지나지 않아 얼굴이 시퍼렇게 변하며 코와 입에서 검은 피를 흘리기 시작했다.

"까아악!!"

그 모습에 놀란 정화는 다시 한 번 비명을 지를 수밖에 없었는데, 다행히 그전에 있었던 비명으로 구궁들이 이미 그곳으로 뛰어온 상태였다.

"무슨 일이냐!!"

"자… 장천 소협이… 살모사의 독에!!"

"살모사!"

그제야 근처에서 두 동강이 난 살모사를 본 구궁은 급히 자신의 품에서 작은 호리병을 꺼낸 후 쌍도문 비전의 해독약을 먹였다.

강호 출도 첫날부터 마교의 문도들이 독을 탄 술을 마시고 중독된 적이 있는 장천으로선 이리저리 독으로 인한 수난이 사라지지 않는 판이었다.

급히 장천의 팔에 입을 가져간 구궁은 독혈을 모두 뽑아낼 수 있었지만 천의 입과 코에서 피가 멈추지 않는지라 크게 당황할 수밖에 없었다.

팔에 묶어둔 천으로 보아 분명 장천이 물리자마자 응급 처치를 한 것임을 알 수 있었는데 이상하게 독이 너무 빨리 퍼진 것이다.

"설마?"

무엇인가 이상하다고 생각한 구궁은 급히 장천의 입을 열어 살펴보았는데 아니나 다를까, 장천의 오른쪽 입 안에 생긴 지 얼마 안 되는 상처가 있는 것을 볼 수 있었다.

"젠장!! 입 안에 상처가 있었군!! 요운!!"

"예, 사형!"

"장 사제의 몸에서 직접 독혈을 밀어내야겠다. 일행 중에 내공이 가장 높은 네가 장천의 몸에서 독을 밀어내도록 해라!"

"예."

요운은 급히 장천의 몸을 들어 올려 가부좌를 취하게 한 후 등 뒤로 돌아가 두 손을 들어 장천의 몸에 내력을 집어넣으려 했는데, 그 순간 그를 방해하는 요소가 튀어나왔다.

"으앙!!"

"큭!!"

내력을 끌어올리던 중 갑작스럽게 자신의 뒤쪽에서 어린 여자 아이의 울음소리가 터져 나오자 놀란 요운은 심신이 흔들림과 함께 끌어올리던 진기가 사방으로 흩어지는 충격을 받은 것이다.

진기를 끌어올려 남의 진기를 도인하려 할 때 가장 위험한 순간은 바로 진기를 끌어올려 상대에게 밀어 넣기 시작할 때인데, 때마침 그때 울음소리가 터짐으로써 요운의 진기를 흩뜨려 버린 것이다.

"요운 사제!!"

구궁은 갑작스러운 울음소리로 요운이 충격받는 것을 보며 크게 놀라서 급히 그의 뒤로 뛰어가 두 손을 가져가서는 내력을 주입하기 시작했고, 어느 정도의 시간이 지나자 겨우 요운의 뒤섞인 진기는 안정을 찾을 수 있었다.

"후!!"

자신의 몸에서 날뛰던 진기가 안정을 되찾자 요운은 진정시킨 진기를 다시 단전으로 되돌린 후 안도의 한숨을 내쉴 수 있었지만 그 덕분에 내력의 대부분을 소진할 수밖에 없었다.

"어떤 자식이 울음을 터뜨린 거야!!"

진기가 뒤흔들리면서 상당한 내력이 소모되자 요운으로선 크게 노기가 치솟아오를 수밖에 없었다.

만약 그 시기에 울음소리가 터지지 않았다면 요운은 충분히 장천의 몸에 있는 독을 몰아낼 수 있었을 테지만 지금은 진기를 안정시키느라 상당한 내력을 소모한 상태이기 때문에 장천의 몸에서 독을 몰아낸다는 게 불가능해져 버렸기 때문이다.

요운은 울음을 터뜨린 자를 죽여 버리겠다는 기세로 뒤로 돌아섰는데, 그 순간 어린 정화는 크게 당황하며 흠칫하지 않을 수 없었다.

바로 울음을 터뜨린 당사자가 정화였기 때문이다.

"흐… 흑… 죄송해요… 흐흑… 제가… 장 소협의 뺨을 때려서… 상처가 나… 그곳으로 독이 들어갔기 때문에… 너무 미안해서… 울음을 터뜨렸는데… 흑흑… 그것이… 또… 흑흑… 으앙앙!!"

정화는 더 이상 참지 못하고 뒤에서 자신의 몸을 받쳐 주던 사저 품에 안기며 다시 큰 소리로 울음을 터뜨려 버렸다.

상대가 철없는 열두 살의 소녀인지라 요운으로선 그녀를 상대로 화를 터뜨리는 짓은 이름난 고수로서 할 수 없는지라 참을 수밖에 없었다.

하지만 얼굴이 시퍼렇게 변하며 연신 코와 입에서 피를 흘리고 있는 장천을 보자니 온몸에 이는 노기로 인해 몸이 떨려오지 않을 수 없었다.

"제길⋯⋯."

"요운 대협⋯ 할 말이 없습니다."

하백은 그녀가 한 일이 얼마나 큰일을 초래하게 되었는지 보고 있었기 때문에 그의 앞에서 무릎 꿇으며 사죄하지 않을 수 없었다.

경운문 같은 중소문파의 제자인 정화가 강호 대문파로 성장하고 있는 쌍도문의 소주 장천의 뺨을 때린 것은 큰 모욕거리로 작용할 수 있는 것이다.

거기다 그 때문에 독사에게 몰려 독에 중독되었고, 또 내력으로 독을 몰아내려 하는 자의 근처에서 울음을 터뜨림으로써 치료하려는 자의 진기를 흐트러뜨리게 해 자칫 잘못했으면 주화입마까지 당할 위기에 처하게 한 것이다.

덧붙여 그 일로 대문파 소주의 독을 치료하는 것도 불가능하게 만들었으니 이것은 한 편의 잘 짜여진 극본이라 해도 이렇게 오묘할 수는 없는지라, 마치 쌍도문의 소주인 장천을 죽일 목적으로 한 것이라 해도 변명할 수 없게 만든 일이었다.

이 일이 잘못된다면 소주의 죽음을 복수로 경운문과 쌍도문의 혈전으로까지 번질 수 있는 일이었다.

두 문파가 싸우게 되면 대문파인 쌍도문에 의해 경운문이 멸문을 면치 못할 것은 당연한 일이었기에 하백은 손이 발이 되도록 빌어도 모자를 판인 것이다.

"요운 사숙! 제가 한번 해보겠습니다!"

분을 참지 못한 요운의 앞으로 나선 것은 바로 곽무진이었다.

"할 수 있겠느냐?"

"목숨을 걸고서라도 독을 밀어내 보도록 하겠습니다."

무진의 내력이 그리 높은 것이 아니기에 망설여질 수밖에 없었지만, 현재 이 중에서 자신 다음으로 내력이 높은 이는 광무자 유운 사형에게 청심단을 받고 내력을 늘린 곽무진밖에 없기에 어쩔 수 없이 고개를 끄덕일 수밖에 없었다.

"좋다! 하지만 독을 몰아내는 데 과도한 진기는 사용하지 말도록 해라. 그렇게 된다면 너와 함께 장 사제의 진기도 흔들려 두 사람 모두 죽음을 당할 수 있으니 말이다."

"예, 명심하겠습니다."

요운의 말에 명심하겠다는 대답을 한 무진은 천천히 심호흡하고 내력을 끌어올리기 시작했다.

'반드시 장천 사숙을 살려야 한다. 안 그랬다간… 으으… 생각하기도 싫어……'

곽무진은 장천이 죽을 경우 생기는 자신에 대한 불상사를 생각하며 치를 떨고 있었다.

그것을 잠시 정리해 보자면 첫째, 일단은 마누라인 남궁소화에게로부터 구타를 당한다. 자신이 아직도 장천에게 반말을 쓰며 형이란 칭호를 받고 있는 것은 그녀가 장천의 친누나와 같은 사이기 때문이다.

그런만큼 장천에 대한 귀여움은 남편인 자신을 제쳐 두고서라도 챙겨주는 남궁소화인지라 만약 자신이 곁에 있으면서도 장천이 죽는다면 한 십 년은 독방 써야 할 각오를 해야 한다.

둘째, 태사숙의 부인인 임아란에게 구타를 당해야 한다. 요조숙녀인 임아란은 생각 외로 감추어진 부분이 많았는데, 그중 하나가 화가 한번 나면 물불을 가리지 않는다는 것이다. 과거 장춘삼이 양주로 한번 갔다가 환희천루의 루주인 백모란 양수수와 염문이 한번 돈 적이 있었는데, 그것을 장춘삼의 부인인 임아란이 알게 됨으로써 약 한 달간 쌍도문 전체가 뒤흔들릴 정도로 부부 싸움이 난 적 있었다.

한 달 내내 얼굴 주위에 손톱 자국이 가신 적 없던 불쌍한 장춘삼을 보아왔던지라 장천이 죽는다면 도대체 무슨 일이 벌어질지 아무도 예상하지 못하는 일이었다.

셋째, 스승인 광무자 유운에게 죽어야 한다. 일단 장천은 유운의 사제이기는 하지만 실제적으로 따지자면 거의 제자와 같은 신분, 그런고로 유운이 장천을 아끼는 것은 자신을 아끼는 것보다 더하면 더했지 못하지 않은 것이 사실인데, 만약 수제자인 자신이 있었음에도 장천이 죽게 된다면 적어도 육십사방풍운보를 한 달 내내 해야 할 것이다.

그 외에도 문주인 등평을 비롯하여 구양생, 양우생, 장춘삼 같은 사숙들도 가만히 있지 않을 것은 분명했기에 자신이 살기 위해선 반드시 장천을 살려야 한다는 투철한 사명감을 가질 수밖에 없었다.

"합!!"

이제 자신의 모든 내력을 끌어올린 곽무진은 천천히 장천의 등 뒤에 손을 가져가서는 그 몸 안에 내력을 집어넣어 진기도인을 시작했다.

체내에 있는 독을 손가락의 혈도로 모두 집어넣은 후 피를 내어 독혈을 빠져나가게 하면 가능한 일이지만, 스스로 의지가 없는 남의 몸에 진기를 움직인다는 것은 그리 쉬운 일이 아니기 때문에 상당한 내력이 소모될 수밖에 없었다.

요운은 곽무진이 장천의 몸에 있는 독을 한곳으로 몰아내는 것을 보며 구궁에게 말했다.

"사형, 아무래도 무진의 내력이 모자랄 것 같으니 전 지금부터 운기조식하여 조금이라도 더 내공을 모으도록 하겠습니다. 그러니 경험이 없는 무진 사질이 실수없도록 사형께서 살펴주시기 바랍니다."

"알았네."

구궁이 고개를 끄덕이며 말하자 요운은 안심하고 가부좌를 취하며 운기조식을 하려고 했는데, 그때 문득 무슨 생각이 들었는지 불안한 얼굴로 자신들을 보고 있던 경운문의 제자들을 보며 말했다.

"부탁이 있는데 들어주실 수 있겠습니까?"

"예, 말씀하십시오. 할 수 있는 한 최선을 다해 돕도록 하겠습니다."

요운의 말에 하백은 포권을 하며 말했는데, 그 소리에 요운은 손가락으로 정화를 가리키며 말했다.

"누가 입 좀 막아주시구려."

"......."

현재는 조용하기 그지없는 정화였지만 요운은 한 번 당한 적이 있던지라 조심하지 않을 수 없어 말한 것이었다.

요운의 말에 하백은 뭐라고 할 말이 없었지만, 일단은 들어준다고 약조했는지라 어쩔 수 없다 생각하고 뒤에 서 있는 여사제 한 명에게 눈짓을 했고, 여사제는 길게 한숨을 내쉬며 천천히 정화의 앞으로 걸어가서는 말했다.

"정화야, 정말 미안하구나……."

그 말과 함께 여사제는 정화가 뭐라 말도 하기 전에 아혈과 마혈을 짚어버려 정화는 이제 말도, 움직이지도 못하는 신세가 되어버렸다.

이래저래 실수를 반복했던 정화인지라 쌍도문의 사람들에게 완전히 찍혀 버린 것이다. 이로써 하백이 부탁했던 장천과의 성혼은 완전히 사라져 버렸다 해도 과언이 아니었다.

정화가 아혈과 마혈이 짚인 것을 본 요운은 안도의 한숨을 쉬며 운기조식에 들어갔다. 물론 정화가 간덩이가 붓지 않는 이상 그가 운기조식할 때 숨소리조차 제대로 못 낼 것은 당연한 것이었지만, 당한 것이 있는지라 요운으로서 그렇게까지 하지 않으면 도저히 안심하고 운기조식을 할 수 없을 것 같았다.

반 시진 정도가 지나자 무진의 안색은 극도로 푸르스름하게 변하고 있었는데, 정천의 몸에 있는 독을 밀어내느라 상당한 진기를 소모했기 때문에 일어나고 있는 현상이었다.

"이런……."

그 모습에 구궁이 급히 무진의 뒤로 돌아가서는 천천히 자신의 진기를 불어넣어 무진을 도와주기 시작해 위급한 상황은 모면할 수 있었지만 지금의 상황은 바람 앞의 촛불과 같은지라 빨리 요운이 운기조식을 끝내기만을 기다릴 수밖에 없었다.

어느 정도 내공을 가지고 있는 하백에게 부탁을 했으면 좋겠지만 각 문파의 내공심법은 그마다 조금씩 차이가 있기 때문에 다른 문파의 문도가 다른 문파 문도의 진기를 도인하는 것은 거의 두 배 정도 많은 진기를 소비하게 되기 때문에 구궁으로서 부탁할 수가 없었던 것이다.

그렇게 치료가 계속되어 가고 구궁은 자신의 몸에서도 내력이 바닥나고 있다는 것을 느꼈는데, 그때 뒤에서 숨 가다듬는 소리가 들려왔다.

"후!!"

"사제!!"

그 소리를 들으며 구궁은 요운이 운기조식을 마무리했다는 것을 알고 반가운 목소리로 소리를 질렀다.

"됐습니다. 이 정도면 반 정도의 내력이 돌아온 것 같으니 무진에 이어 제가 나선다면 충분히 사제의 몸에서 독을 몰아낼 수 있을 것입니다."

"다행이군."

"자, 무진 사제, 뒤로 물러서게."

그 말에 무진은 손을 떼고 급하게 뒤로 물러섰고, 그 자리를 요운이 재빠르게 차지하고 앉아서는 계속 장천의 몸에 내력을 집어넣어 진기를 움직여 갔다.

곽무진은 상당한 진기를 소모했는지 안색이 말이 아니었지만 곧 뒤로 물러서 몸을 바로잡고는 운기조식하며 내력을 모으기 시작했다.

그러기를 다시 두 식경이 지났을 때, 요운은 장천의 등에서 손을 뗀 후 단도를 뽑아 들어 장천의 왼손 검지손가락에 상처를 내고는 내력을 돋우어 피를 밖으로 분출시키기 시작했다.

장천의 손에서 나오는 피는 검은색의 독혈이었고, 그 독혈이 어느 정도 빠져나오자 점점 정상으로 돌아오기 시작했다.

독혈이 빠져나온 후 이제 천천히 피의 색깔이 붉은색으로 변해가자 요운은 안도의 한숨을 내쉬고 피를 멎게 하기 위해 팔에 있는 혈도를 짚은 후 구궁을 보며 말했다.

"사형, 정심단을 세 알만 주십시오."

요운의 말에 구궁은 급히 정심단을 꺼내서는 장천의 입에 넣어주려고 했는데 상당히 심하게 앓았는지 천의 입 안이 메말라 있어 그냥 먹이기에 적당하지 않았고, 설사 먹인다고 해도 정심단은 침과 섞여야 그 효력을 내기 때문에 그냥 먹일 순 없는 노릇이었다.

한참을 생각에 잠기던 요운는 하백에게 포권을 하며 말했다.

"죄송하지만 귀 문의 여제자 한 명을 빌릴 수 없겠습니까?"

"예? 무슨 말씀인지?"

"저희 문파의 정심단은 신체를 안정시키는 효과가 있지만 침과 섞이지 않으면 그 효력이 반감되는 환단입니다. 또, 음과 양이 결합하게 되면 모든 것이 안정을 되찾는지라 여인이 손수 환단을 씹어 장천에게 먹여준다면 그 효과는 더욱 높아질 수 있기 때문에 이렇게 부탁을 드리는 것입니다."

그 말에 하백은 일리가 있다 생각하고 뒤로 돌아 자신의 뒤에 있는 여제자를 쳐다보았는데, 그때 아혈과 마혈이 찍혀 움직이지도 못하고 있는 정화가 눈에 들어왔다.

그 모습을 본 하백은 천천히 정화의 곁으로 가서 아혈과 마혈을 풀어준 후 진지한 얼굴로 말했다.

"여자인 너에게 이런 말을 하는 것이 조금 어렵긴 하지만, 여자와 남자를 떠나 강호에 발을 디딘 무인이라면 자신이 한 일에 자신이 책임져야 하는 건 당연한 일인지라 이 일을 너에게 맡기고 싶구나."

하백은 장천에게 먹일 약을 씹어줄 여자로 정화를 선택한 것이다. 그 말에 정화는 조금 망설이는 듯한 표정을 지었지만 자신이 한 죄를 어느 정도 인정하고 있었으니만큼 마음을 굳게 먹고 고개를 끄덕이며 말했다.

"예, 사형. 제가 해보도록 하겠습니다."

하백을 보며 그렇게 말한 정화는 자리에서 일어나서는 천천히 걸음을 옮겨 요운에게 갔고, 요운은 그녀에게 정심단을 건네주었다.

한편 요운과 하백의 이야기를 듣고 있던 구궁은 고개를 갸우뚱거릴 수밖에 없었다.

정심단이 사람의 침과 섞여야만 그 효과를 발휘한다는 것은 알고 있었지만 여인이 먹여 양기와 음기가 합쳐져 음양의 균형을 맞춰 효과가 극대화된다는 이야기는 처음 듣기 때문이다.

하지만 이것을 대놓고 말할 수는 없는지라 전음을 사용하여 요운에게 물어볼 수밖에 없었다.

[요운 사제.]

[예, 사형.]

[내 정심단에 침이 섞여야 효과가 있는 것은 알지만 여인이 먹이면 더 빨리 회복된다는 이야기는 들어본 적이 없는데?]

구궁의 의문 섞인 전음을 들은 요운은 입가에 미소를 지으며 그에게 전음을 날렸다.

[예, 사형의 말씀이 맞습니다. 정심단을 여자가 먹이든 남자가 먹이든 어차피 침이 섞인다면 그 효과는 별 차이가 없는 것이지요.]

[응? 그럼 무엇 때문에 하백에게 부탁하여 여제자에게 먹여달라고 한 건가?]

[참나! 사형은 다른 것은 다 좋은데 눈치가 없어서 탈입니다. 사실 천은 경운문의 정화 소저를 좋아하고 있었는데 일이 이상하게 꼬이는지 정화 소저는 저에게 마음이 있는 것 같더군요.]

[응? 그런 일이 있었던가?]

[예. 천이가 요즘 저에게 차갑게 대하는 것도 다 이런 연유였습니다.]

[음…….]

구궁은 요운의 말에 요즘 있었던 일들을 파악할 수 있었다.

하지만 그렇다고 해서 의문이 모두 사라진 것이 아닌지라 다시 전음을 사용하여 물어보았다.

[그런데 내가 보기엔 자네는 천이를 중독시키고 자네를 주화입마까지 빠뜨리게 한 정화라는 아이를 싫어하는 것 같은데 왜 그 아이에게 저 일을 시키는 건가?]

[하하하하! 사형도. 설마 제가 아직 철이 들지 않은 여아의 실수를 꿍하니 마음속에 담아둘 것이라 생각하셨습니까? 또, 그 실수에는 장천의 실수도 있었던 것인데 제가 왜 그것을 탓하겠습니까?]

[장천의 실수?]

[예. 일을 들어보니 천이의 실수도 있었던 듯합니다. 세상 어떤 여인이 갑자기 달려드는 남자에게 반항하지 않고 몸을 맡기겠습니까? 정화 소저의 반응은 여인이라면 아주 당연한 반응, 잘못은 무턱대고 달려든 천이에게도 어느 정도 있다고 할 수 있는 것이지요. 또, 그 아이가 울음을 터뜨려 제가 주화입마에 빠지게 될 뻔했지만 그것은 자신의 실수를 참지 못한 여아의 순수함에서 나온 것입니다. 자신의 잘못에 눈물까지 터뜨릴 정도의 아이라면 장천의 색싯감으로 그리 나쁘지 않지 않습니까?]

구궁으로선 그의 말에 고개를 끄덕일 수밖에 없었다. 요즘에는 강호에 각 문파 간의 정략결혼이 판을 치고, 또 사기 결혼도 극성인지라 막상 요조숙녀인 줄 알고 혼인을 했다가 천하의 탕녀인 경우도 종종 있어 큰 논란이 되고 있었기에, 이 기회에 일찍 순수함을 가지고 있는 여아를 점찍어두는 것도 나쁘지 않다고 생각했기 때문이다.

[그럼 저 아이에게 이런 일을 시키는 것은……?]

[다 천이를 위한 것이지요. 방금 전에 말씀드렸던 것처럼 정화 소저는 저를 좋아하고 있었는데, 생각해 보십시오. 자신이 사모한 남자는 자신을 냉혹하게 대하는데 그 와중에 자신을 구하고 독사에게 물린 사람이 있다면 여자의 마음은 당연히 자신을 구한 사람에게 기울어질 수밖에 없는 것입니다.]

[음, 그렇군…….]

역시 강호오룡의 일 인으로서 많은 뭇 여성들을 울리고 다닌 요운은 뭔가 달라도 다르다고 생각하는 구궁이었다.

[그리고 또 한 가지 이유가 있습니다.]

[또 이유가?]

[예, 지금의 입장으로선 일단 경운문의 입장을 어느 정도 세워주어야 한다는 것입니다.]

요운의 말에 구궁은 또 이상하다 생각하며 되물을 수밖에 없었다.

[경운문의 입장을?]

[서로 원수 간으로 지낼 것이 아니라면 산서성의 줄이 없는 저희 쌍도문으로서는 중간 정도의 문파이긴 하지만 산서에 이름이 있는 경운문을 사귀어두는 것도 나쁘지 않다고 생각합니다. 지금의 상황에선 경운문의 문도가 큰 잘못을 저질렀는데, 만약 문도 중의 한 명으로 하여금 장천의 치료를 돕게 한다면 어느 정도 얼굴을 들 수 있는 입장이 되는 것이지요.]

[음…….]

[이 일로 쌍도문은 경운문에게 죄를 물을 수 없게 되는 것입니다. 일단은 경운문의 문도들이 사제의 치료를 위해 힘을 보탰으니까요. 하지만 그 죄를 물을 수 없을 뿐 사라진 것은 아니기 때문에 필요할 때 경운문의 도움을 요청할 수 있게 될 것이고, 그들로선 저희들의 요청을 거부할 수 없는 입장이 되는 것입니다.]

[오!]

구궁으로선 바람만 잡는 요운이 이렇게까지 깊은 생각을 했을 줄은 생각도 못했기에 탄성을 내질렀다.

[하하하. 아마 하백 대협도 이것을 어느 정도 알고 있었을 것입니다.]

[하백도?]

[예, 제가 느낀 바로 그는 머리가 비상한 자였습니다. 정심단을 장천에게 먹일 여제자를 요청할 때부터 저의 의도를 눈치 채고 있었던 것이지요. 그렇기 때문에 다른 여제자가 아닌 정화로 하여금 장천에게 정심단을 먹이게 한 것입니다.]

[음…….]

괜히 자기만 바보가 된 듯한 느낌에 구궁으로선 조금 기분이 상할 수밖에 없었지만, 명석한 두 사람 사이에 낀 것을 탓할 도리가 없는 그였다.

이렇게 두 사람이 이야기를 나누고 있는 동안 정화는 자신의 입에 정심단을 넣어서는 잘근잘근 씹은 후 천천히 장천에게 먹이기 위해 가까이 다가갔다.

아직도 정신을 차리지 못하는 장천을 보며 정화는 천천히 입술을 가져갔지만 생전 입맞춤이라곤 해보지도 못한 그녀인지라 긴장할 수밖에 없어 자신도 모르게 마른침을 삼켰다.

"꿀꺽… 헉!!"

아… 어찌하여 정화는 이렇게 일이 안 풀린단 말인가. 남자와 입을 맞추고 약을 먹여야 한단 생각에 긴장한 정화는 자신도 모르게 침을 삼켰는데, 안타깝게도 그녀는 장천에게 먹이기 위한 정심단을 입에 넣어둔 상태였기에 침을 삼킴과 동시에 약마저 사정없이 목구멍으로 집어넣어 버린 것이다.

이미 목구멍으로 넘어간 정심단을 손가락으로 꺼낼 수도 없는 노릇이니 어찌할 바를 모르던 정화는 너무나 놀라 눈물이 터져 나올 지경이었다.

'흐흐흑… 난 어떡해… 이젠 모든 것이 끝난 거야… 흐흑……'

도저히 요운에게 긴장해서 침을 삼키다가 약까지 삼켰단 말을 할 수가 없는 그녀로선 눈물마저 맺히고 있었는데, 그때 그녀의 곁에서 키득키득 웃는 소리가 들려왔다.

자신도 모르게 고개를 든 정화는 그곳에 장천의 독을 몰아내다가 요운과 교체한 무진이 있는 것을 볼 수 있었다.

무진은 장천의 독을 몰아내나 많은 내력을 소진한 탓에 운기조식을 취하고 있었고, 약간의 진기를 모은 후 천의 상태가 궁금해 대충 정리하고 운기조식을 마쳤던 것이다.

눈을 뜨자마자 보인 것은 약을 머금은 정화가 장천의 입술에 입을 맞추어 약을 전해주려고 하던 장면이었는데, 정화란 어린 소저가 그 순간 긴장하여 침을 삼킨다는 것이 약까지 삼켜 버리고는 울상이 되자 웃음이 터져 나올 수밖에 없었던 것이다.

정화는 무진이란 쌍도문의 사람이 자신의 일을 보았단 것을 깨닫고는 이제 모든 것이 끝났다고 생각할 수밖에 없었는데, 그때 자신의 입으로 무엇인가가 들어온 것을 알 수 있었다.

[정심단이오. 방금 있었던 일은 모른 척해줄 테니 그것을 씹어 장천에게 먹여주도록 하시오.]

그 순간 정화는 큰 안도감이 밀려올 수밖에 없었다. 도저히 빠져나갈 수 없는 고비를 이제야 넘길 수 있었기 때문이다.

조용히 무진을 보며 고개 숙여 인사한 정화는 다시 한 번 정심단을 씹은 후 이제는 실수하지 않고 장천의 입에 넣어주어 모든 일이 좋은 쪽으로 마무리될 수 있었다.

그럭저럭 비는 완전히 그치고 장천은 정신을 차릴 수 있었다.

독사에게 언제 물린 적 있느냐는 듯이 장천은 또다시 팔짝팔짝 뛰어다니기 시작했는데, 그것은 바로 정화가 자신에게 직접 정심단을 씹어서 입으로 먹였다는 이야기를 들은 후였다.

사랑하는 여인에게 첫 키스 비슷한 것을 받은 장천은 이제 연이 이어질 것이라 생각하며 기쁨이 넘쳐흐를 수밖에 없었는데, 아! 어찌 이 얄궂은 운명이 있을 수 있단 말인가.

장천을 다시 패배의 구렁텅이로 모는 일이 다음날 일어나고 말았으니…….

독에서 완전히 회복된 것을 기뻐하며 경운문의 문도들과 쌍도문의 문도들이 객점에 들러 축하주를 마시며 친목을 도모하는 것까진 좋았다.

"자! 장 소협도 한잔 드시게나."

"헤헤."

장천은 술도 한 잔 받으며 앞으로 자신 장인의 문파가 될 경운문의 문도들과 화기애애한 시간을 보낼 수 있었다.

이들에게 잘 보여야지 앞으로 정화와의 일도 잘 풀릴 것이란 어린 놈치곤 꽤 머리 굴린 생각을 하며 한 일이었다.

'크흐흐흐, 일이 잘 풀려 나간당……'

하백의 잔을 받으며 장천은 살짝 곁눈질로 여제자들과 같이 앉아 있는 정화를 볼 수 있었는데, 정화의 눈은 자신 쪽을 향하고 있었다.

그것도 볼을 살짝 붉힌 사랑에 빠진 소녀의 모습을 하고 있었기에 천으로선 자신이 목숨을 다해 독사에게서 그녀를 구한 보답을 받았다 생각하며 기쁨에 넘쳤고, 그런고로 하백이 권하는 잔을 꼬박꼬박 받아 마시다가 술에 취해 자빠질 수밖에 없었다.

즐거운 시간을 보낸 다음날, 두 문파의 문도들은 느글거리는 속을 움켜쥐고는 조반을 먹기 위해 객점의 식당으로 내려갔다.

장천도 무진과 같이 쓰라린 위를 부여잡으며 아직 어린 청소년에게 알코올이 얼마나 위험한 것인가를 느끼며 식당으로 내려올 수 있었다.

무진과 함께 자리에 앉은 장천은 시원한 콩나물 국이라도 먹었으면 하고 있었는데, 그때 주방에서 한 소녀가 대접을 쟁반에 올려서는 조심스럽게 들고 오는 모습을 볼 수 있었다.

'저것은… 꿀물!!'

이전에 정화가 요운에게 꿀물을 가져다 준 것을 알고 있던 천으로선 드디어 자신에게도 꿀물 같은 기회가 왔다고 생각하며 크게 기뻐하지 않을 수 없었다.

엄청난 기쁨에 눈에선 눈물까지 흘러나올 지경이었으니, 천천히 정화가 자신을 향해 다가오고 있자 장천으로선 기쁨에 넘쳐 있었다.

한 발자국 한 발자국씩 다가오는 그녀를 보며 이제 장천은 황홀함에 잠길 수밖에 없었다.

"대협님… 숙취에는 꿀물이… 좋다길래… 주방에 부탁해서… 꿀물을……."

"……."

"아! 이거 감사합니다."

아! 이건 신의 농락일 수밖에 없었다. 장천은 두 손을 내밀어 그녀가 가져온 꿀물을 받으려고 했는데, 애석하게도 그녀의 달콤한 꿀물은 자신이 아닌 옆 자리에 앉아 있는 자신의 사질 무진이 그 주인이었다.

이 상황을 좀처럼 이해할 수가 없는 장천은 멍하니 두 사람의 모습을 보고 있을 수밖에 없었고, 무진은 그녀에게 살짝 미소를 지어준 후 가져온 꿀물을 마시고는 만족의 미소를 보냈다.

"크흐흐흑……."

장천은 이제 완전한 패배감에 사로잡힐 수밖에 없었다. 목숨을 다해 독사에게서 구했건만… 사랑의 결실인 숙취 후의 꿀물을 예상 밖의 인물이 차지할지 누가 알았겠는가…….

식탁에 머리를 박으며 서러운 눈물을 뚝뚝 흘리는 장천의 모습은 멀리 있는 경운문의 문도들에게는 보이지 않았지만 한 탁자에 있는 쌍도문의 일행들에겐 적나라하게 드러나고 있었다. 요운과 구궁으로선 도저히 이해할 수가 없었다.

[요운 사제, 도대체 이건?]

[글쎄요. 어떻게 이런 일이…….]

요운으로선 자신에게 쏟아지던 장천의 원망이 사라졌다는 것에 안심할 수 있었지만 정화 소저의 상대가 장천이 아닌 다른 사람으로 돌아섰으니 이것은 또 다른 폭풍이 밀려오려는 전조일 수밖에 없었다.

이에 반해 연애에 대해선 별 관심을 기울여 보지 않은 곽무진은 정화가 준 꿀물이 어제의 그 위기를 구해준 보답이란 생각을 하고 있었다.

아무것도 모르는 그에게 이제 조용하고 냉혹한 장천의 마수가 다가오고 있었으니, 요운은 사형이라 대충 넘어갈 수 있었다지만, 과연 사질의 신분인 그는 어떻게 그것을 빠져나갈 수 있을 것인가…….

'어제의 그 시선이 내가 아닌 무진 형아였단 말인가… 도대체 내가 누워 있을 때 가증스러운 무진 형아가 어떤 수를 쓴 거지? 젠장… 요운 형은 이제 정화 소저가 나한테 넘어올 거라고 안심하라 했는데… 흑흑… 무진 형아… 아니, 이제부턴 형아도 아니다. 무진 사질… 죽음을 각오해라… 으드득…….'

두 번의 좌절, 그것은 어린 장천을 한 단계 더 성숙하게 한 반면 또 다른 성장으로 한 단계 더 잔인하게 만들고 있는 것이다.

한편 객점에서 가져온 조반을 보며 꿀물로 속을 개운하게 씻어버린 무진은 젓가락을 들어 음식을 집으려고 했는데 자신을 보는 요운과 구궁의 시선이 조금 이상하다는 걸 느낄 수 있었다.

'응?'

이상하게 생각한 무진은 두 사람을 멍하니 쳐다볼 수밖에 없었는데, 구궁은 불쌍하기라도 한 듯 혀를 차며 안타까워하고 있는 모습을 보여주고 있었다.

'도대체 무슨… 헉…….'

그제야 자신의 옆 자리에서 강한 살기 같은 것이 느껴진 무딘 성격의 무진은 공포에 질린 표정으로 천천히 고개를 돌릴 수밖에 없었는데, 그곳에는 살기 가득한 표정으로 자신을 보고 있는 장천이 있었다.

"어린 소저나 노리는 변태 유부남……."

"헉!!"

장천은 무진의 심장을 찢어버릴 듯한 엄청난 발언을 날리고는 고개를 돌려 그릇을 씹어 먹을 정도로 음식을 잘근잘근 씹기 시작했고, 그 순간 무진은 들고 있던 젓가락을 놓치며 충격에 빠질 수밖에 없었다.

'망했다…….'

그제야 일의 전말을 눈치 챈 무진은 천천히 고개를 돌려 경운문의 문도들을 쳐다봤으니, 멀리서 정화 소저가 자신을 보며 얼굴을 붉히고 있는 걸 확인할 수 있었다.

제6장
공동파의 꽃돌이를 만나다

[정말 난 아무런 관심도 없다니까…….]

"어허, 중요한 일도 아닌데 전음은 삼가게. 그리고 관심도 없다니, 그건 또 무슨 말인가, 사질?"

또다시 길을 떠난 장천 일행, 곽무신은 천의 옆에서 자신의 결백함을 주장하고 있었지만 천은 요지부동이었다.

무표정한 모습으로 말을 타고 가는 장천은 간간이 무진의 여린 가슴을 찢어뜨리는 말을 한마디씩 내뱉곤 했으니… 어린 소저를 탐하는 변태 유부남에서 시작하여 불쌍한 남궁소화, 만약 소화 누나가 사질이 바람피웠다는 이야기를 들으면 어떻게 생각할까? 엄마랑 소화 누나는 성격이 비슷한데… 등이니, 이 상태로 만약 쌍도문에 돌아간다면 무진은 뼈도 못 추릴 것이 분명한지라 그로선 다급할 수밖에 없었다.

실제로 바람이나 피웠다면 덜 억울하겠지만, 정화란 아이가 무턱대고 자신을 좋아하는 걸 무진이 어떻게 하겠는가?

정말 인기남은 괴로울 수밖에 없는 것이다.

장천에게 별 이야기를 다 해보아도 소용이 없던지라 무진은 구궁과 요운에게 암암리에 도움을 요청하고 있었지만, 장천의 불길이 자신에게도 미칠까 두려워하는 두 사람으로선 슬그머니 고개를 돌리며 모른 척할 수밖에 없었다.

냉정하다 말하는 이도 없지 않겠지만, 사실 한 번 구궁이 무진의 불쌍한 도움의 눈길을 거부하지 못하고 나선 적이 있었다.

"장 사제, 이제 이만하면 무진 사질을 용서하지 그러나."

"예? 무슨 소리입니까? 무진 사질이 저한테 죄라도 지었단 말씀입니까? 음⋯ 그런 것이 있으면서 아직도 말을 안 하고 있다니, 건방지다는 건 알고 있었지만 이건 도가 지나치군요."

"⋯사제⋯⋯."

"아! 구궁 사형의 형수님은 산채의 소두목 출신이라고 들었는데 맞습니까?"

갑자기 장천의 뜸금없는 말에 구궁은 이해하지 못한 얼굴로 고개를 끄덕였는데, 그때 장천의 입가에선 미소가 지어지며 말했다.

"그렇군요. 음⋯ 그나저나 이번에 갈 공동파에선 예쁜 소저가 없었으면 좋겠군요. 자칫 구궁 사형을 좋아하는 여인이라도 생긴다면 큰일이니까 말입니다."

"응?"

"아! 혼자 독수공방하셨을 형수님이 구궁 사형께서 예쁜 소저와 눈이라도 마주쳤다는 소리를 들으면 어떤 표정을 지으실지 궁금해서 말입니다."

"……."

이건 협박이었다. 다른 사람은 모르겠지만 어린 장천이 그런 이야기를 한다면 구궁의 아내는 완전히는 아니더라도 믿을 수밖에 없을 것은 분명한 일, 만약 그 성격 괄괄한 아내에게 장천이 말을 약간이라도 꾸민다면 그로선 무진이 당할 불상사에 못지않은 일을 당할 것이 분명했다.

"하하하… 사제는 재밌는 이야기를 하는군… 그래……. 계속 사질과 이야기를 나누게나……."

어쩔 수 없이 구궁은 자신의 패배를 인정하고 뒤로 물러설 수밖에 없었다. 사제가 불쌍하긴 했어도 일단 자신은 살고 봐야 할 것이 아닌가.

이런 이유로 무시무시한 마누라를 둔 세 사람은 어쩔 수 없이 장천에게 끌려 다니는 운명이 된 것이다.

[아무래도 상태가 조금 심한 것 같습니다, 사형.]

요운은 장천을 보며 심각한 얼굴로 구궁에게 전음을 보냈고, 그의 전음에 구궁은 고개를 끄덕이며 말했다.

[도대체 무진 사질이 어떤 도움을 주었길래 정화 소저에게 환심을 얻었는지 모르겠지만 그것으로 자네가 한 일이 말짱 도루묵이 되었으니 말일세……. 이렇게 가다가 쌍도문으로 돌아간다면 무진에게 튄 불똥이 우리에게까지 옮겨 붙을 수 있는데 말이야…….]

[그렇습니다. 어떻게든 해결할 방도를 찾아야 할 것 같습니다.]

[동감일세.]

두 사람은 서로 전음을 나누며 장천의 문제를 해결할 방도를 찾아 이야길 나누었지만 좀처럼 결론은 나지 않고 있었다.

장천의 생김새가 열다섯임에도 불구하고 아직 열 살도 되지 않은 꼬마로 보이는지라 정화 소저는 전혀 장천에게 관심을 두지 않는다는 것이 문제였다.

[일단 장천의 남자다움을 보이는 것이 우선인 것 같군요.]

[그렇지. 정화 소저가 보기에 아직 장천은 꼬마 이상으로 보이지 않을 테니까 말이야.]

[제가 자객 노릇이라도 해볼까요?]

[그건 안 되네. 우리만 있으면 모를까, 같은 정파에 속하는 문파인 경운문의 문도들까지 있는데 어찌 그런 일을 할 수 있겠는가?]

장천의 일이라곤 해도 같은 정파에 속한 경운문의 문도들을 속이는 것은 대장부인 구궁으로선 도저히 할 수가 없는 일이었던 것이다.

융통성이라도 조금 있어야지 하는 생각을 하는 요운이었지만, 어찌 보면 그런 것이 구궁 사형을 존경할 수밖에 없는 요인이란 생각이 들어 자신의 생각을 접을 수밖에 없었다.

[그렇담 공동파에 도착해서 검이나 한번 나누어보는 것은 어떻습니까?]

[대련을?]

[예, 장천 사제가 아직 초식 면에서 부족하긴 하지만 내력은 솔직히 우리들 중 가장 높지 않습니까?]

[그건 그렇네만, 장천 사제가 싸운다면 자네나 무진도 공동파의 제자들과 대련할 수밖에 없을 텐데, 만약 천 사제가 패한다면 자네들로선 문파의 체면도 있으니 그들과 무승부를 할 수도 없지 않은가?]

[그렇군요.]

구궁의 말에 자신이 내어놓았던 안의 문제점을 어느 정도 파악한 요운이었다.

이런저런 일로 정신없이 이어지는 여정은 어느덧 십수 일이 지나갔고 일행들은 공동산에 도착할 수 있었다.

공동산에 도착하자 하백은 말을 앞으로 몰아 나가 구궁을 보며 포권하고는 말했다.

"저희들은 여기서 이만 헤어져야겠군요."

"아니, 무슨 소립니까?"

하백이 다른 곳으로 간다는 말에 요운과 구궁은 다급해지지 않을 수 없었다. 세상에, 장천을 저 지경으로 만들어놓은 다음에 그냥 가겠다면 자신들은 어떻게 하라는 말인가?

구궁으로선 멱살이라도 잡고 못 간다고 말하고 싶었지만 그렇게 할 순 없는지라 속이 탈 수밖에 없었다.

"쌍도문의 여러분들과 함께하기 전에 이미 공동파에 들렀었는데 또다시 들른다는 것이 조금……."

"하하하, 그런 것쯤은 걱정 마십시오. 저희가 다 알아서 처리할 테니."

"그래도……."

"하하하, 걱정 마십시오. 감숙성은 어느 누구나 다 아는 것처럼 저희 쌍도문과 공동파가 양분하고 있다 할 수도 있지요. 공동파의 문주이신 천무성자 어르신은 본 문의 태사부이신 오립산님과 막역한 사이였습니다. 저희로서는 작은집을 찾아가는 것과 같은데 어찌 친우를 데리고 가는 것이 해가 될 수 있겠습니까?"

요운은 가볍게 포권하며 하백을 순식간에 친우 리스트에 올려놓았다. 이렇게까지 하는데도 가지 않는다면 예의에 어긋난 일인지라 그는 어쩔 수 없이 쌍도문의 일행과 동행할 수밖에 없었다.

"그렇다면 쌍도문의 여러분께 맡기도록 하겠습니다."

"예, 저희들만 믿으시지요."

하백이 마음을 바꾸어 뒤로 돌아가자 두 사람은 크게 한숨 쉬며 안심할 수 있었다. 지금 경운문의 정화 소저가 길을 달리하여 사라진다면 언제 만날지 모르는 상황이었기 때문이다.

[사제, 한시름 놓았네.]

[예.]

한편 자신들의 사제가 있는 곳으로 돌아간 하백은 길게 한숨을 내쉴 수밖에 없었다. 그런 그에게 한 여사제가 가까이 와서는 조심스럽게 물어보았는데, 그 여사제는 바로 하백을 좋아하는 미린이란 여인이었다.

"사형, 말씀드렸습니까?"

"말은 했지만 아무래도 공동산으로 가야 될 것 같군."

"사형!"

미린은 하백의 말에 크게 화를 내며 소리 질렀다.

"미안하다, 사매. 하지만 쌍도문에서 우리를 좀처럼 놓아주지 않으려 하니 난들 어떡하겠느냐."

"휴… 아무래도 쌍도문으로선 장천이란 소주와 정화 사매의 일 때문인 것 같은데… 하지만 다시 공동파로 갔다간 그 녀석이… 아… 생각도 하기 싫다."

"공동파 꽃돌이… 그 녀석만 없었어도 이런 고민은 하지 않았을 텐데……."

도대체 공동파의 꽃돌이가 누구이길래 하백과 미린은 이렇게 고심을 하고 있는 것일까?

공동파를 향해 가는 길에서 요운은 경운문의 제자들 표정이 심상치 않은 것을 보고 이상하게 생각지 않을 수 없었다.

'음… 아까도 조금 이상하긴 했지. 정화 소저와 장 사제를 연결시키려고 생각하는 하백이 왜 갑자기 우리와 헤어지려 했던 것일까? 조금이라도 더 안면을 익혀두면 두 사람이 연결될 가능성은 더 높을 것임을 하백 역시 알고 있을 텐데… 지금 저들의 표정과 그 일을 미루어본다면… 공동파로 가는 것을 꺼려하는 이유가 있다는 뜻인데… 도대체 뭐가 저들을 공동파로 가는 것을 꺼리게 한 것일까?

요운은 그들의 표정을 보며 대충 무엇인가가 있단 것을 짐작은 하고 있었지만 자세한 것을 모르고 있기 때문에 무어라 단정 짓지는 못하고 대충 그들이 꺼려하는 무엇인가가 공동파에 있단 것으로 생각할 수밖에 없었다.

두 문파의 일행들은 세 시진 정도 후 공동파의 건물이 눈에 보이는 곳에 다다를 수 있었다. 공동파로 천천히 말을 몰아가던 일행들은 길의 한쪽에서 보초를 서고 있는 네 명의 공동파 제자를 볼 수 있었는데, 그들은 일행들을 보고는 앞으로 나와 막고 포권지례하며 말했다.

"여기서부턴 외인은 말을 타고 들어가실 수 없습니다."

"알겠네."

공동파 제자들의 말에 일행은 모두 말에서 내렸고, 요운이 그의 앞으로 다가가서는 말했다.

"우린 쌍도문의 제자들이네. 이번에 쌍도문의 소주인 이대제자 장천이 귀문의 문주님을 찾아뵙고 인사를 드리려 하니 자네들이 전해줄 수 있겠나?"

요운의 말에 공동파 제자는 놀란 표정을 지으며 말했다.

"쌍도문의 손님이셨군요. 외람되오나 대협의 성함을 알 수 있겠습니까?"

"본인은 쌍도문의 이대제자인 무쌍도 요운이라 하며, 옆에 계신 분은 사형이신 신궁 구궁이라 하네."

"아! 강호오룡의 일 인이신 무쌍도 요운 대협이셨군요. 예, 됐습니다. 신분 확인 절차가 끝났으니 오르도록 하시지요."

공동파의 제자는 자신과 이야기하던 사람이 강호오룡의 일 인인 요운이란 것을 확인하고는 크게 놀란 표정 지으며 일행들을 통과시켜 주었다.

잠시 후 일행들이 공동파를 향해 오르고 있을 때 방금 지나온 초소 쪽에서 한 마리의 비둘기가 날아오르는 것을 볼 수 있었다.

"음, 과연 역사와 전통을 지닌 공동파로군."

"예. 사람이 직접 오르지 않고 비둘기를 통해 서한을 전달하다니, 저희 문파에서도 이 방법을 도입하는 것이 나쁘지 않을 듯싶군요."

구궁의 말에 요운 역시 비둘기를 이용한 전달 방법이 꽤 쓸 만하다 생각하며 말했다. 비둘기가 공동파의 건물로 날아 들어간 지 얼마 지나지 않아 거대한 건물의 문이 열리면서 몇 명의 제자들이 앞으로 나와 포권하며 일행을 맞이했다.

"먼 길 오시느라 고생하셨습니다. 공동파 접객당의 부당주를 맡고 있는 가형이라 합니다."

문이 열리면서 나온 공동파의 제자 중 청의를 입은 삼십 대 중반 정도의 남자가 일행의 앞으로 나와 포권하며 말하자 구궁 역시 포권지례를 취한 후 말했다.

"쌍도문의 구궁이라 합니다. 이런 시간에 귀 문을 찾은 것이 실례가 아닐지 모르겠군요."

"하하하, 공동파는 악의없는 손님이라면 언제, 어느 때에도 거절하지 않습니다. 자, 안으로 드시지요."

"예."

접객당의 부당주인 가형을 따라 쌍도문과 경운문의 일행은 접객원으로 안내되어 갔는데, 그는 무슨 이상한 생각이 들었는지 구궁을 보며 물었다.

"한데 뒤에서 계신 분들은 전에 본 문에 들르셨던 경운문의 분들 같은데?"

"하하하, 귀 문으로 오는 도중 경운문의 분들과 만나게 되었지요. 저희로선 공동파에 인사를 드리고 다시 길을 떠나야 되는데 마침 경운문의 분들과 여정이 같기에 동행을 청했습니다."

"아! 그러셨군."

가형은 그제야 경운문의 제자들이 있는 이유를 알았다는 듯 고개를 끄덕이고는 일행들을 안내해 들어갔다.

장천은 공동파의 규모에 크게 놀라지 않을 수 없었다.

쌍도문에서만 살아왔던 장천으로선 쌍도문도 상당히 크다고 생각했는데 공동파에 비교하면 마치 권문세가의 장원과 일반 평민들의 집 정도로 차이가 나 보였기 때문이다.

한참을 접객원에서 기다리고 있을 때 가형이 일행들에게 와서는 정중하게 포권하며 말했다.

"문주께서 지금 손님 분들을 만나고 싶다 하십니다."

"예."

가형의 말에 구궁과 일행들은 모두 일어선 후 그의 뒤를 따라 문주를 접견하기 위해 걸음을 옮겼다.

하백을 비롯한 경운문의 문도들은 자신들이 왔을 때와 대접이 확연히 다른 것을 보며 조금 격세지감을 느낄 수밖에 없었는데, 쌍도문이 공동파와 혈맹과도 비슷한 입장인 것을 생각하면서 마음을 추슬렀다.

가형의 뒤를 따라간 장천 일행은 문주가 머무르고 있는 만무전(萬武殿)에 도착할 수 있었다.

만무전 주위에는 십여 명의 공동파 제자들이 경비를 서고 있었는데, 한 사람 한 사람의 몸에서 느껴지는 기운이 결코 예사롭지 않은지라 어린 장천은 과연 공동파로구나 하는 생각을 할 수밖에 없었다.

만무전 안으로 들어서자 거대한 대청의 끝에 칠순 정도의 청의노인이 자리를 지키고 앉아 있었고, 그 밑으로 십여 명의 중년 무사들이 자리를 잡고는 앉아 있었는데 그 숫자는 많지 않았지만 이들이 내뿜는 기운 때문에 장천은 정신을 못 차릴 정도였다.

이들 중년 무사들은 공동파의 장로들과 각 당의 당주들이었다.

한 명 한 명이 무림에서 내로라하는 무명을 가진 고수들로, 지금 만무전에 있는 이들이 바로 공동파를 이끌고 있는 일진이라 할 수 있었다.

구궁은 포권지례하며 청의노인에게 정중하게 인사를 했다.

"쌍도문의 이대제자 구궁, 공동파의 천무성자님께 인사드립니다."

"오! 몸집이 장대하여 누군가 했더니, 활을 잘 쏜다는 양 조카의 제자 구궁이로구나."

청의의 노인, 그가 바로 현 공동파의 문주인 천무성자(天武聖子) 양세기(陽世氣)였다.

구궁은 양세기의 말을 듣고 천천히 앞으로 나가 문주의 곁에서 시립해 있는 한 장년의 무사에게 품에서 함을 하나 꺼내 건네주었다.

장년의 무사는 함을 받아 뚜껑을 열어 조심스럽게 문주에게 두 손으로 가져갔는데, 함 속의 물건을 본 양세기는 크게 놀라는 표정을 지으며 말했다.

"호오, 이건 쌍도문의 비전환단이라는 만화신단이 아닌가?"

"예, 그렇습니다. 저희 문주께서 천무성자 어르신의 몸이 안 좋다는 이야기를 듣고 크게 걱정하며 소주를 인사도 시킬 겸 만화신단을 전해드리라 하셨습니다."

"오! 이거 등평 문주께 큰 선물을 받게 되었군."

만화신단을 받은 양세기는 그게 기뻐하는 얼굴을 감추지 못하고 있었는데, 쌍도문의 비전환단인 만화신단은 내공을 늘려주는 청심단과 함께 쌍도문의 이대비전환단에 속해 있는 약이었다. 만화신단은 오립산이 수십 년 동안 모은 수많은 약초를 제련하여 만든 환단으로 내공에는 도움이 되지는 않지만 원기를 회복하는 데는 큰 효과가 있었다.

양세기로선 과거 오립산이 살아 있을 때 만화신단을 얻은 적이 있었는지라 그 효능에 대해서는 누구보다 더 잘 알고 있다 해도 과언이 아니었다.

"그래, 쌍도문의 소주는 누구신가?"

만면에 미소 지으며 양세기가 소주가 누구인지를 묻자 장천은 앞으로 나서서는 포권지례하며 자신의 소개를 했다.

"쌍도문의 이대제자 장천이 천무성자님께 인사드립니다."

장천이 앞으로 나서서 인사하자 양세기는 크게 놀라는 표정을 지을 수밖에 없었다. 쌍도문의 새로운 소주가 열다섯 정도의 나이라 알고 있었기에 그는 내심 곽무진을 소주라 생각하고 있었는데, 예상을 깨고 열 살도 안 된 것 같은 아이가 나와 인사를 했기 때문이다.

"허허, 장천 소협은 잠시 나에게로 가까이 오지 않겠는가?"

하지만 쌍도문의 소주라면 무언가 다른 것이 있을 것이란 생각을 한 양세기가 장천을 보며 가까이 오라 말을 했고, 장천은 고개를 숙이고는 천천히 그의 앞으로 다가갔다.

"잠시 맥을 짚어보아도 괜찮겠는가?"

"예."

양세기가 갑자기 자신의 맥을 짚어본다는 말에 장천은 조금 당황하긴 했지만 뭐, 별문제없을 거란 생각에 자신의 손을 내밀었고, 양세기의 쭈글쭈글한 손은 장천의 부드러운 아기 피부를 만질 수 있었다.

잠시 맥문을 짚어보는 건 과연 장천의 내력이 어느 정도나 될까 궁금해서였는데, 그 내공의 양을 알아본 순간 그는 크게 놀라지 않을 수 없었다.

열다섯의 나이라고 보기엔 단전에 있는 내공이 상당히 높았기 때문이다.

"오! 쌍도문에서 뛰어난 인재를 소주로 맞이했구나."

크게 감탄한 표정을 지은 천무성자 양세기는 장천의 손목을 놓아 주고는 무슨 생각에 잠긴 듯하다가 옆에 있는 중년의 무사를 보며 말했다.

"예 당주는 지금 가서 내 거처에 있는 도를 가져오도록 하게."

"예."

양세기의 명령을 들은 예 당주는 고개를 숙인 후 만무전에서 나갔다. 그가 나가자 천무성자는 장천을 보며 물었다.

"그래, 소협은 귀 문의 무공 중 가장 자신있는 것이 무엇이던가?"

"아직 어설픈 솜씨이기는 하지만 다행히 쌍룡승천도법만큼은 구성 정도를 성취했습니다."

"오! 쌍룡승천도법을 구성이나 성취하다니, 뛰어난 기재로고."

양세기는 쌍도문의 쌍룡승천도법이 입문 무공이긴 하지만 그것을 익히는 것이 상당히 까다롭다는 걸 알고 있었기 때문에 구성이나 익힌 장천의 재능에 감탄하였다.

한참을 이런저런 이야기를 나누고 있을 때 문주의 명을 받고 칼을 가지러 간 예 단주란 중년의 무사가 돌아와 조심스레 푸른색의 용이 양각되어 있는 겁집의 도를 바쳤는데, 양세기는 그것을 받아 장천의 손에 올려놓고는 말했다.

"내 쌍도문의 소주가 인사를 하러 왔는데 줄 것이 마땅치 않아 젊었을 때 내가 쓰던 고물 칼밖에 줄 것이 없네."

그렇게 말하면서 도를 건네주었는데, 그것을 보고 있던 공동파의 한 장로가 크게 놀란 듯한 표정을 지으며 말했다.

"문주! 그 도는 화룡신도가 아닙니까!"

장로의 말에 구궁과 요운은 크게 놀라지 않을 수 없었다. 화룡신도는 강호십대신병의 열 번째에 속하며 천무성자 양세기가 마흔이 되었을 때 누군가에게 선물받은 보도로, 칼 자체에 불의 기운이 잠재되어 있기 때문에 그것에 베인 자는 화상을 입는다고 알려진 절세의 신도였다.

강호십대신병의 말좌를 차지하고 있다곤 하지만 강호십대신병이라는 그 자체가 세상에서 그리 쉽게 구할 수 없는 신병만을 모아 서열을 매겨놓은 것이기 때문에 그 말좌라 해도 그 가격은 돈으로 매길 수 없는 귀한 것이었다.

구궁이 바친 만화신단이 비싼 물건이라곤 하지만 천무성자가 장천에게 건네주는 화룡신도에 비한다면 껌값이라고밖에 말할 수 없었다.

장천 역시 강호십대신병에 대해서 들은 적이 있는지라 크게 놀라지 않을 수 없었다.

마음 같아선 잽싸게 가로채고 싶었지만 장춘삼으로부터 상대에게 너무 과한 선물을 받는다면 나중에 그에 합당한 답례를 해야 한다고 배웠기 때문에 도저히 화룡신도에 준하는 답례를 할 수 없다고 판단한 장천은 사양할 수밖에 없었다.

"천무성자님의 말씀은 고맙지만 어린 제가 받기에 화룡신도는 너무 과한 듯합니다."

하지만 장천의 사양을 들은 양세기는 고개를 저으며 말했다.

"과하지 않네."

"하지만……."

장천이 도저히 받지를 못하고 있자 그는 무슨 생각이 났는지 손바닥을 치고는 말했다.

"그렇다면 소협이 이 도를 받는 대신 나중에 공동파에서 부탁하는 일을 한 가지 들어주는 것은 어떤가?"

양세기가 그 조건과 함께 도를 내미는지라 이번에도 거절하는 것은 예의가 아니란 생각에 장천은 공손히 두 손으로 도를 받으며 말했다.

"예, 천무성자님의 선물을 받도록 하겠습니다."

"허허허, 공짜가 아니니 명심해 두게나."

"예, 명심하도록 하겠습니다."

도를 받은 후 얼마 정도 이야기를 더 나눈 일행들은 접객당으로 돌아올 수 있었다.

장천은 접객당에 돌아온 후 자신이 받은 화룡신도를 보며 기분이 들떠 어쩔 줄을 몰라 하고 있었다.

"와!! 내게 십대신병의 하나가 생기다니… 크흐흐흐!"

무릇 무사란 무공과 병기에 대해서 그 어떠한 것보다 관심을 많이 가질 수밖에 없는지라 장천으로선 마치 천금이라도 얻은 듯한 기분이었다.

요운은 십대신병 중 하나인 화룡신도라는 게 어떤 것인지 궁금하지 않을 수 없었기에 도를 들고 날뛰고 있는 장천에게 가서는 말했다.

"사제, 그 도를 잠시 볼 수 있겠는가?"

"음……."

장천이 도를 잠깐 보겠다는 자신의 말에 가늘게 눈을 뜨며 수상하단 표정을 지어 조금 당황한 그였다.

"뭐야! 이 사형이 그 도를 뺏기라도 할 것 같다는 그 눈은!!"

요운이 황당하다는 듯이 말하자 장천은 어쩔 수 없다는 듯 손을 내젓고는 보도를 내어주며 말했다.

"때 타지 않게 조심해서 보도록 해."

"……."

도를 건네주면서 당부하는 장천의 말에 요운은 식은땀을 흘릴 수밖에 없었지만 이내 고개를 흔들어 식은땀을 떨구며 천천히 화룡신도를 도집에서 뽑았다.

"음······."

화룡신도를 뽑아 든 요운은 그 모습이 일반도와 별로 다르지 않은지라 신음을 낼 수밖에 없었다. 명도라 하기엔 그 예기도 그렇게 날카롭지 않은데다가 도광 역시 신도 같은 느낌이 전혀 들지 않았기 때문이다.

"요운, 한번 내공을 집어넣어 보도록 해라."

"내공이요?"

검을 뽑고는 실망한 표정을 하고 있던 요운과 장천의 표정에 구궁이 크게 웃으며 요운에게 말했다.

요운은 구궁의 말에 천천히 자신의 내공을 화룡신도에 주입했는데, 그 순간 크게 놀라지 않을 수 없었다.

아무런 내공도 주입하지 않고 뽑았을 때는 보통의 칼보다 못한 것 같은 모습의 도가 내공을 주입하자마자 예리한 예기를 뿜어냄과 동시에 뜨거운 불길과 함께 붉은 도광을 사방에 뿌리기 시작했기 때문이다.

"괴··· 굉장하다!"

요운과 장천은 그 모습에 놀라 자신도 모르게 탄성을 내지를 수밖에 없었는데, 그것을 보고 있던 구궁이 화룡신도에 대해서 설명해 주기 시작했다.

"화룡신도는 천무성자께서 마흔이 되던 해에 얻었다고 한다. 처음에는 천무성자께서도 보잘것없이 생긴 칼에 실망하셨지만 내공을 주입하자마자 뜨거운 화기를 뿜는 화룡신도에 감탄하셨다고 하지."

"그렇군요."

요운은 좀처럼 화룡신도에서 눈을 떼지 못하고 있었는데, 그것을 보며 재빨리 장천이 칼을 뺏어서는 도집에 집어넣었다.

"입맛 다시지 마. 절대로 안 줄 거니까."

"쳇."

장천의 말에 요운은 치사하단 표정을 지을 수밖에 없었다.

한편 화룡신도의 일로 쌍도문의 일행들은 기뻐 날뛰고 있는 반면 경악에 경악을 금치 못하여 분개하는 이들도 없지 않았는데, 바로 문주인 청무성자의 제자들이었다.

현재 공동파는 두 개의 세력으로 양분되어 있다 해도 과언이 아니었는데, 그 첫 번째 부류는 양세기의 수제자인 파사대협(破邪大俠) 우문강(宇文姜)을 위시한 강경파였다.

우문강은 무공도 무공이지만 머리 또한 뛰어난 인물로 현재 공동파 무룡당의 당주를 맡고 있었다.

또, 한 부류는 양세기의 세 번째 제자인 파천신도(破天神刀) 강량(江亮)을 위시한 온건파였다. 문주인 양세기를 제외하면 그가 공동파에서 무공이 가장 높은 인물이었다.

현재 차대 공동파의 문주는 이 두 사람 중 한 사람이 맡는다 해도 틀린 말이 아니었다.

파사대협 우문강의 처소는 이 일로 난리가 나 있었다.

"사부! 문주께서 어떻게 이러실 수 있습니다? 십대신병에 속한 화룡신도를 타 문파의 어린 꼬마에게 선물로 주시다니, 도저히 이해할 수가 없습니다."

파사대협이 거처하고 있는 전각 안에선 이 일로 강경파에 속하는 장로들은 물론이요, 파사대협의 제자 세 명도 모여 있었다.

파사대협의 앞에 있는 이십 대 후반의 청의를 입은 청년은 건방지게 사부의 안면에 침까지 튀겨가며 열변을 토하고 있었는데, 그런 사소한 실수는 신경 안 쓴다는 듯이 우문강은 얼굴에 흥건히 고인 침을 소매로 닦아내면서 말했다.

"나 역시 이 일에 대해서 말씀드렸지만 사부님의 결정은 단호하신 듯하구나. 또, 이미 쌍도문의 소주란 꼬마에게 화룡신도가 넘어간 상태이니 다시 달라고 하는 것도 우습게 보일 수 있어 아무 말도 못하고 있는 것이다."

"하지만 화룡신도가 어떤 칼입니까! 문주님께서 화룡신도를 손에 넣으신 후 보인 신위로 강호의 무사들은 화룡신도를 곧 천무성자 태사부님의 증표이며 공동파 문주의 증표로 알고 있는데 어찌 그런 칼을 외인에게, 그것도 갓 삼류문파를 벗어난 어줍지 않은 문파의 소주에게 줄 수 있단 말입니까?"

실제로 공동파에는 문주를 상징하는 증표가 따로 있었지만 현재의 강호에선 화룡신도를 문주의 증표로 알고 있는 사람이 태반일 정도였기 때문에 그만큼 공동파에서 화룡신도는 상당히 중요하다 할 수 있었다.

이런 것을 모두 아는 파사대협이었기 때문에 그 이야기가 나오자 인상을 찌푸리지 않을 수 없었는데, 청년은 더 이상 참지 못한다는 듯 사부인 그를 보며 말했다.

"이렇게 된 바에 녀석들에게 다시 화룡신도를 뺏어오겠습니다!"

"어떻게?"

청년의 말을 반대할 생각은 없는지 파사대협이 그 방법을 물어보자 청년은 주먹을 쥐며 말했다.

"본래 강호에선 능력이 안 되는 자에게 신기란 도리어 화를 불러온다는 이야기가 있습니다. 저희들은 화룡신도가 사파의 손에 들어가서는 안 된다는 논리를 내세워 쌍도문의 소주와 약간의 연무를 가진 후 녀석이 진다면 그가 제대로 된 능력을 키울 때까지 공동파에서 맡고 있는다 하면 되지 않겠습니까?"

"음… 하지만 속이 훤히 드러나 보이지 않느냐?"

"무슨 말씀이십니까? 어차피 강호란 권모술수가 판을 치는 곳입니다. 어느 정도의 명분만 있다면 살인도 정당함이 성립되는 곳인데 어찌 한 문파의 상징이라 할 수 있는 신도를 보호하는 명분이 어줍지 않다 할 수 있겠습니까?"

청년의 말에 파사대협은 입가에 음흉한 미소를 지으며 말했다.

"네 녀석이 그 일을 해낼 수 있겠느냐?"

"사부께서 저에게 맡겨만 주신다면 다시 화룡신도를 찾아오도록 하겠습니다."

"좋다. 이번 일은 모두 고도리(高道理), 너에게 맡기도록 하마."

"예, 사부. 반드시 화룡신도를 찾아오도록 하겠습니다."

파사대협의 제자인 고도리는 포권하며 말하고는 주먹을 쥐며 전의를 불태우기 시작했다.

다음날 장천 일행은 천무성자에게 인사하고 다시 길을 떠나려 만무전으로 향하고 있었는데, 그때 그들 앞으로 일단의 공동파 제자들이 앞을 가로막으며 나타났다.

"꺅!"

그 순간 이번에 문주에게 인사를 하려고 장천 일행들과 같이 만무전으로 향하고 있던 하백과 그의 사매인 미린이 크게 놀란 듯 비명을 질러 일행들은 크게 놀라지 않을 수 없었다. 그때 공동파의 제자 중에서 한 남자가 미린의 얼굴을 보곤 크게 기뻐하는 듯한 표정으로 말했다.

"아! 경운문의 미린 소저 아니십니까?"

남자는 미린을 보고는 정말 반가웠는지 뛰어가서 덥석 아녀자의 손을 잡았는데, 그것을 보며 크게 놀란 그녀는 손을 잽싸게 빼버리고 고개를 돌리며 말했다.

"고 대협을 만나니 반갑네요."

하지만 반갑다는 말과 달리 그녀의 표정에는 귀찮은 표정이 역력했는데, 그런 것에도 아랑곳하지 않는 고도리란 청년은 다시 그녀의 손을 잡으며 말했다.

"내 사부님께 말씀드렸으니 근시일 안에 경운문으로 사람이 갈 것입니다. 잠시만 기다리시지요."

"무슨 소리에요!"

사람을 보낸다는 말에 미린은 크게 놀라지 않을 수 없었는데, 하백의 경우 그 말에 얼굴색까지 시퍼렇게 변해가고 있었다.

미린으로선 고도리란 남자가 별로 마음에 들지 않았고, 진정으로 좋아하는 남자는 하백이었다.

하지만 중간 정도의 문파에 지나지 않는 경운문으로선 구파일방의 하나인 공동파에서 사람을 보내어 미린 소저에게 정식으로 청혼을 한다면 거절하지 못할 일인지라 미린이 크게 당황한 것이다.

"하하하! 아! 잠시만 기다리십시오. 몇 가지 일을 처리한 후 우리 둘의 미래에 대해서 자세히 이야기해 보도록 합시다."

싫어하는 표정이 역력한 미린은 아랑곳하지 않고 그는 자신의 할 이야기만을 쏙 하고 빠져 버리더니 어린 장천의 앞으로 걸어가 가볍게 포권을 하며 말했다.

"귀하가 쌍도문의 소주라는 장 소협이 맞습니까?"

"예, 제가 쌍도문의 장천인데 무슨 일이십니까?"

장천의 말에 고도리는 잠시 헛기침하고는 손가락을 들이밀며 소리 쳤다.

"나! 공동파의 삼대제자 고도리는 장천 소주에게 대련을 신청하는 바입니다."

"예? 대련이라니요?"

장천은 갑작스러운 말에 놀라지 않을 수 없었는데, 그는 장천의 허리에 차여 있는 화룡신도를 가리키며 말했다.

"귀하가 본 파의 문주이신 천무성자님께 받은 화룡신도는 본 파의 신물이라 해도 과언이 아닙니다. 그런 이유로 화룡신도가 자칫 사파의 손에 넘어가지 않을까 걱정하지 않을 수 없기에 과연 소주께서 화룡신도를 가질 자격이 있는지 알아보고자 힘입니다."

"음……."

그제야 고도리가 말하는 내용이 무엇인지 파악할 수 있었던 장천은 요운과 같이 자신의 화룡신도를 탐내는 무리라 생각하여 이를 갈며 경계하기 시작했다.

요운은 공동파에서 말이 있으리라고는 생각했지만, 설마 이들이 체면을 생각지도 않고 노골적으로 다가올 줄은 예상하지 못했기에 인상을 찌푸리곤 포권하며 말했다.

"본인은 쌍도문의 요운이라 하오. 천무성자께서는 분명 본 파의 소주께 화룡신도를 선물로 주었다는 것을 아실 텐데 그것이 무슨 소리이십니까?"

"하하하! 물론 요운 대협의 말이 틀린 건 아닙니다. 하지만 보통의 보도라면 모를까? 강호십대신병에 속하는 화룡신도라면 그 말이 달라질 수밖에 없습니다."

"달라지다니요?"

요운은 고도리의 말을 이해하지 못하고 되물을 수밖에 없었고, 그는 헛기침을 몇 번 하고 그 이유를 설명하기 시작했다.

"요운 대협도 아시다시피 화룡신도는 양강의 힘을 가진 자가 사용할 경우 그 힘이 배가되는 놀라운 신병입니다. 물론 소유권은 이미 쌍도문 측에 넘어갔다곤 하지만 만약 그 칼이 사파의 사악한 무리에게 떨어진다면, 그것도 양강의 무학을 지닌 인물에게 떨어진다면 그 칼로 인해 수많은 정파의 사람은 물론 양민들까지 다칠 수 있으니 이것은 단순히 한 문파의 일이라곤 볼 수 없게 되는 것입니다. 그런 이유로 저희들은 만약 귀 파의 소주께서 화룡신도를 제대로 지켜내지 못한다면 당분간 화룡신도를 보관하고 귀 파의 소주께서 자신있게 화룡신도를 지켜낼 수 있을 때 다시 돌려 드릴 생각입니다."

"음……."

쉽게 말하면 능력이 없으면 내놔라라는 뜻의 말인지라 요운으로선 고도리의 억지에 치가 떨릴 지경이었다. 또, 장천이 화룡신도를 자신있게 지켜낼 경지에 이른다면 돌려준다는 말은 어찌 보면 영영 돌려주지 않는다는 말과 다름이 없었다.

어차피 제대로 된 기준선이 없느니만큼 장천이 나중에 무공이 크게 성장한다 해도 그 기준선을 높이면 화룡신도를 돌려받을 수 없기 때문이다.

고도리의 이런 영악한 생각에 요운으로선 고심하지 않을 수 없었다.

물론 그가 말한 대로 대련을 통해 장천이 이긴다면 별문제가 없기는 하지만, 솔직히 말해 고도리란 자를 상대로 장천이 승리를 거둔다는 것은 무리가 있는 일이었다.

매화공자 고도리, 일명 꽃돌이라는 이름을 가지고 있는 이 남자는 공동파의 후기지수 중에서 두각을 나타내고 있는 인물로 강호오룡에는 그 이름이 올라 있지 않았지만 그 무공의 능력은 오룡과 비교해서 손색이 없다고 알려져 있었다.

특히 그가 익히고 있는 현명신장(玄冥神掌)과 복마십팔도법(伏魔十八刀法)은 사파의 인물들이라면 치를 떨게 만들게 한 그의 독문무공인지라 입문 도법인 쌍룡승천도법만을 겨우 구성의 경지에 다다른 장천은 이길 가능성이 전무했다.

"그렇다면 제가 대련의 상대가 되어도 상관이 없겠군요."

"무슨 말씀이십니까?"

"귀하께선 만약 쌍도문이 사파로부터 화룡신도를 지켜내지 못할까 염려되어 말씀하시는 것이 아닙니까? 그렇다면 제가 그 대련을 한다 해도 상관없는 일 아닙니까?"

요운은 장천이 아닌 자신이 고도리와 싸우겠다고 앞으로 나서고 있었는데, 이미 그것도 대책이 서 있었는지 그는 미소를 지으며 말했다.

"요운 대협께선 귀 파 소주의 사형이 아닌 경호 무사였습니까?"

"무슨 말씀이십니까?"

고도리의 말에 요운은 그 진의를 깨닫지 못하고 있었는데, 요운을 보며 그는 알아듣게 말을 했다.

"제 말은 언제까지나 요운 대협께서 장천 소주를 지켜낼 수 있는가 하는 것입니다. 장 소협도 인간인지라 사소한 일을 처리하는 일이 없지 않을 텐데, 요운 대협께선 그런 일까지 소주를 보호하기 위해 움직일 수 있다고 생각하십니까?"

"음……."

그제야 고도리란 자가 말한 바를 알아듣고는 인상을 찌푸렸다. 이미 공동파에선 단단히 준비를 하고 나왔다고밖에 생각할 수 없었다.

화룡신도의 새로운 적으로 등장한 고도리를 보며 장천은 이를 박박 갈고는 있었지만 섣불리 대련을 하자고 말은 하지 못하고 있었다.

마음 같아선 당장이라도 그가 말한 대로 대련을 받아들이고 단번에 쓰러뜨리고 싶지만 현실적으로 그것이 불가능하다는 것을 알고 있었기 때문이다.

일단 내공에서는 자신이 앞선다지만 내공을 제외한 모든 면에선 고도리와 상대가 되지 않기 때문이다.

물론 쌍룡승천도법 하나에 한해서는 요운과 버금갈 정도로 익혔다고 할 수 있었지만 쌍룡승천도법 하나로 해치울 수 있는 상대가 아니었다.

고도리의 도발이 계속되는 가운데 장천 일행들은 앞으로 가지도, 뒤로 물러서지도 못하는 상황이 되어버렸는데 그때 구궁이 앞으로 나서며 말했다.

"고 소협이라 하셨습니까?"

"그렇습니다."

"좋습니다. 장 사제와의 대련을 사형인 제가 허락하지요."

"사형!!"

장천과 요운은 구궁의 말에 크게 놀라지 않을 수 없었는데, 구궁은 인상을 쓰며 뒤에 있던 사제들에게 말했다.

"사제들은 쌍도문의 명예를 무너뜨릴 작정인가?"

"예?"

"이 대련을 거부한다면 감숙성에서의 쌍도문 명예는 땅으로 추락하고 만다. 화룡신도? 그것이 십대신병에 속한다고는 하지만 쌍도문의 명예보다 더 가치가 있다고 볼 순 없다."

구궁의 말이 틀리지는 않은지라 요운과 장천은 아무런 반박도 할 수가 없었다. 한참을 생각에 잠겨 있던 장천은 자신 역시 이런 자에게 꽁무니를 빼고 싶지 않았기에 고개를 끄덕이고는 말했다.

"알겠습니다. 사형의 말씀대로 고 대협과 대련을 하도록 하지요."

"잘 생각했다."

대련이 결정되자 고도리는 이미 승리를 얻었다는 듯한 미소를 지으며 일행들을 공동파의 연무장으로 안내했다.

고도리가 안내한 공동파의 연무장은 정제자들이 연무를 하는 곳이지만 현재는 새로운 건물이 증축되면서 폐기하려던 곳이었다.

그런 이유로 사람들의 인적이 뜸할 수밖에 없어 이목을 감춘 대련을 하기에는 적합한 장소였다.

고도리는 일행들을 이곳으로 안내한 후 연무장의 가운데로 걸어나가 가볍게 몸을 푼 후 장천을 보며 말했다.

"장 소협, 이제 겨루어보도록 할까요?"

고도리의 말에 장천은 고개를 끄덕이고 앞으로 나가 검을 뽑아 들었는데, 그때 구궁이 그의 곁으로 가서는 말했다.

"사제, 화룡신도를 사용하도록 해라."

"화룡신도요?"

"그렇다. 어차피 이 대련은 네가 과연 화룡신도를 가질 수 있는 자격이 있는가 없는가이기 때문에 그것을 사용한다 해도 이상할 것은 없지."

구궁의 말에 장천은 고개를 끄덕이고는 화룡신도를 꺼내 들었다. 장천의 손에는 장춘삼이 건네준 칼과 화룡신도 두 자루가 들려져 있었는데, 그때 그의 귀로 요운의 전음이 들려왔다.

[사제, 듣기만 해라. 아마 고도리란 녀석은 사제를 얕잡아볼 것이 분명하다. 처음에는 현명신장이나 복마십팔도법을 사용하지 않을 것이니 사제는 그 틈을 타 일격에 녀석을 물리쳐야 할 것이다.]

요운의 전음을 들은 장천은 고개를 끄덕이고는 앞으로 나서며 공동파의 고도리를 보며 천천히 기수식을 취했다.

장천이 취한 기수식은 쌍룡승천도법의 쌍룡입수 자세였다.

'내가 저 녀석을 이길 수 있는 방법이라곤 기습뿐이군…….'

장천은 자신의 내공이 다른 후기지수들보다는 한 수 위의 경지에 달해 있는 것을 알고 있었기에 내공을 이용한 기습 작전을 생각하고 기회를 엿보기 시작했다.

"그럼 제가 먼저 공격을 하도록 하지요. 후후."

고도리는 장천이 기수식을 취하자 자신 역시 가볍게 기수식을 취한 후 앞으로 몸을 날리며 말했다.

요운의 말대로 고도리는 처음부터 자신의 특기인 현명신장을 사용할 생각은 없는지 공동파의 입문 장법인 풍변이십사장(風變二十四掌)을 사용하여 공격해 들어오기 시작했다.

풍변이십사장은 바람과 같이 경쾌할 뿐만 아니라 그 변화가 뛰어나 공동파에서 입문 무공으로 채용하고 있는 장법이었는데, 초식 자체는 별 나무랄 데가 없지만 일격필살의 기술이 없는 이류장법에 불과했다.

하지만 그것이 장법이 특기인 고도리의 손에서 펼쳐지자 그 변화는 눈이 어지러울 정도였다. 마치 수십 개의 손이 사방에서 몰아치는 것 같은 느낌이었는데, 고도리의 풍변이십사장을 보며 장천은 쌍룡승천도법의 방어 초식을 사용하여 그의 장을 막아서고는 있었지만 경험이 부족해 순식간에 밀리기 시작하면서 한 식경 정도 지났을 땐 고도리의 오른 손바닥에 어깨를 강타당하고 말았다.

"큭!!"

왼쪽 어깨를 강타당한 장천은 급히 뒤로 몸을 날려 상대의 공격 범위에서 몸을 피했지만 고도리는 장천을 우습게 보았는지 그 절호의 기회를 가만히 지켜보고만 있을 뿐이었다.

"치잇!"

무인이 무예를 겨룸에 있어 상대에게 우습게 보여 패배를 면한다는 것은 극히 수치스러운 일인지라 장천이 이를 갈 수밖에 없었는데, 그런 장천을 보며 고도리는 고개를 저으며 말했다.

"아무래도 안 되겠군요. 어디 장 소협이 한번 공격해 보시지요."

그렇게 말한 고도리는 두 손으로 상대할 것도 없다는 듯 왼손을 뒤로 돌려서는 오른손만을 까딱거리고 있었다. 장천은 더 이상 참지 못하고 땅을 박차 하늘로 몸을 날렸다.

하늘로 날아오른다는 것은 경공술에 자신있지 않다면 결투에 있어서 자제해야 하는 수법이었다.

대지에 발을 딛고 있는 것과 달리 공중에선 몸을 자유롭게 움직일 수 없기 때문이다. 고도리는 장천이 하늘로 몸을 띄우자 아직 경험이 없어 그런 것이라 생각하며 오른손을 들어 내려오는 순간을 틈타 공격해 들어가려고 했는데 그 순간 놀라운 일이 벌어졌다.

하늘로 치솟아올라 간 장천을 보며 일장을 가하려고 했는데, 그 순간 회전을 하며 내려오던 장천이 왼손에 들고 있던 도를 떨어뜨렸기 때문이다.

처음에는 초식 도중 실수하여 도를 떨어뜨렸다고 생각하며 고도리는 승리의 미소를 짓곤 내려서는 장천을 향해 일장을 질렀는데, 그 순간 장천의 입가에서 미소가 흘러나왔다.

고도리는 떨어지는 그 순간을 이용하여 일장을 질렀기에 공중에서 낙하하며 몸을 마음대로 움직일 수 없는 장천이 그 공격을 피할 도리가 없다고 생각했으나 장천은 이미 공중에서 몸을 놀릴 수 있는 발판을 만들어두고 있었던 것이다.

바로 공중에서 내려오며 떨어뜨린 칼이 그 받침대였는데, 경공술로 그 속도를 떨어뜨리고 있던 장천은 정확한 지점에서 공중에 떠 있던 칼을 발판 삼아 몸을 튕겨내었다.

"헉!!"

무공을 익힌 자들은 눈 깜짝할 시간이라도 생사가 갈릴 수 있었는데, 왼손을 사용하지 않겠다고 뒷짐지고 있던 고도리로선 도저히 장천의 변화에 대처할 수가 없었다.

"찻!!"

떨어지는 칼을 박차고 방향을 변형시킨 장천은 그대로 오른손에 들고 있는 도로 횡소천군(橫掃千軍)의 초식으로 검을 휘둘렀다.

"큭!!"

그제야 다급함을 느낀 고도리는 급히 왼손으로 허리에 매여져 있던 도를 검집째 뽑아 들고 간신히 장천의 공격을 막을 수 있었지만 초식 면에선 부족해도 내공에서는 고도리보다 한 단계 위인 장천의 도격(刀擊)은 그리 쉽게 막을 수 있는 것이 아니기에 고도리는 뽑아 든 도와 함께 도격에 나동그라지고 말았다.

"앗! 뜨거!!"

거기다가 장천이 휘두른 검은 화룡신도였기에 내공을 더하자 큰 화기까지 치솟아올라 고도리는 크게 비명을 지르며 황급히 옷에 옮겨 붙은 불을 손바닥으로 후려치며 끌 수밖에 없었다.

불을 간신 끈 고도리는 다행히 검으로 인해 몸이 베어지는 것은 막을 수 있었다고 생각했지만 상당히 강한 타격으로 손목에 큰 통증을 느낄 수밖에 없었다.

"제길……."

고도리는 강한 충격을 받은 탓인지 얼굴을 일그러뜨리면서 차근차근 몸의 상태를 짚어보았다.

'강한 도격에 밀려 손목뼈와 밀린 도의 손잡이와 부닥친 갈비뼈가 두 대는 금이 간 것 같군. 젠장, 어린 녀석의 도격이 왜 이렇게 강한 거야!'

자신 역시 급하게 왼손의 칼로 칠성 정도의 내력을 끌어올리며 막았음에도 삼 장은 나가떨어진 것도 모자라 갈비뼈가 금이 가는 중상을 입자 장천의 내공이 평범한 수준이 아니라는 것을 알 수 있었다.

'초식은 모르지만 내공에 한해서는 나와 동급, 아니, 상위일 수도 있겠군.'

이제는 더 이상 상대를 경시하지 못하게 된 고도리는 검을 뽑으려고 했는데 그 순간 다시 한 번 놀라지 않을 수 없었다.

장천의 횡소천군 도격으로 자신의 도가 두 동강이 나버렸기 때문이다.

화룡신도와 같은 이름난 도는 아니었지만 감숙성의 유명한 장인에게서 질 좋은 쇠로 직접 주문해 백련정강하여 만든 칼인지라 그 경도는 상당히 뛰어나다고 할 수 있었는데 그런 칼이 부러지고 만 것이다.

칼이 부러진 것을 보며 고도리로선 식은땀이 나지 않을 수 없었는데, 칼로 막지 않고 그 도격을 그대로 허용했다면 몸이 두 동강나는 것을 면치 못했을 것이기 때문이다.

"좋다! 정식으로 상대해 주마!"

그런 생각이 들자 노기가 치솟아오른 고도리는 두 손을 하늘로 뻗어 올리고 천천히 내공을 집약해 가기 시작했는데, 공동파의 제자들은 그것을 보며 크게 놀란 목소리로 소리쳤다.

"혼원일기공(混元一氣功)이다!!"

"혼원일기공!!"

요운이나 구궁은 그들의 말을 듣고는 크게 놀라지 않을 수 없었다.

혼원일기공, 그것은 공동파에서 자랑하는 상승 심법 중의 하나였다. 무릇 대문파와 소문파의 차이는 바로 이런 심법에 의해 차이가 나는 것인데, 혼원일기공은 상당한 수준의 상승 심법에 속하는 것으로 공동파에서도 일부 사람밖에 익히지 못한 심법이었다.

그가 파사대협의 제자란 것은 알고 있었지만 설마 혼원일기공까지 전수받았다는 건 생각하지 못한 두 사람으로선 크게 당황하지 않을 수 없었다.

혼원일기공을 끌어올린 고도리는 곧바로 자신의 특기인 현명신장을 사용하기 위해 내공을 두 손으로 끌어올리기 시작했다.

이제부터 진정한 고도리의 실력이 발휘되는 것이다.

'칫!'

고도리가 자기 본신의 실력을 모두 끌어올린다면 자신이 승리할 가능성 따윈 전무하다 해도 과언이 아닌 것을 알고 있던 장천으로선 떨어진 자신의 도를 주워 들고는 임전의 자세를 취할 수밖에 없었다.

"크크크, 이제 각오해라……."

현명신장을 끌어올린 그는 음흉한 웃음소리를 내며 천천히 장천의 앞으로 걸어가니, 이제 이기는 것은 둘째 치고 장천이 살아서 나가는 것도 힘들 지경이 되었는데 그 모습을 보던 구궁이 갑자기 그들의 중간으로 뛰어나가서는 손바닥을 고도리에게 내밀며 소리쳤다.

"잠깐!!"

"무엇입니까……?"

이미 옆구리의 갈비뼈가 금이 갈 정도로 큰 부상을 당한 고도리는 장천을 죽여 버릴 기세로 다가서고 있었는데 구궁이 앞을 가로막자 인상을 찌푸렸고, 그 모습을 보며 구궁이 미소를 짓곤 말했다.

"이 시합은 장천 사제가 졌네."

"예?"

"사형?!"

구궁의 이 난데없는 선언에 공동파의 제자들은 물론이요, 같은 편인 요운이나 장천까지 놀라지 않을 수 없었다.

분명 고도리가 본신의 실력을 발휘한다면 장천이 이길 가능성은 전무하다고 할 수 있었지만 승부는 싸우지 않고선 모르는 법인데 난데없이 구궁이 스스로 자신들의 패배를 인정하고 나섰기 때문이다.

"이잇!!"

본래대로라면 이런 선언으로 좋아해야 할 고도리였지만, 지금은 장천을 얕보다가 큰 부상을 입어 화가 머리끝까지 나 있는 상태인지라 도저히 좋아할 수가 없었다.

"무슨 이유입니까……?"

고도리는 도대체 중간에 시합을 막는 구궁의 행동을 이해하지 못하고 살기를 뿌리며 말했지만, 고도리의 모습에 구궁은 미소만을 지을 뿐이었다.

"아악!!"

도저히 분기를 참지 못한 고도리는 근처에 있는 나무를 보더니 괴성을 지르며 뛰어가 일장을 내려쳤고, 족히 백 년은 자란 듯한 나무는 그의 현명신장에 적중되어 쿵 하는 소리와 함께 부러져 땅으로 쓰러지고 말았다.

"자! 사제, 화룡신도를 고 소협에게 건네주게."

"사… 사형……."

"어허!"

장천은 아까운 화룡신도를 주어야 한다는 말에 뒷걸음질칠 수밖에 없었지만 계속된 구궁의 다그침에 눈물을 흘리며 화룡신도를 도집에 집어넣고는 공동파의 제자들에게 던져 주었다.

"히잉……."

눈물을 글썽거리며 뒤돌아서는 장천을 본 요운은 쓴맛을 다시며 사제의 머리를 쓰다듬어 줄 수밖에 없었다.

'도대체 구궁 사형이 왜 그런 말을 하신 거지?'

요운으로선 중간에 구궁이 패배 선언의 말을 한 이유를 알 수가 없었다. 단순히 장천을 보호하기 위해서라면 대련하고 있던 도중에 자신을 시켜 말린다 해도 현명신장을 익힌 고도리의 손에서 장천을 구해낼 수 있었기 때문이다.

후기지수 중 최고의 기재들만이 모인다는 강호오룡의 명함이 겉만 보기 좋은 것은 아니기 때문이다. 현명신장이 공동파의 상승 무공 중 하나라 해도 자신 역시 쌍도문의 비전을 거의 대부분 익히고 있었다.

어깨가 축 늘어진 장천의 어깨를 두드려 주며 요운은 곁눈질로 구궁의 얼굴을 쳐다보았는데, 이상하게도 아깝다거나 하는 표정은 전혀 보이지 않고 있었다.

오히려 무엇인가를 노리는 듯한 표정이었다.

'무슨 생각이 있으신가?'

덩치가 산만하다곤 하지만 구궁이 덩치만 커다랗고 머리는 텅 빈 사람이 아니라는 것을 알고 있는 요운으로선 무엇인가 기대하고 싶은 생각이 들었다.

광무자 유운이 단순히 강호 경험이 많아서 구궁을 장천의 보호자로 임명한 게 아니라는 걸 요운은 잘 알고 있었다.

곽무진은 갑자기 싸움을 말리는 구궁을 보며 처음에는 크게 놀란 듯한 표정을 지었지만, 한참이 지난 후 무엇인가를 생각해 내곤 오른손으로 손바닥을 치며 탄성을 내뱉었다.

"아! 그렇구나!"

"후후후, 무진 사질은 알아챘나 보군."

"그럼요, 장 사숙과 몇 년을 같이 지냈는데 그런 간단한 것을 모르겠습니까? 후후후, 고도리란 녀석, 시간을 잘못 택했다고밖에 생각할 수가 없군요. 하하하."

"뭐, 보통의 사람을 상대로 했으면 이 방법이 나쁘지는 않았겠지만 상대가 장천이니까. 푸하하하!"

　도대체 두 사람은 무엇을 생각하고 있는 것일까? 요운으로선 실망한 장천을 토닥여 주면서도 그들이 생각한 것이 무엇일까 고심하지 않을 수 없었다.

　장천은 일부 계층의 사람들에 한해서는 정말 천하제일고수가 부럽지 않은 힘을 지닌 사람이라 할 수 있다.

　그 일부 계층의 사람들이 누구인가?

　그것은 다름 아닌 어느 정도 나이를 먹고 세상사를 알게 된 남녀들이다. 이들은 젊음의 한때를 지나 이제 중년의 시간과 노년의 시간을 지내는 사람들인지라 과거에 향수가 깊은 이들이라 할 수 있었다.

　내가 젊었을 때 이렇게 했다면 내가 젊었을 때는 이랬을 것을, 하는 식으로 과거에 대한 향수가 가득한 부류들이 바로 중년과 노년의 시간을 지낸 사람들이라 할 수 있었다.

　이런 부류들에게 장천은 상당한 힘을 가지고 있다. 이것은 어느 정도 장천의 외모와도 관련이 있는데 열다섯의 나이에도 불구하고 아직 열 살도 되지 않아 보이는 장천의 모습, 두 눈은 큼지막하고 똘망똘망한지라 마치 하늘을 보는 듯하고 귀여운 코와 입술, 그리고 동그란 얼굴형은 누가 보아도 한 번 안아보고 싶을 정도로 귀엽게 생겼다.

　강호 미동 대회에 나간다면 그 대상은 맡아놓았다 해도 과언이 아닌 얼굴인지라 그런 부류의 사람들에게선 성격이 사악한 자가 아니라면 언제나 사랑받을 인물이 바로 장천이었다.

　생각해 보라, 당신은 열 살도 안 된 똘망똘망한 눈망울을 가진 아이가 자신의 앞에 서 있다면 심한 장난을 치지 않는 한 주먹을 댈 수 있는지를. 이런 이유로 흑철돈녀를 비롯하여 쌍도문의 여러 어른들에게 엄청난 사랑을 받고 있는 이가 바로 장천인 것이다.

화룡신도를 빼앗긴 장천 일행은 마지막으로 공동파의 문주인 천무성자 양세기에게 하직 인사를 올리기 위해 걸음을 옮겼다.

문주가 기거하고 있는 전각에 도착한 구궁은 천천히 장천을 내려다보았는데, 아직도 억울함이 풀리지 않은 듯 눈물을 글썽이며 어깨를 떨고 있는 것이 보였다.

'이제부터가 시작이군.'

장천을 보며 회심의 미소를 짓는 구궁, 요운은 그런 모습을 보며 이상한 생각이 들지 않을 수 없었다.

'이상하군. 보통 때 같으면 울먹이는 장 사제에게 한 번쯤은 다그치는 말을 할 것인데 왜 아무 말도 안 하는 거지?'

일 문의 소주가 타 문파의 웃어른을 만나는 자리에서 눈물을 글썽거리는 것은 망신이라 할 수 있음에도 그것을 방치하는 구궁이 이상하게 생각될 수밖에 없었다.

"문주님께 쌍도문의 구궁 일행이 하직 인사를 하러 왔다 전해주십시오."

"예."

구궁은 전각을 지키고 있는 공동파 문도에게 말을 전했고, 얼마 지나지 않아 그들을 전각 안으로 안내해 들어갔다.

전각 안으로 들어서자 처음 왔을 때와 똑같은 모습으로 천무성자 양세기가 상좌에 앉아 있었고, 그 주위에 공동파의 실세들이 자리하고 있었다.

구궁은 앞으로 나가서는 정중하게 포권지례하고는 천무성자를 보며 하직 인사를 올렸다.

"쌍도문의 이대제자 구궁이 공동파의 문주이신 천무성자님께 하직 인사를 올립니다."

"오! 벌써 가는가? 며칠 더 머무르지 않고?"

"구파일방의 하나인 공동파의 위명을 더 견식하고 싶었지만 본 문에서 맡은 일이 있는지라 떠날 수밖에 없었습니다."

"그런가? 아쉽구먼……."

양세기는 정말 아쉽다는 얼굴을 하곤 장천을 쳐다보았는데 조금 놀랄 수밖에 없었다. 처음 만났을 때는 어리둥절한 모습이긴 했지만 맑고 깊은 눈에 어린아이의 작은 흥분이 가득했는데, 지금 그의 눈에는 실망과 함께 슬픔이 가득했기 때문이다.

"사제, 뭐 하는가. 천무성자님께 인사드리지 않고!"

장천이 아무것도 못한 채 어깨를 떨고 서 있자 구궁이 얼굴을 일그러뜨리며 다그쳤고, 그것에 놀란 장천은 잠시 흠칫하고는 천천히 앞으로 나가서는 포권지례하며 하직 인사를 올렸다.

"싸… 쌍도문의 이대… 제자… 장천… 훌쩍… 천무성자… 님께… 하직 인사를 올립니다… 훌쩍."

아직 눈물을 모두 감추지 못한지라 장천은 훌쩍거리며 천무성자에게 인사를 했는데, 그 모습을 본 양세기는 무엇인가 이상하다는 느낌에 말했다.

"쌍도문의 이대제자 장 소협은 잠시 내 앞으로 와보지 않겠는가?"

"예… 훌쩍……."

양세기의 말에 장천은 훌쩍거리면서 대답하고는 천천히 양세기의 앞으로 걸어갔고, 장천이 다가오자 양세기는 두 손을 앞으로 내밀어 장천의 눈에 고여 있는 눈물을 닦아주며 말했다.

"쌍도문의 문주가 될 사람이 왜 이렇게 울먹이는 겐가?"

양세기는 입가에 인자한 미소를 지으며 어린 장천을 다독여 주고 있었으니, 그것이 바로 구궁이 노리는 노림수였던 것이다.

'걸렸다!'

회심의 미소를 짓는 구궁이었다.

귀여운 꼬마가 울먹이고 있는 것을 보면 그냥 지나치지 못하는 것이 인지상정, 거기다 상대가 노년의 시간을 지내고 있는 노인이라면 더 더욱 그냥 지나치지 못한다.

장천의 경우에는 단순히 귀여운 꼬마의 단계를 지나 상승의 단계까지 도달한 녀석이기 때문에 분명 인자한 천무성자는 장천이 울먹거리면 쉽게 지나치지 못할 것이란 걸 구궁은 알고 있었던 것이다.

양세기가 인자한 미소를 지으며 자신의 눈물을 닦아주자 장천은 그 순간 크게 서러움이 복받쳐 오를 수밖에 없었다.

쌍도문이라면 어느 누구도 자신이 선물받은 것을 빼앗지 못했을 거란 생각이 밀려오자 장천은 더 이상 참지 못하고 울음을 터뜨리고 말았다.

"으앙!! 할아버지!!"

"헉!"

장천이 겁도 없이 대공동파의 문주인 천무성자 양세기를 할아버지라 부르고는 눈물을 터뜨리며 안겨 버리자, 곁에 있던 공동파의 실세들은 크게 놀라지 않을 수 없었다.

한 문파의 대표라고도 할 수 있는 소주가 눈물을 터뜨리는 것으로도 모자라 다른 문파의 문주를 할아버지라 부르며 안기는 경우가 세상에 어디 있겠는가?

하지만 그러한 말에도 천무성자의 얼굴에는 그다지 화가 난 모습은 보이지 않았다. 그가 천무성자라 불리게 된 까닭은 뛰어난 무공과 함께 그 인자한 성품도 크게 한몫하고 있었던 것이니, 어린아이가 울음을 터뜨리며 가슴에 안기는데 어찌 화를 내겠는가?

"어이구! 이 녀석."

양세기는 자신의 품에 안긴 장천을 끌어안아 주며 등을 토닥여 주면서 달래주기 시작했다.

"그래, 우리 애기를 누가 이렇게 울렸누……."

마치 장천의 친할아버지와 같이 등을 토닥여 주며 천무성자는 울음을 터뜨리는 장천을 달래주었는데, 그 말을 들은 장천은 울먹거리는 목소리로 그 이유를 일러바치기 시작했다.

"흑흑… 할아버지가 준 칼 있잖아요……."

"그래… 이 할아비가 네게 선물로 칼을 주었었지……."

"흑흑… 그거 누가 뺏어갔어요!! 흑흑……."

"뭐야!!"

장천이 칼을 뺏긴 걸 일러바치자 그 순간 양세기는 크게 노한 표정을 짓고는 가슴에 안긴 장천을 보더니 노기를 터뜨리며 말했다.

"대체! 누가 감히 공동파에서 문주가 준 선물을 빼앗는단 말인가!!"

"흑흑… 으아앙……."

갑자기 양세기가 크게 노한 얼굴로 소리치자 겁을 먹은 장천은 다시 울음을 터뜨리고 말았는데, 그것을 보며 자신이 너무 흥분했다는 것을 깨달은 양세기는 일그러뜨린 얼굴을 간신히 진정시키며 다시 인자한 미소를 짓고는 말했다.

"아이구, 이 할아비가 너무 흥분을 했구나……."

"흑흑……."

"그래… 누가 예쁜 강아지의 칼을 빼앗았누?"

이제 순식간에 예쁜 강아지로 돌변한 장천은 그 말에 양세기의 품에서 낑낑거리며 칼을 뺏은 자의 이름을 말했으니…….

"흑흑, 고도리란 형이, 흑흑… 뺏어갔어요……."

"고도리?"

장천의 입에서 고도리란 이름이 나오자 양세기는 인상을 쓰며 옆에 있던 호법을 노려보았고, 그 모습에 놀란 호법은 식은땀을 흘리며 고도리가 누구인지 말했다.

"고도리는 문주님의 대제자인 우문강의 이제자라 알고 있습니다."

그 순간 양세기의 살기 어린 눈은 근처에 앉아 있던 파사대협 우문강에게 향했으니, 우문강으로선 사부의 시선에 자신도 모르게 식은땀이 흘러내릴 수밖에 없었다.

'큭! 이 녀석, 도대체 일을 어떻게 처리한 거야!'

일단 맡기기는 했지만 설미 깅친이 쌍도문의 소수란 입장에서 공동파의 문주에게 이런 식으로 안길 것이라곤 생각지 못했던 우문강으로선 고도리를 욕할 수밖에 없었다.

장천이 문주의 앞에서 울음을 터뜨리는 애 같은 짓을 하는 바람에 공동파에서 꾸민 일이 모두 드러나고 만 것이다.

고도리를 비롯한 이 일에 관여한 여덟 명의 제자들은 집행 제자들에 의해 일각도 되지 않아 모두 끌려왔다. 문주의 분노가 얼마나 컸는지를 짐작케 해주는 모습이었다.

고도리를 비롯한 제자들은 문주 앞에서 무릎 꿇고는 고개를 숙이고 있었고, 상좌에는 눈물을 찔끔거리는 장천을 무릎에 앉힌 천무성자 양세기가 분노한 얼굴로 제자들을 내려다보고 있었다.

"고도리가 누구더냐!"

"이대제자 고도리, 문주님께 인사 올립니다."

"인사는 무슨 인사! 묻겠다. 네가 쌍도문의 소주에게 준 화룡신도를 빼앗았다는 게 사실이더냐!"

문주의 다그침이 떨어지자 고도리는 억울하다는 듯이 머리를 땅에 박곤 말했다.

"문주, 저로선 도저히 문주님의 처사를 이해할 수 없었습니다."

"네 이놈!!"

"문주님께 무슨 말버릇이냐!!"

고도리가 갑자기 문주의 앞에서 머리를 땅에 박으며 크게 소리치자 옆에 앉아 있던 공동파의 장로들은 크게 놀라며 자리에서 일어나 고도리를 다그쳤는데 그럼에도 고도리는 말을 멈추지 않고 있었다.

"화룡신도가 문주님의 신물이라곤 하나 현재에 와선 공동파 전체를 상징하는 신물과도 같이 변해 있습니다. 그런 물건을 쌍도문이란 삼류 문파의 소주에게 건네준다는 것이 어찌 말이 된다 하십니까!!"

"이놈이!!"

장로들은 고도리의 말이 틀리지 않다고는 생각하지만 일단은 문파의 어른, 그것도 문주에게 고하는 그의 행동에 크게 노하지 않을 수 없었는데 의외로 그것을 듣고 있던 천무성자 양세기는 장로들에 비해 차분히 가라앉은 모습이었다.

"쯧쯧쯧."

잠시 동안 그렇게 고도리를 보고 있던 양세기는 혀를 차며 말을 이었다.

"언제부터 대공동파가 칼 한 자루에 좌지우지될 정도로 약해졌던가?"

"……."

갑작스런 양세기의 말에 고도리가 아무 말도 하지 못하자 그는 천천히 눈을 감으며 한참을 생각에 잠긴 후 주위에 있는 사람들에게 말했다.

"내가 화룡신도를 쌍도문의 소주 장천에게 넘겨준 것은 쌍도문이 바로 화룡신도의 원주인이기 때문이다."

"예?"

양세기의 말에 좌중의 이들은 모두 놀라지 않을 수 없었다. 양세기가 불혹의 나이 때 화룡신도로 종횡하고 다녔단 이야기는 무림에 유명한 이야기였는데, 설마 그 칼의 원주인이 쌍도문이란 것은 아무도 모르고 있었던 일이기 때문이다.

"과거 쌍도문의 군자쌍도 오립산 아우와 내가 절친한 친구 사이였다는 것은 좌중의 이들도 모를 다 알고 있을 것이오. 그리고 나 외에 한 사람 더, 현재 무당파의 신검진인(神劍眞人) 강도옥(康桃玉) 역시 오립산과 절친한 친구 사이였는데 무림에는 알려지지 않았지만 우린 이미 형제의 결의를 맺었다."

"형제의 결의!!"

형제의 결의는 중요한 의미였다. 현재에 와서는 그 강호의 젊은 후기지수들이 예를 벗어난 파격적인 행태를 보이고 있었기에 형제 결의의 예는 과거와 달리 조금은 약해졌지만, 현재에 와서도 결의를 맺은 의형제끼리는 상당한 믿음을 가지고 있었다.

군자쌍도 오립산 같은 인물이 당시에도 상당한 무명을 날렸을 천무성자 양세기와 신검진인 강도옥이라는 걸출한 거물과 형제의 결의를 맺었다는 것은 정말 엄청난 일이라고 할 수 있을 것이다.

"군자쌍도 오 아우는 형제의 결의를 맺음에 그 예물로 신검진인과 나에게 각기 신병 하나를 선물로 주었는데, 내가 그에게 받은 것이 바로 젊은 시절 나와 함께 강호를 누빈 화룡신도였다."

"아!"

화룡신도에 그런 사연이 얽혀 있었다는 것을 알지 못했던 중인들은 크게 탄식하지 않을 수 없었다.

군자쌍도 오립산이 무림의 여러 문파에 걸쳐 상당한 친분을 쌓고 있는 인물이란 건 알고 있었지만, 발이 넓은 만큼 신병을 선물로 줄 정도로 통 역시 큰 인물이란 것을 알 수 있었다.

아무리 형제의 결의라곤 하지만 무림십대신병에 속하는 엄청난 무기를 예물로 주었다는 것은 뛰어난 병장기는 자신의 생명과 같다는 무림인의 생리상 엄청난 일이었던 것이다.

"이렇게 큰 선물을 주면서도 오 아우는 우리들의 무명에 해가 될까 걱정하여 형제의 결의를 비밀로 하자고 하는 배려까지 하니 신검진인과 난 크게 감동하지 않을 수 없었다. 결의형제가 된 것을 밝히려 했지만 그는 그것을 한사코 반대해 이런 이유로 우리 두 사람은 언젠가는 이 신병을 쌍도문의 제자에게 되돌려주겠다는 것을 약조하게 된 것이고, 오늘에야 쌍도문의 걸출한 인재를 보게 되어 도를 돌려준 것이다."

거기까지 말한 양세기는 다시 한 번 고도리를 보며 물었다.

"너는 형제의 의를 아느냐?"

"……."

"군자쌍도가 나에게 준 형제의 의를 생각한다면 이 칼을 건네준 것도 모자르다 생각하는데, 네 녀석이 감히 본 문주의 형제에 대한 보은을 막으려 하느냐! 입이 있으면 어디 말을 해보거라!"

고도리로서는 이러한 사연을 알지 못해 저지른 일인지라 도저히 무엇이라 말할 수가 없었다.

본시 무림에서 의라 함은 목숨보다 더 중요하게 여겨지는 것인지라 고도리는 문주의 형제에 대한 배려를 망쳐 버리고 만 것이다.

이 이야기를 듣고 있던 공동파의 장로들은 새삼 군자쌍도 오립산에 대해서 다시 생각해 보지 않을 수 없었다.

강호에는 오립산을 도박사 출신이라 하여 경시하고, 이런 이유로 감숙성을 제외한 다른 지방에선 쌍도문은 도박사가 세운 문파라며 현재의 위세와 관계없이 무시하는 경향이 적지 않았다.

하지만 지금까지 들어본 것에 의하면 공동파 무당에서 존재하고 있는 두 명의 거물과도 상당한 친분이 있었고, 들리는 소문에 의하면 소림, 곤륜, 개방의 거물과도 손이 닿아 있기에 한 사람의 발이 이렇게나 넓을 수 있을까 하며 놀랄 수밖에 없었다.

자신의 문주가 오립산과 형제의 결의를 맺었다는 것도 모르던 공동파의 장로들은 과연 오립산이 또 어떠한 거물과 친분을 갖고 있을까라는 의문을 가질 수밖에 없었지만, 그가 죽은 지금 그것을 알 수 있는 이들은 당사자들밖에 없다고 할 수 있기에 그 궁금증을 지울 수밖에 없었다.

"강호에서 흔히들 알고 있는 군자쌍도 오립산 아우에 대한 소문은 그의 진면목에 비하면 천 분지 일도 안 된다 할 수 있다. 나 역시 그에 대해서 많은 것을 알지 못한다곤 하지만, 내가 알고 있는 그만으로도 강호를 피바다로 몰아넣을 수 있는 힘이 있다는 것을 너희들은 아직 모르고 있다."

서서히 드러나는 오립산의 위명, 공동파 사람들은 도대체 어떤 인물인지 갈피조차 못 잡을 정도의 큰 충격에 빠질 수밖에 없었고, 이러한 느낌은 듣고 있던 쌍도문의 제자들 역시 마찬가지였다.

"문강아!"

"예! 문주님."

문주이자 사부인 양세기가 갑자기 자신을 부르자 파사대협 우문강은 크게 놀라 벌떡 일어나서는 포권지례하며 대답을 했다.

"너는 강호에 십대신병이란 것이 언제부터 생겨났다 알고 있느냐?"

"그것이… 족히 천 년은 되었다 알고 있습니다만……."

우문강은 자세한 것을 알지 못하고 있기에 우물거리며 이야기할 수밖에 없었는데, 그의 말에 양세기는 고개를 저으며 말했다.

"틀렸다. 내가 젊었을 때만 해도 강호에서 십대신병에 관한 이야기는 전혀 들은 바가 없었느니라."

"예?"

"본격적으로 강호에 십대신병의 소문이 들리기 시작한 것은 내가 스무 살이 되던 해였느니라. 그때 갑자기 강에는 십대신병에 관한 소문이 크게 확산되기 시작했고, 뭇 고수들은 신병을 차지하기 위해 각지를 돌아다니고 있었다. 자, 다시 한 번 묻겠다. 군자쌍도는 어떻게 해서 십대신병에 들어 있는 무기를 두 개나 가지고 있을 수 있었겠느냐?"

"예……."

"그때 역시 오립산 아우의 무공 수준은 삼류에 지나지 않았을 터인데 강호에서 진천시키는 무명을 지닌 고수들을 제치고 십대신병 중 두 가지를 얻었다는 것이 조금 이상하지 않으냐?'

그제야 사람들은 양세기가 이야기하고 있는 바를 어느 정도 짐작해 볼 수 있었다.

"그렇다면 강호십대신병이… 설마…….."

"나와 신검진인은 이 일에 대해서 한참을 생각해 보았고, 지금에 와서는 어느 정도 그 가닥을 잡을 수 있었느니라. 그와 난 강호의 흩어져 있는 십대신병 중 일곱 개를 가까이에서 살펴볼 수 있었는데, 놀랍게도 모두 재질이 같은 금속으로 만들어져 있으며 그 장인 또한 같은 사람이라는 것을 알게 되었다."

상상도 못한 일이었다. 그런 모습을 보며 양세기는 우문강에게 작은 단검을 하나 던져 주었는데 그는 왜 갑자기 문주가 단검을 던져 주는지 이해하지 못하고 멀뚱하게 쳐다만 볼 수밖에 없었다.

"그 단검은 오립산에게 부탁하여 그가 만들어준 것이다. 신검진인과 난 그 단검을 두 개의 신병과 같이 강호의 유명한 감정가를 돌아다니며 알아보았는데, 놀랍게도 모두 같은 장인이 만들었다는 결과가 나왔느니라."

"헉!!"

이제는 십대신병의 원주인이 오립산이었다는 사실에 이어 만든 사람까지 오립산이란 결과가 양세기의 입에서 터져 나오자 좌중에 있던 사람들은 모두 등줄기에 식은땀이 흘러내리지 않을 수 없었다.

"쌍도문이 삼류문파라 했느냐? 우스운 소리! 당시 나와 절친한 구파일방의 여러 고수들 역시 어느 정도 오립산과 친분이 있었는데, 그들과의 화산 모임에서 문득 이런 이야기가 나온 적이 있었느니라. 천하제일인은 누구인가라는 것이었지. 문강아, 그때 당시 천하제일인을 꼽는 다면 누구를 꼽을 수 있겠느냐?”

양세기의 질문에 한참을 생각에 잠겨 있던 우문강은 더듬거리는 목소리로 말했다.

“혹시 천검 대협 아닐지?”

“천검 대협이 당시 정파 제일의 고수였다고는 하지만 마교의 교주인 혈천대제(血天大帝) 흑수(黑秀)와 칠 일간의 싸움에서 비기지 않았더냐.”

“그럼……”

“우리 역시 너의 생각과 다르지 않았다. 과연 천검 유세옥인가 혈천대제인가로 많은 이야기가 나왔었지. 하지만 그때 단 한 사람만은 다른 인물을 천하제일인으로 꼽았다. 그 사람이 누구인지 알겠느냐?”

“설마……”

“네가 짐작한 바와 같이 군자쌍도 오립산이었느니라.”

그 말에 공동파의 인물들은 모두 경악하지 않을 수 없었다.

“말도 안 됩니다! 어떻게 삼류에 지나지 않는 무공으로 천하제일인을 다툴 수 있습니까?”

“허허! 만박괴인을 아느냐?”

“……”

양세기의 말에 우문강은 아무 말도 할 수가 없었다. 만박괴인(萬博怪人), 그는 강호삼괴의 일 인으로 무림에서 모르는 이가 없는 자였다.

천무성자의 입에서 만박괴인의 이름이 나오니 오립산을 천하제일인으로 꼽은 인물이 만박괴인임을 모두 짐작할 수 있었다.

하지만 그곳에 있던 모든 이들은 왜 만박괴인이 오립산을 천하제일인으로 꼽았는지 알지 못했으니, 궁금함을 느낀 우문강이 천무성자를 보며 물었다.

"하오나 문주님, 쌍도문의 전 문주 오립산 대협은 평생 삼류를 넘지 못했다고 하지 않습니까?"

"허허허, 문강아, 넌 강호의 소문을 흘러오는 그대로 믿느냐?"

"예?"

천무성자의 말에 우문강은 다시 되물었고, 자신의 제자를 보며 그는 계속 말을 이었다.

"군자쌍도 아우와 함께 한때 녹림을 상대로 일전을 겨룬 적이 있었는데, 그는 당시 녹림의 도적을 상대로 날카로운 쌍도술을 보여주었지. 하나 그런 그의 기운을 본 문주가 감지하지 못했다면 어찌 하겠느냐?"

그 말에 우문강은 놀란 표정을 지었다. 아무리 삼류에 지나지 않더라도 무학을 익힌 자라면 미약하나마 예기를 가지고 있기 마련인데, 당시에도 공동파 최고의 기재로 이름을 날렸던 천무성자가 상대에게서 그러한 기운을 느끼지 못했다는 것은 적어도 상대가 몇 단계 위의 무공을 지닌 사람이란 뜻이기 때문이다.

제7장
개방제일미 사도혜(1)

　한참 이런저런 이야기를 나누던 양세기는 무릎을 꿇고 있는 고도리
를 보며 말했다.

　"네가 한 행동은 문주를 농락한 거라 할 수 있지만 문파를 생각하는
마음이 갸륵해서 한 가지 벌을 내리는 데 그치겠느니라."

　"제자 고도리, 벌을 달게 받겠습니다."

　고도리가 고개를 숙이며 대답하자 양세기는 아래에 서 있던 구궁을
보며 말했다.

　"구 소협."

　"예, 말씀하십시오."

　"내 구 소협에게 한 가지 부탁할 일이 있는데 들어주시겠소이까?"

　"말씀만 하십시오."

　자신의 말에 구궁이 정중하게 답하자 그는 고도리를 가리키며 말

했다.

"본 파의 제자 고도리를 쌍도문의 문도들과 동행시킬까 하는데 구소협께서 허락해 주셨으면 하오."

"예?"

갑작스런 양세기의 말에 구궁은 크게 놀라지 않을 수 없었지만 상대가 공동파의 문주에 사조의 의형제이니 도저히 거부하지 못할 상황이었다.

"알겠습니다."

골칫거리를 안았다는 생각에 구궁의 안색이 일그러졌지만, 거부할수 없는 상황이기에 고개를 끄덕이며 수락했다.

양세기는 구궁의 승낙을 받자 고도리를 보며 말했다.

"듣거라. 넌 이제부터 쌍도문의 문도들과 동행하여 강호에 대한 견문을 쌓도록 하거라."

"예."

고도리 역시 마음에 들진 않았지만 문주의 말인지라 어쩔 수 없이 받아들였다.

이렇게 해서 장천 일행에 공동파의 제자인 고도리가 합류하게 되었다.

공동파를 빠져나온 장천 일행은 견즉사의 호청명의 소재지를 찾기 위해 강호에서 제일 뛰어난 정보력을 가지고 있다는 개방을 찾아갔다.

물론 개방의 지부는 강호 어디에나 존재하고 있지만 그들이 가는 곳은 장춘삼의 친구인 청개 곽무성이 있는 사천성의 성도였다.

성도는 사천성의 서부로, 삼국 중 하나인 촉한 유비의 황성이던 곳이다. 제갈공명의 유허지(遺墟址) 외에 무담산(武擔山), 만리교(萬里橋), 사마교(駟馬橋), 금관성(錦官城), 청양궁(靑羊宮) 등이 있으며 거대문파로는 구파의 하나이자 도가의 일 문인 청성파와 오대가문 중 독과 암기로 유명한 사천당가가 있고, 조금 거리가 있기는 하지만 남서쪽의 아미산에는 역시 구파의 하나인 아미파가 있어 사천은 감히 사마외도의 무리가 함부로 날뛸 수 없는 곳이다.

이런 이유로 사천성 성도에 위치한 개방의 지부는 규모가 크며 익주(益州)의 모든 정보가 집결되고 있는 곳이라 할 수 있었다.

경운문의 문도들은 공동산에서 내려오자마자 문파로 돌아간다며 일행에서 떨어져 나갔는데, 아마도 계속적으로 치근덕거리는 고도리 때문에 미린 소저의 득살을 더 이상 참지 못한 하백이 단호하게 결정을 내린 듯했다.

구궁으로선 장천의 일 때문에 그들을 잡고 싶었지만 계속되는 고도리의 치근거림이 눈에 보이고 있기에 양심상 잡아둘 수가 없었다.

그렇게 경운문의 일행들과 헤어질 때 가장 서운하게 생각한 사람은 고도리와 장천이었으니, 이 두 사람은 이루지 못할 사랑을 하고 있다는 점에서 어느 정도 공통점이 있다고 할 수 있었다.

공동파의 꽃돌이라는 별명처럼 고도리는 잘생긴 청년으로, 올해 스물두 살의 창창한 젊은 고수인 그는 공동파가 도가의 한 갈래임에도 불구하고 전혀 도사 같지 않고 오히려 한량 같은 느낌이 드는 인물이었다.

공동파를 나가자마자 도복을 벗어 던지고는 재빨리 푸른색의 정장으로 빼 입은 그는 멋들어진 칼 한 자루를 옆에 차고 섭선을 꺼내어 풍류 공자 흉내를 내 일행들은 황당하지 않을 수 없었다.

그래도 그가 가세함으로 인해서 이득을 볼 수가 있었는데, 성도로 가는 도중에 들르는 수많은 객잔에서 그의 진면목이 드러났기 때문이다.

객잔의 주인이 여성이거나 부잣집 아낙네가 있을라치면 교묘하게 여린 여인의 가슴을 파고들어 교묘한 말재주로 현혹시켜 언제나 객잔에선 진수성찬을 먹을 수 있었다.

자신의 말로는 험난한 강호에서 살아가기 위한 하나의 방법이라고 하지만 영락없는 제비족이란 것은 어느 누구도 부정치 못할 모습이었다.

남들은 여행하면서 모아두었던 돈이 사라져 가는 슬픔에 잠기지만, 애석하게도 공동과 꽃돌이는 여행을 하면서 호주머니 속으로 돈이 모여드는 예상외의 결과를 가져오는 인물이었다.

뭐, 여정의 여비를 담당하는 구궁이야 고도리란 녀석이 크게 마음에 든 것이 사실이지만.

이런저런 과정을 거치며 성도로 들어가는 가도가 있는 검문산에 도착할 수 있었다.

가도로 나서기 전 근처에 있는 작은 마을에서 하룻밤을 머물기 위해 객점을 찾았는데, 마을의 분위기가 영 심상치 않은 것을 볼 수 있었다.

"무슨 일이 있는가 보군요?"

요운은 마을 사람들의 안색이 별로 좋지 않은 것을 보며 물었는데, 아나나 다를까, 지나는 사람마다 얼굴이 사색이 된 것이 무엇인가에 쫓기는 듯한 모습이었다.

얼마 후 이곳을 지나는 사람들을 상대로 하는 작은 객점을 발견한 장천 일행이 안으로 들어섰는데, 객점 안에는 마을의 규모에 비해선 상당히 많은 사람이 머물고 있었다.

"아무래도 오늘은 노숙을 해야 하나 봐요."

객점에 발 디딜 틈 없이 사람들이 모여 있자 장천은 아쉽다는 듯 한숨을 쉬며 말했는데, 요운은 장천의 말에 고개를 저으며 말했다.

"그런 건 아닌 것 같아. 아무래도 이 객점에서 마을 회의가 있는 것 같은데?"

"마을 회의요?"

"그래. 이곳에 있는 사람들의 옷차림은 우리와 같이 여행을 하는 옷차림이 아니라 활동하기 편안한 간단한 옷차림을 하고 있으니 마을 사람들이란 생각이 든 거지. 또, 사람들의 표정이 좋지 않은 것으로 보아 무슨 문제가 있어 그것을 논의하기 위해 객점에 모인 듯하구나."

장천은 그제야 요운이 어떻게 마을 회의란 걸 알았는지 이해가 되어 귀를 기울여 사람들이 하는 소리를 들었다.

객점 내부의 한편에 거지 서너 명과 함께 이 마을의 장로인 듯한 노인이 지팡이를 짚고 일어서서는 마을 사람들을 향해 소리쳤다.

"이분들은 그 일을 위해 개방에서 오신 분들이시오."

무슨 이야기인지 처음부터 듣지 못했기 때문에 장천은 그 일이란 것이 무엇인지 알 수 없었지만 개방에서 왔다는 말에 흥미를 느끼고는 거지들의 모습을 보았다.

거지들 중 한 명은 장로가 자신들을 소개하자 천천히 앞으로 나와서 포권지례하고는 자신들의 소개를 했는데, 그가 나서자 사람들의 입에선 큰 탄성이 터져 나왔다.

개방은 쉽게 말하면 거지들의 모임이라 할 수 있었다. 거지라는 직업이 남녀노소를 가리지 않을 만큼 다양한 직업 분포를 지니고 있지만, 그런 개방에서도 가장 구경하기 힘든 연령층이 있다면 바로 묘령의 여인네 거지라고 할 수 있을 것이다.

그 나이 때의 여인들이야 부끄러움을 잘 타는 것은 둘째 치고 남자를 알고 잘 보이려 애쓰는 나이인데 거지라는 지저분한 직업을 어찌하려고 하겠는가? 이런 이유로 개방의 거지들은 젊은 여인네 거지들의 부재에서 살아갈 수밖에 없었는데, 놀랍게도 사람들 앞에서 포권지례를 하며 나선 이는 묘령의 여거지였다.

보통 사람들은 묘령의 여자 거지라면 심신에 문제가 있을 것이라 생각하기 쉽겠지만, 애석하게도 장천이 보는 여자 거지는 조금 지저분하긴 했지만 총명해 보이는 눈을 하고 있었다.

그래도 여자라고 다른 남자 거지들보단 조금 깨끗이 꾸미고 있었는데, 잠시 외모를 설명해 본다면 지푸라기 십수 개와 함께 조금 산발이 된 긴 장발 밑으로 보이는 여러 군데 기운 옷, 왼손에 들고 있는 쪽박과 함께 세 개의 매듭을 지니고 있었다.

동그랗고 큰 눈 옆에는 지저분하게 눈곱이 달려 있고, 앵두 같은 입술에는 티가 묻어 있긴 하지만 그러한 것을 제외한다면 상당한 미녀에 속해 있었다.

이런 미인인 탓에 객점에 모인 사람들은 탄성을 내지르지 않을 수 없었는데, 요운과 고도리는 그녀의 모습을 보곤 자신도 모르게 이구동성으로 소리쳤다.

"개방제일미 사도혜(司徒慧)!!"

지금까지 구파나 각 지방에 한해서 정말 예쁜 여인이라면 제일미란 이름을 붙여주었다.

　예를 들어 감숙제일미라던가, 화산제일미라는 식으로 지역이나 그 문파에 속한 최고의 미인에게 이런 이름이 붙었지만 강호란 것이 생겨난 이후로 제일미란 이름을 얻지 못한 대문파가 있었으니, 그것이 바로 개방과 소림사였다.

　뭐, 도인들이 사는 무당이야 속가제자 중 여인들이 없는 것은 아니니 제일미란 이름을 몇 번 얻은 적이 있었지만 남자들 사는 동네인 소림사에 제일미가 붙는다는 것은 소림사 말아먹는 일이기 때문에 절대 붙을 수 없다. 하지만 여자가 있음에도 제일미가 한 번도 나온 적이 없는 곳이 있었고, 그곳이 바로 개방. 거지 동네에 이쁜 여자가 있을 턱이 없는 것은 둘째 치고, 여자의 외모는 화장발이 반은 먹어주는 강호에서 화장을 할 턱이 없는 개방의 여인들에게서 제일미가 나올 수 없는 것은 어쩔 수 없는 현실이었던 것이다.

　하지만 당금의 강호는 큰 경악에 잠길 수밖에 없었는데, 개방에서 스스로 개방제일미라는 이름과 함께 한 여성을 들고일어섰기 때문이다.

　거지라 우습게 보지 마라! 우리도 미인이 있다는 어처구니없는 슬로건을 들고일어선 개방의 문도들을 보며 강호의 많은 사람들이 비웃었는데 사 년 전 있었던 구파일방의 연합 회의에서 개방제일미 사도혜가 그 모습을 드러내자 모든 사람들은 개방에서 했던 말이 결코 거짓이 아니라는 것을 알 수 있었다.

　구파일방 연합 회의는 사 년에 한 번 있는 정기 회의로 구파일방의 문주들은 물론이요, 무림에서 내로라하는 각대문파의 문주들이 모이는 자리였기 때문에 젊은 후기지수들의 맞선 자리로 크게 애용되는 곳이었다.

이런 이유로 각 파에서 연합 회의에 참석할 때는 자신들이 자랑하는 후기지수나 성혼할 나이가 된 뛰어난 제자들을 선보이는 일이 많았는데, 놀랍게도 개방에서는 개방제일미 사도혜를 연합 회의에 후기지수로 데리고 온 것이다.

거지 차림이기는 하지만 그 더러움 속에서 피어나는 아름다움은 마치 들판에 피어 있는 한 송이 야생화와도 같은 모습이었기에 모든 사람들은 사도혜가 개방제일미라는 것을 인정하지 않을 수 없었다.

물론 그 당시 몸에서 약간 냄새가 난 덕에 혼인 제의는 들어오지 않았지만, 말끔히 씻기고 데려왔다면 수십 군데에서 성혼 제의가 들어왔을 것이다.

요운이나 고도리는 사 년 전 구파일방 연합 회의에 참석한 적이 있던지라 한 번에 개방제일미 사도혜를 확인할 수 있었다.

장천은 개방제일미라는 소리에 그녀의 정체가 궁금했는데, 역시 장천의 궁금증 해결은 곽무진이 다 해주고 있었다.

[개방제일미 사도혜는 하남성의 명문가인 사도가문 출신의 여인으로 현재 장안부사로 있는 사도광의 막내딸입니다. 어렸을 때부터 총명함과 미모가 뛰어났지만 조금 게을렀던지라 개방의 용두방주 눈에 띄어 개방에 들어간 여인이지요. 사 년 전 구파일방 회의에서 그 미모를 선보여 개방제일미의 명호를 얻게 되었습니다.]

무진이 전음으로 알려주자 그제야 그녀의 정체를 알게 된 장천은 고개를 끄덕일 수 있었다.

얼마나 지저분했으면 용두방주의 눈에까지 띄어 개방으로 들어갔을까를 생각하면서 조금 괴상하다고 생각했지만, 일단 예쁘니 용서하기로 한 장천이었다.

아무튼 개방제일미라는 사도혜는 장로의 소개를 받자 앞으로 나서
서는 자신들의 소개를 했다.

"저희들은 이 지방에 호환이 있다 하여 급히 파견된 개방의 문도들
이니 많은 협조를 부탁드립니다."

"호환?"

호환이라는 말에 구궁은 조금 관심이 생긴 듯 주의를 기울였다. 구
궁은 사냥꾼 출신인지라 호랑이 소리만 들어도 고개가 돌아가는 인물
이었기 때문이다.

구궁이 더 이상 참지 못하겠는지 옆에 있는 사람에게 물어보았다.

"호환이라니, 무슨 일입니까?"

개방제일미 사도혜의 말을 듣고 있던 마을 사람들은 귀찮은 표정이
역력했지만, 무인의 행색을 하고 있는 사람이니 무시하지는 못하고 호
환의 사연에 대해서 이야기해 주었다.

"그러니까 여섯 달쯤 전부터 갑자기 마을에 호랑이가 나타났지 뭡니
까. 지금까지 사냥꾼들이 수없이 올라가 녀석을 잡으려고 했지만 모두
호랑이 밥이 되어버렸을 정도이니 마을 사람들로선 해결할 방도가 없
었는데, 개방의 무사 분들이 나타나 호랑이를 잡아준다고 해서 이렇게
회의를 하고 있는 겁니다."

"음……."

사냥을 주업으로 삼는 사냥꾼이 단 한 사람도 살아 돌아오지 못했다
는 것은 결코 간과할 일이 아니었다.

호랑이 같은 맹금류를 잡으러 가는 데 한두 사람만이 움직인다는 것
은 멍청한 일이었다. 혼자서는 재빠른 맹금류의 발을 쫓는 것도 무리

이거니와 자칫 방심한다면 맹수의 밥이 될 수 있는 일이기 때문이다.

그런 이들이 모두 호랑이의 밥이 됐다는 것은 조금 이상한 일이라고 할 수 있었다. 아무리 호랑이라 하더라도 십수 명의 인간들을 한 번에 다 죽일 순 없는 일이기 때문이다. 반수 이상이 호랑이의 제물이 되었다 하더라도 나머지 반 정도의 사냥꾼들이라면 충분히 빠져나와야 하는 것이 정상이라 생각한 구궁은 이것이 단순한 호환이 아니라는 것을 알 수 있었다.

'개방에서도 그것을 눈치 채고 사람들을 파견한 것일까?'

무림의 인물들이 민초들을 도와주는 일은 자주 있긴 하지만 호환 같은 문제로 나서지는 않았다. 맹수들을 사냥하는 일은 전문적인 사냥꾼이 아니고선 뛰어난 무인이라 해도 어려운 일이기 때문이다.

객점에 들어와 있는 개방 문도들의 수는 모두 네 명이었다.

개방제일미 사도혜는 강호에서 연검을 사용한다 알려져 있는 인물이고, 나머지 세 명 문도들 역시 단병류를 사용하는 인물들로 구궁은 저들로서는 맹수인 호랑이를 상대한다는 것은 무리란 판단이 들었다.

"이상하군요. 개방이 촌미을의 호환을 해결해 수러 왔다니 말입니다. 그리고 개방제일미는 모르겠지만 나머지 세 명의 개방 문도들은 평범한 사람들이 아닙니다."

요운 역시 무엇인가를 느꼈는지 구궁을 보며 말했고, 공동파의 고도리 역시 고개를 끄덕였다.

"개방제일미 사도혜는 경공이 뛰어나다고 알려져 있습니다. 또, 그녀와 같이 있는 풍개(風丐) 문소양(文小陽), 신보(神步) 이사군(李仕郡), 팔족비행(八足飛行) 양견(陽堅) 모두 경공술이나 경신술에 일가견이 있는 사람들입니다."

고도리가 아무것도 아닌 양 부채를 부치며 그들에 대해서 설명을 해 주었다.

"발이 빠른 자들만을 보냈다라⋯⋯."

무엇인가가 연유가 있다고 판단한 구궁으로선 그대로 앉아 있을 수 없기에 천천히 사람들을 헤치며 앞으로 나갔다.

"누구시오?"

큰 활을 든 거한의 무인이 앞으로 나서자 장로는 이상하게 생각하며 물었는데, 구궁은 포권지례하며 자신의 소개를 했다.

"듣자 하니 이 마을에 호환이 있다 하더군요."

"그렇소만?"

"본인은 쌍도문의 문도인 구궁이라 합니다. 개방의 분들과 함께 호환을 해결하고 싶군요."

"신궁 구궁이다!!"

구궁이 자신의 소개를 하자 마을 사람들은 크게 놀라며 그들 사이에 소란이 일기 시작했는데, 감숙성의 신궁 구궁은 무인들 사이에선 그렇게 지명도가 높은 인물은 아니었지만 민초들 사이에선 꽤나 유명한 사람이었다.

감숙성에서 공동파와 일대를 양분하고 있는 정파의 대문파인 쌍도문의 문도가 사천에까지 그 이름이 알려진 것은 그의 행로 때문이다.

사냥꾼 출신으로 감숙성 일대에 호환이 일어나고 있는 곳에서는 언제나 그가 나타나 해결해 주었기 때문에 사냥꾼들 사이에선 최고의 호랑이 사냥꾼이라 불리고 있었다.

마을 사람들은 신궁 구궁이 나타났다는 것을 알고는 크게 기뻐했다. 개방이 구파일방의 하나라곤 하지만 민초들 사이에선 호랑이 사냥꾼인 신궁 구궁이 훨씬 더 알려져 있기 때문이었다.

"우와!! 감숙성의 호랑이 사냥꾼 구궁님이 우리 마을에 오셨다!!"

"와아!!"

사람들은 구궁이 왔다는 말에 급기야 환호성을 지르며 기뻐하고 있었으니, 개방은 물론 쌍도문의 문도들로서도 이런 환호성에 어리둥절하지 않을 수 없었다.

'내가 그렇게 유명했었나?'

자신을 이렇게까지 환호할 줄을 생각도 못했던 구궁은 뒤통수를 긁으며 멋쩍어할 수밖에 없었다.

"와! 구궁 사형이 엄청 유명하네요?"

장천은 구궁의 인기를 보며 크게 놀라지 않을 수 없었는데, 요운은 그런 장천의 말에 미소를 지으며 말했다.

"아니, 무인들 사이에선 구궁 사형의 이름을 아는 이들은 그리 많지 않다."

"예?"

"엄밀히 말하자면, 구궁 사형은 궁술을 제외한다면 나머지는 삼류 정도에 지나지 않는 무인이다."

"예?"

조금 냉정한 평가라 생각하며 요운을 어리둥절한 얼굴로 볼 수밖에 없었는데, 그는 장천의 머리를 쓰다듬어 주며 말했다.

"하지만 협객으로서의 구궁 사형은 정파의 어떤 일류고수보다 나은 사람이라고 할 수 있지."

"음……."

이해할 수 없는 말의 연속인지라 장천으로선 좀 생각해 보지 않을 수 없었다.

"본디 무림인이란 과거에는 민초들과 별다를 것이 없는 사람들이지만, 지금에 와서는 민초라기보다 관인에 가까운 자들로 변해 있다. 자존심 강하고, 우월감에 잠겨 있는 족속들로 변해 버린 것이지. 무인의 세계와 민초들의 세계가 다르다는 것은 바로 이것을 말하고 있는 것이다."

"아……."

"현재 협객이라면 단순히 사마외도의 척결에 신경 쓰는 사람들을 이야기하고 있지만 그런 자들은 협객이라 부를 수 없다. 무인의 원천인 민초들의 고난에 눈을 돌리는 그러한 자만을 진정한 협객이라 부를 수 있는 것이지. 그런 것을 본다면 강호의 일보다 민초들에게 관심을 더 쏟고 있는 구궁 사형이야말로 진정한 협객이라 할 수 있지."

갑자기 구궁이 멋있어 보이는 장천이었다.

한편 난데없이 쌍도문이 등장하자 개방의 문도들은 조금 의아해하는 모습을 보였지만 이내 본모습을 찾았다.

개방제일미 사도혜는 구궁의 앞으로 가더니 가볍게 포권지례를 하고는 말했다.

"개방의 사도혜라 합니다."

"쌍도문의 구궁이라 합니다."

두 사람은 가볍게 인사를 나누고는 상대방을 쳐다보았는데, 사도혜의 눈빛에선 무엇인가 이글거리는 불길이 엿보이는 듯해 장천은 잠시 긴장하지 않을 수 없었다.

도대체 개방 사람들은 정파의 일 문인 쌍도문이 돕겠다고 나서는데 왜 그런 눈빛을 보이는지 이상하게 생각되었는데, 그런 의문을 아는지 곽무진이 전음으로 이야기를 해주었다.

[쌍도문은 정파로 분류되고는 있지만 강호인들에겐 정사지간의 일 문으로 인식되고 있습니다. 개방은 현재 두 개의 파로 분류되어 있는데, 하나는 청개 곽무성님을 중심으로 하는 온건파와 용두방주 건곤장(乾坤掌) 방현(方炫)을 중심으로 한 급진파로 나누어져 있지요. 사도혜는 용두방주의 제자인만큼 급진파에 속해 있는 인물이니 본 문을 그리 좋아하지 않습니다.]

"음……."

그런 사정이 있음을 모르고 있던 장천은 생각에 잠겼다. 같은 정파라 해서 협조가 잘 이루어질 것이라 생각했지만 세상일은 그렇게 쉬운 것이 아니었다.

그때 사도혜에게로 한 남자가 멋지게 섭선을 저으며 걸어가고 있었으니, 공동파의 제자 고도리였다.

"공동파의 고도리라 합니다."

"아! 공동파의 분도 계셨군요."

사도혜는 고도리에게 가볍게 포권지례를 했는데, 역시 공동파에 대해서도 별로 감정이 좋지 않은 듯했다.

'그런데 꽤 건방지잖아, 저 여자.'

장천은 이쁘기는 한데 조금 지저분하고, 그만큼 건방지기도 한 사도혜를 보며 인상을 찌푸리지 않을 수 없었다.

사도혜가 객점을 나가려는 듯 사람들을 지나치다 순간 장천의 눈과 마주쳤다.

마치 무지갯빛이 일렁거리는 듯한 눈빛의 마주침에 두 사람은 한동

안 서로를 응시하고 있을 수밖에 없었는데, 사도혜는 천천히 장천의 앞으로 걸어가더니 그의 앞에 살짝 한쪽 무릎을 꿇고는 손을 들어 얼굴에 갖다 대었다.

"헉!"

갑자기 예쁜 여자가 자신의 볼에 손을 대자 긴장하지 않을 수 없었는데, 갑자기 사도혜가 장천의 머리를 끌어안더니 가슴에 비비기 시작했다.

"아이, 귀여워라!"

"……."

그 모습에 사람들은 모두 식은땀을 흘리지 않을 수 없었다. 장천은 그녀의 품에서 빠져나가기 위해 안간힘을 썼지만 좀처럼 사도혜의 품에서 빠져나가지 못하고 있었다.

"놔줘요!! 숨 막혀요!"

"호호! 미안."

장천은 고통스러운 외침을 하고서야 간신히 사도혜의 품에서 벗어날 수 있었다.

정말 어떤 면에선 상당히 두려운 눈으로 자신을 보고 있는 사도혜를 보며 빠져나가고 싶었지만 그녀의 주위에는 빈틈조차 없었다.

"험… 여협을 뵙게 되어 반갑습니다. 본인은 쌍도문의 장천이라 합니다."

"……."

장천은 일단 사도혜의 느끼한 시선에서 벗어나야겠다는 생각에 정중하게 포권지례하며 인사를 했는데, 그 순간 그녀는 크게 흠칫하지 않을 수 없었다.

쌍도문의 구궁과 공동파의 느끼한 녀석을 피해 빠져나가려고 할 때 우연히 엄청 귀여운 아이를 보고는 자신도 모르게 껴안아 버렸는데 그 아이가 쌍도문의 문도였기 때문이다.

지금 그 아이의 몸을 보니 칼이 세 자루나 매달려 있는 것으로 보아 무인이라는 것을 알 수 있었다.

일단 타 문파의 제자를 귀엽다고 껴안아 버렸다는 것은 조금 실례되는 일인지라 사도혜도 정중하게 포권을 하며 인사를 받았다.

"개방의 사도혜라 합니다."

장천은 그녀가 자신의 인사에 답하자 이제는 설마 덮쳐 오지 않겠지라는 생각을 하며 안심할 수 있었는데, 아쉽게도 너무 과한 바람이었다.

"앙! 도저히 못 참겠다!"

"헉!"

"귀여워 죽겠네! 어떻게 하면 이렇게 귀여울 수가 있는 거야!"

꾹 참으려 했지만 도저히 못 참겠다는 듯이 얼굴의 엄숙한 표정을 단숨에 날려 버린 사도혜는 또다시 장천을 껴안아 버렸다.

"자, 이 누나랑 가자."

"어디를요? 히이이잉……."

사람들의 시선이 조금 느껴진 사도혜는 갑자기 장천의 손을 잡고는 그대로 객점을 나가 버렸으니, 예상치 못한 일이라 할 수 있었다.

개방제일미 사도혜가 괴짜라는 것은 알고 있었지만 실제로 보니 남들의 시선은 생각지도 않는 파격적인 모습까지 보이고 있었다. 앞으로의 행보가 조금 힘들 것이란 생각이 드는 요운이었다.

사도혜가 장천을 데리고 간 곳은 바로 경단을 파는 노점상이었다.

아이들의 환심을 사는 데 가장 좋은 게 바로 먹을 것이란 걸 정확하게 파악하고 있는 사도혜는 장천에게 경단을 하나 사서 내밀었는데, 그것을 보며 천은 고민하지 않을 수 없었다.

'으음……'

맛있게 생긴 경단, 하지만 거지가 사 주는 것을 먹기에는 조금 자존심이 상했던지라 고민하지 않을 수 없었던 것이다.

자신은 대쌍도문의 소주, 그런 소주가 어찌 경단에 넘어갈 수 있겠는가란 생각을 하는 장천, 하지만 몸이 말을 듣지 않았다.

'어! 왜 그러는 거야, 손아!'

자신도 모르게 사도혜를 향해 내미는 두 손을 질타하는 장천이었지만 이미 본능은 이지를 누른 후였던 것이다.

장천이 자신에게 손을 내밀자 사도혜는 미소 지으며 경단을 건네주었고, 자신도 모르게 경단은 입으로 들어가고 있었다.

'이게 아니야! 손아! 손아! …맛있다……'

장천은 입 한 가득 경단을 물고는 사도혜를 향해 만족스런 웃음을 보였고, 그 모습에 그녀로선 더 자지러질 수밖에 없었다.

볼록한 볼을 보이며 미소 짓고 있는 장천이 너무 귀여웠기 때문이다.

"아이! 귀여워라!! 후후."

이리하여 장천은 경단 한 꼬치에 사도혜의 부하가 되어버린 것이다.

일단 이 일이 호환인지 아닌지 알 수 없던 구궁이었지만, 개방과 어느 정도 호흡을 맞추지 않으면 진짜 호환이라 하더라도 해결할 수 없다는 걸 알고 있기에 객점에서는 개방의 문도들과 일행들의 회의가 시작되었다.

"말도 안 되는 소리입니다."

개방의 방도들과 회의를 하고 있는 구궁은 답답해서 견딜 수가 없었다. 호랑이 사냥에 대해 아무것도 모르는 이들과 전문적인 사냥꾼인 그의 식견은 너무나도 차이가 나고 있었기 때문이다.

"아니, 왜 안 된다는 겁니까? 마을 사람들로 잡게 하는 것이 아닌, 징과 꽹과리로 호랑이를 몰자는 것뿐 아닙니까?"

"흥! 말도 안 되는 소리입니다. 지금까지 녀석들을 잡으러 간 사냥꾼들 몇이 희생됐는지 아십니까?"

"그거야……."

"솔직히 숫자는 중요하지 않습니다. 하지만 문제는 그들이 한 명도 살아 돌아오지 못했다는 이야기입니다. 전문적인 사냥꾼도 집단을 이루고 갔는데 살아 돌아오지 못한 일에 마을 사람들을 이용하자고요? 개방의 속내가 의심스럽군요."

"무슨 소리입니까!"

구궁의 말에 사도혜가 탁자를 치며 노기를 드러냈다. 화가 난 여자만큼 무서운 것은 없느니만큼 장천은 조금씩 탁자 밑으로 빠져 들어가고 있었지만, 사도혜보다 더 무서운 여인을 매일 상대해 왔던 구궁은 당당하게 그녀의 눈을 노려보며 말했다.

"솔직히 개방은 이 마을의 호환은 신경 쓰지 않고 있지 않습니까? 호환이 아니라는 것을 알고 있으니 말입니다."

"무슨 말을 하시는 겁니까!!"

"강호에서 호랑이가 나오는 곳이라면 안 가본 곳이 없는 본인이오! 전문적인 맹수 사냥꾼들은 맹수의 흔적을 찾는 기술과 함께 만약의 경우를 위해 맹수들을 피할 수 있는 기술마저 가진 이들인데, 그런 이들이 단 한 사람도 살아 돌아오지 못했다는 게 말이나 됩니까? 솔직히 이번 일은 맹수가 아닌 사람이 저질렀다고 보는 것이 옳다고 생각하는데요."

역시 호랑이 사냥꾼 구궁의 눈을 속일 수는 없었다. 개방으로선 쌍도문의 구궁이란 자가 나타날 줄은 전혀 생각지 못했기에 이 공방전에선 밀릴 수밖에 없었다.

하지만 사도혜는 오기로라도 자신의 뜻을 관철시키겠다는 얼굴로 구궁과의 눈싸움을 멈추지 않고 있었다.

"좋습니다. 그럼 개방의 마음대로 하십시오. 하지만 하나는 각오하셔야 될 것입니다."

"각오라니요?"

"개방이 마교의 정체를 파헤치기 위해 검문산 민초들의 피를 뿌렸다고 말입니다."

"헉!!"

그 말에 개방의 사람들은 크게 놀라지 않을 수 없었다. 마교가 준동하고 있다는 소문이 강호에 흘러다니곤 있지만 검문산에 마교가 출현했단 것을 알고 있는 이들은 개방의 중요 인물밖에 없었기 때문이다.

"다, 당신……."

"흥! 우리가 아무것도 모를 것이라 생각되었소이까? 당신들로서도 검문산에 있는 자들이 마교도인지 확실하게는 모르고 있기 때문에 민초들을 이용하려는 것이 아닙니까? 더러운 거지 새끼들아!!"

"무슨 말씀을 하시는 겁니까!!"

노골적인 구궁의 말에 사도혜는 더 이상 참지 못하고 연검을 뽑아

들었고, 그녀가 검을 뽑은 동시에 요운과 곽무진은 물론 장천까지 도를 뽑아 들고 개방의 사람들과 대치하기 시작했다.

"흥! 평범한 민초들의 눈을 속일 순 있어도 나, 구궁의 눈을 속일 순 없다. 경공술에 능한 무인들로만 이루어져 있다면 그것이 뻔한 것 아 닌가? 마을 사람들을 몰아넣은 후 진실로 호환인지 마교도들인지를 파 악한 후 그들을 내버려 두고 도망칠 생각임을!!"

"말도 안 되는 소리!"

개방 사람들은 구궁의 말을 듣고는 더 이상 참지 못하고 병장기를 빼 들어 쌍도문의 일행들을 공격하기 시작했고, 쌍도문의 문도들도 개 방 사람들을 공격하기 시작했다.

휘리릭!! 쿵!!

하지만 본격적인 싸움이 일어나기 전 그들의 사이를 막은 이가 있었 으니, 바로 공동파의 고도리였다.

고도리가 들고 있던 섭선을 그들의 사이로 던져서는 싸움을 중단시 킨 것이다.

"같은 정파의 동도끼리 싸움을 하려 하다니 우습군요."

그 말과 함께 고도리는 품에서 또 한 자루의 섭선을 꺼내 미소 지으 며 입을 가리고는 계속 말을 이었다.

"무슨 일인지는 모르겠지만, 만약 쌍도문의 구궁 대협의 말이 사실 이라면 개방으로선 각오를 해야 하실 겁니다."

"무슨 소리입니까! 구파일방의 하나인 저희 개방이 그런 일을 할 것 같습니까?"

개방의 문도 한 명이 그렇게 소리 지를 때 고도리는 크게 웃더니 섭 선을 접어서는 그를 가리키며 말했다.

"솔직히 전 개방보다는 쌍도문의 구 대협의 말을 더 신용합니다. 이 일의 특성상 개방의 분들보다는 구 대협의 말이 더 신용있으니까요."

"음⋯⋯."

그들도 고도리의 말이 틀리지는 않은지라 뭐라고 할 말이 없었다. 일단은 호랑이 전문 사냥꾼이라는 구궁이 자신들보단 전문가임이 틀림없기 때문이다.

"상대가 맹수인 호랑이인만큼 전 구 대협의 말을 따르는 것이 옳다고 생각합니다."

공동파의 고도리가 쌍도문의 손을 들고 나오자 개방으로선 도저히 자신들의 의견을 밀어붙일 수 없었다.

회의는 공동파 고도리의 주체로 조용하게 끝날 수 있었다. 호환을 해결하러 가는 방법은 구궁의 추적술을 바탕으로 움직이게 된 것이다.

다음날 일행들은 마을 사람들의 환호를 받으며 검문산으로 호랑이를 잡기 위해 길을 떠났다. 제일 선두에 선 사람은 역시 전문 사냥꾼인 구궁. 그는 마을 사람들에게서 들었던 정보를 바탕으로 천천히 검문산에서 흔적을 찾기 시작했고, 다른 사람들 역시 그 흔적을 찾기 위해 백방으로 움직이기 시작했다.

"시체다!!"

사흘 정도가 지났을 때, 드디어 일행들은 사냥꾼의 시체를 찾을 수 있었다.

그들이 발견한 사냥꾼은 무엇인가에 잔인하게 찢겨져 있는 모습이기에 구궁은 그 흔적을 살펴보았는데, 아니나 다를까 호랑이의 이빨과 발에 당한 상처가 보이고 있었다.

"음……."

하지만 무엇인가가 이상했다. 이미 썩어가고는 있지만 어느 정도 알아볼 수 있는 시체의 표정은 무엇인가에 큰 공포를 느끼는 듯한 모습이 역력했고, 도망친 방향 역시 이상했다.

검문산의 바람 방향을 볼 때 호랑이를 피하기 위해선 바람이 불어오는 방향의 반대로 도망가야 했음에도 불구하고 피의 흔적은 맞바람을 받고 도망가려 했기 때문이다.

후각이 예민한 호랑이를 상대로 도망쳤다고 보기에는 너무나 어설픈 사냥꾼의 도주였다.

근처에 있던 사냥꾼의 단도나 화살로 보아 결코 초보 사냥꾼이 아니라는 것을 느낀 구궁은 자리에서 일어나 일행들을 보며 말했다.

"아무래도 호랑이의 짓이 아닌 것 같습니다."

"무슨 말입니까? 이 찢겨진 자국이나 흔적은 맹수의 이빨 자국이 아닙니까?"

개방의 문도는 이해가 가지 않는다는 얼굴로 물었는데, 그 말을 들은 구궁은 고개를 끄덕이며 말했다.

"호랑이 사냥꾼들은 결코 바람을 마주 보는 방향으로 몸을 피하지 않습니다. 후각이 예민한 맹수들에게 들킬 확률이 있으니까요."

"음……."

사냥꾼의 일을 알 리 없는 문도들은 침묵을 지킬 수밖에 없었는데, 구궁은 근처에 있던 흔적들을 뒤져 보며 더욱 심증을 굳힐 수 있었다.

근처에 아무런 흔적도 없었다. 호랑이라면 분비물로 흔적을 만들고 영역 표시를 해두는데 이곳에는 영역 표시가 없었던 것이다.

그렇다면 이곳은 호랑이의 영역이 아니라는 뜻이다.

일행들은 다시 구궁의 뒤를 따라 산을 타고 올라가기 시작했는데, 얼마 지나지 않아 사람들이 야숙하던 흔적을 찾을 수 있었다.

모닥불을 피운 흔적들을 살펴보던 구궁은 다시 산 위를 향해 올라가기 시작했는데, 어느 정도의 시간이 지났을 무렵 해가 저물어가기 시작했다.

"자, 여기서 야숙을 하도록 합시다."

그의 말에 드디어 휴식을 취할 수 있게 된 장천은 안심할 수 있었다.

장천은 대충 건량으로 저녁을 때운 후 자리에 누우려고 했는데, 그때 사도혜가 그를 불렀다.

"천아."

"왜요?"

경단에 넘어가 부하가 되어버린 장천이었는지라 사도혜가 부르자 쫄랑쫄랑 걸어갔는데, 그녀는 자신의 옆 자리를 가리키고는 말했다.

"여기에 앉아."

"……."

조금 냄새가 나긴 했지만 그런대로 견딜 만한지라 장천은 그녀의 옆 자리에 앉았다.

"무섭지 않니?"

"별로요."

뭐, 별로 무서운 것은 없었던지라 사도혜의 물음에 장천은 느낀 대로 말했는데, 그게 기특하기라도 한지 그녀는 장천의 머리를 쓰다듬어 주며 말했다.

"기특도 하네?"

"휴… 누나, 제 나이가 몇 살 같아요?"

"응? 한 아홉 살?"

"열다섯 살이에요……."

그 순간 사도혜는 크게 놀라는 듯했지만 장천이 거짓을 말하는 줄 알고 미소 지으며 말했다.

"깜찍하네, 나이도 속일 줄 알고?"

하지만 그 말은 근처에 있던 사람에 의해 사실로 밝혀졌으니, 그 당사자는 바로 구궁이었다.

"장 사제의 나이는 열다섯 살이 맞습니다."

"……."

전혀 거짓말을 할 것 같지 않은 구궁이었기에 사도혜로선 크게 놀라지 않을 수 없었다. 열 살도 안 되게 보이는 것이 감히 열다섯 살이나 되었다는 사실이 도무지 믿어지지 않았기 때문이다.

하지만 나이가 무슨 상관이랴…….

"그래도 귀여운 걸 어떡해… 아우, 귀여워라."

"휴……."

언제까지 아이 취급을 받아야 하는지 모르는 장친이었다.

그때 숲에서 엄청난 울음소리가 들려왔다.

어홍!!

〈1권 끝〉

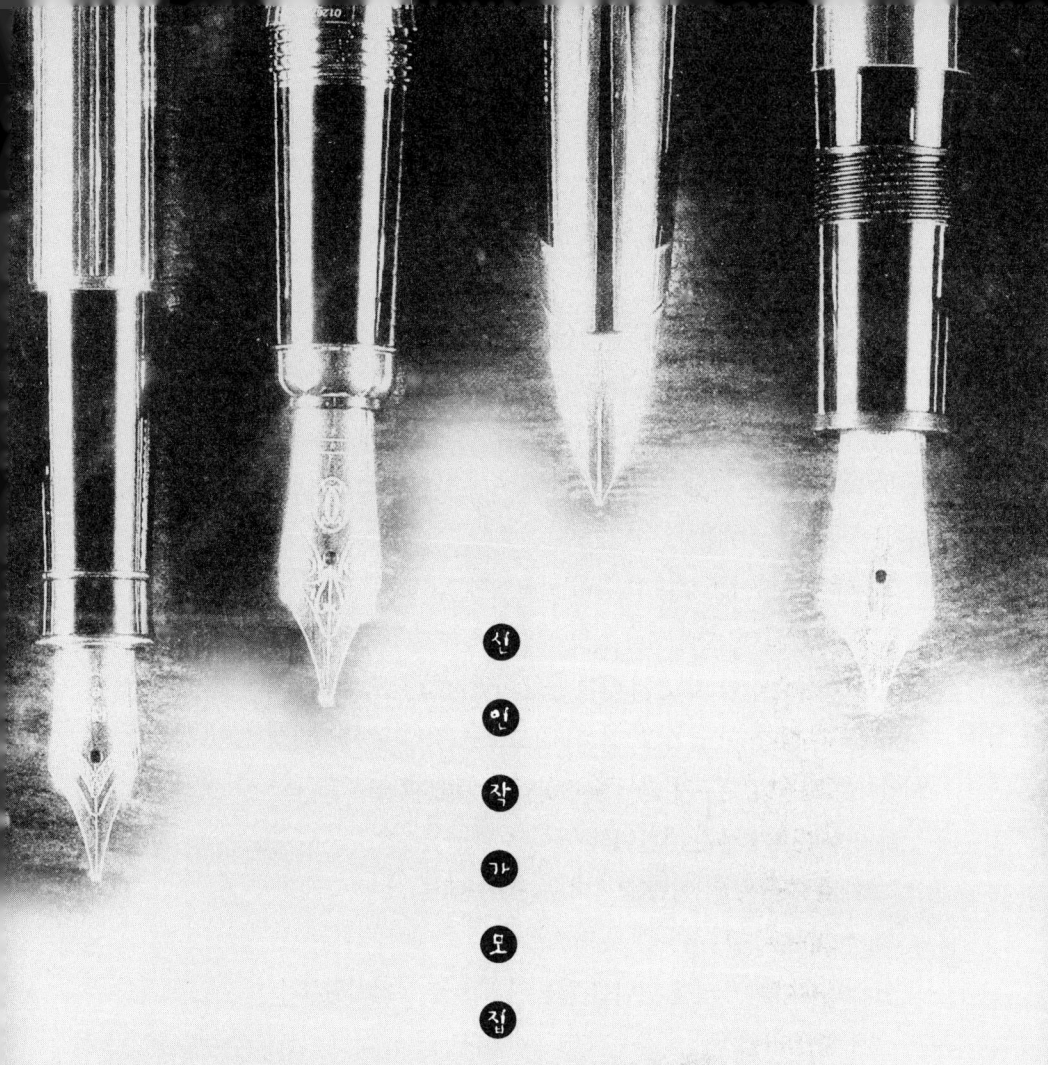